초원의 사자개
티베탄 마스티프

초원의 사자개

티베탄 마스티프

초판 1쇄 펴냄 | 2015년 4월 28일

지은이 | 거르러치무거 헤이허
옮긴이 | 송춘남
편   집 | 박근자
디자인 | 여현미
펴낸이 | 정낙묵
펴낸 곳 | 도서출판 고인돌
주소 | 경기도 파주시 문발동 617-12 1층 우편번호 413-832
전화 | (031) 943-2152
전송 | (031) 943-2153
손전화 | 010-2261-2654
전자우편 | goindol08@hanmail.net
출판등록 | 제406-2008-000009호

© 거르러치무거 헤이허 · 고인돌 2015
이 책의 내용을 쓰고자 할 때는 저작권자와 출판사의 허락을 받아야 합니다.

값 13,000원
ISBN 978-89-94372-71-6 73820
ISBN 978-89-94372-20-4 (세트)

「이 도서의 국립중앙도서관 출판시도서목록(CIP)은 서지정보유통지원시스템
홈페이지(http://seoji.nl.go.kr)와 국가자료공동목록시스템(http://www.nl.go.
kr/kolisnet)에서 이용하실 수 있습니다. (CIP제어번호: CIP2015007825)」

티베탄 마스티프

거르러치무거 헤이허 지음 | 송춘남 옮김

고인돌

차례

개를 좋아하는 아이들과
예전에 어린이였던 사람들에게

어린 시절 병약했던 나는 의사의 권고로 공기가 맑은 곳에서 살았다. 나는 초원에 보내졌고 그곳이 마음에 들었다. 초원은 본디 굉장한 매력을 지닌 곳으로 도시생활에 이미 익숙해진 내게는 그곳의 모든 것이 새롭기만 했고 찬란하다는 말로는 형용할 수 없는 시간과 공간의 단편들이었다. 지금 되돌아보아도 여전히 멋진 나날들이었다.

초원에서 살면서 나의 삶에는 무수한 색다른 생명들이 나타났다. 늑대, 여우, 오소리, 날쥐, 새매, 들오리, 산토끼……. 나는 어린 늑대와 여우를 제외하고 참새와 산토끼를 길러 보았고, 금방 알을 까고 나온 메추리도 길러 보았다. 그 짧은 나날에 너무도 많은 생명들과 사귀었다. 초원을 떠나 살면서도 그 시절의 생활은 늘 추억으로 남아 있었고, 그 추억을 끊임없이 되새기면서 더욱 아름답게 만들었다.

나는 초원에서 살면서 목양견을 가장 많이 접촉했다. 목양견은 초원생활에서 없어서는 안 될 중요한 존재이다. 그러잖아도 혼잡스러운 초원생활에 목양견들은 자신들의 방식으로 끼어들었고 여름날의 따뜻한 저녁놀처럼 잊을 수 없는 따뜻한 빛깔을 보태 주었다. 나는 아직도 그들을 기억하고 있다. 어느 초봄의 저녁 무렵, 물어 죽인 늑대를 물고 홀로 돌아온 목양견이 있는가 하면 어찌나 사나운지 한동안 늘 악몽처럼 꿈결에 나타난 놈도 있었다. 오로지 야성으로만 불타던 그 거대한 목양견이 얼마나 튼튼하고 용맹했던지 지금은 더 묘사할 길이 없다. 또 얼마나 많은 사람에게 상처를 입혔는지도 모른다. 그리고 캄캄한 밤 양 떼를 노리던 늑대들은 목양견의 둔탁한 포효 소리를 듣기만 하면 꼬리를 빳빳이 세우고 뺑소니치곤 했다. 훗날 사람들은 목양견의 턱 밑에 1미터도 더 되는 어른 팔뚝 굵기의 느릅나무 몽둥이를 달아놓았다. 목양견이 사람에게 달려들 때 그 몽둥이에 걸려 빨리 달리지 못하는 사이에 도망칠 수 있도록 하기 위해서였다.

나는 매우 새까만 마스티프와 눈이 마주친 적이 있다. 마스티프를 보는 순간 놈은 무심하게 고개를 쳐들고 나의 시선 너머 먼 곳을 바라보는 것이었다. 나는 마스티프의 관심을 끌 만한 대상도 되지 못했다. 어렸던 나는 그 순간 마스티프의 눈길이 야위고 나약한 내 몸을 꿰뚫는 듯했다. 아마 그때의 나로서는 그런 눈길을 읽을 수 없었을지도 모른다. 세상에 두려운 것이 없고 뭐든 대수롭지 않은 고귀하기 이를 데 없는 오만함이었다. 설사 주인을 보더라도 꼬리를 살살 젓는 다른 목양견과는 달리 눈만 살짝 쳐들어 보일 것이다. 여태까지 본 적이 없는 목양견이라는 느낌이 들었다. 사자의 갈기처럼 어지럽게 헝클어진 마스티프의 몸에는 소름 끼치는 용맹함이 넘쳤고 거친 황야의 야만스럽고 싸늘한 눈빛이 흐르고 있었다.

마스티프는 칠흑처럼 새까맸다. 나는 보기 드문 거구를 가진 개를 보면서 흥분을 감추지 못했고 숨쉬기도 가빴다. 그때까지 진짜 야수를 본 적이 없었다. 마스티프를 처음 만나고 일 년이 지난 뒤에야 동물원 우리에서 걸어 다니는 호랑이를 볼 수 있었다. 그래서 그 마스티프야말로 황야에 가장 어울리는 생명이며 뛰어난 고귀함과 사납고 길들지 않은 기질은 초원의 늑대와도 견줄 수 없다고 생각했다.

훗날 나는 그 마스티프의 아우를 보았다. 서로 너무 많이 닮아서 마치 쌍둥이 같았다. 하나가 캄캄한 밤이라면 다른 하나는 그 그림자라고나 할까. 어찌나 검은지 까마귀와 비슷했고 윤기 흐르는 검은빛 위로 금속 같은 푸른빛이 번쩍였다. 들리는 소문에 의하면 당시 주인은 사과 두 바구니를 살 수 있는 값을 주고 이 마스티프들을 샀다고 한다. 그때 태어난 지 겨우 넉 달밖에 안 되는 새끼 마스티프였다고 한다.

사람들은 내가 지금 갖고 있는 두 마리 비즐라 사냥개를 크다고 늘 말한다. 내가 뭐라고 할 수 있으랴. 초원의 웅장한 목양견과 비하면 비즐라는 개들의 세계에서는 부드러운 품종이라고 해야 할 것이다.

지금 추억해 보자면, 설사 그 당시 너무 놀란 나머지 과장한 부분이 있다손 쳐도 두 마리 검은 티베탄 마스티프는 역시 내가 본 개들 중에서는 몸집이 가장 컸다. 훗날 전국 개 경연대회에서 대상을 받은 뉴펀들랜드 사냥개도 아예 상대가 되지 않았다.

세월은 많이도 흘렀다. 훗날 나는 그들이 어디 갔는지도 잊어버렸다. 강물은 끊임없이 흐르고 그런 날들이 다시는 오지 않을 것이다.

나의 어린 시절을 함께 보냈던 유백색 셰퍼드 어미와 새끼와 마찬가지로 그들이 초원을 떠난 뒤로 다시는 그런 품종의 셰퍼드를 볼 수 없었다. 설사 지금 초원에 돌아간다고 해도 연한 황색 계통의 독일 목양견을 닮은 셰퍼드를 볼 수 없을 것이다. 나와 멀어진 초원 생활과 마찬가지로 그들은 영원히 사라졌다.

그들은 유독 초원에만 속하는 품종이다.

초원을 떠난 뒤 여러 번 가보았지만 나는 내가 뭘 찾아야 할지를 알 수 없었다.

대여섯 살 때라고 기억된다. 해 저무는 초원에서 갑자기 알 수 없는 감정에 사로잡힌 적이 있다. 저 멀리 불타는 듯 붉은 저녁놀에 물든 지평선을 바라보면서 하늘과 땅이 맞붙은 그곳에 가보고 싶었다.

거기는 초원의 끝자락이었다. 나는 처음으로 그곳에 가보고 싶은 생각이 들었다.

그때는 방목 나갔던 가축 무리가 돌아올 무렵이었다. 초원에는 따뜻한 먼지가 흩날리고 밥 짓는 새하얀 연기가 모락모락 바람기 없는 공중으로 올라가고 있었다. 외할머니가 나를 밥 먹으라고 불렀다. 도시에 온 뒤 나는 어머니와 그때의 느낌을 이야기했다. 어머니는 그것은 아련한 그리움으로서 점점 커가고 있는 너로서는 어쩔 수 없이 다른 세계에 들어서고 있음을 의미한다고 알려 주었다.

그리움, 아련함, 얼마나 유토피아식 단어인가, 이런 단어는 오랫동안 나의 글에 나타나지 않았다.

유토피아는 바다 한가운데 있다. 나는 가본 적 없고 누구도 가본 적이 없다.

초원에서 지냈던 긴 여름과 도시에 온 뒤의 그 아침들이 생각난다.

나는 동생이 살짝살짝 건드리는 바람에 잠에서 깼다. 동생은 마치 출토된 문물을 정신을 집중해서 연구하는 사람처럼 새카맣게 탄 내 어깨의 살갗을 벗겨내고 있었다. 초원의 땡볕이 남긴 흔적이었다. 동생은 지금 생각해도 이해할 수 없는 왕성한 열정을 갖고 있었다. 들소의 등에서 기생충과 벗겨진 살갗을 헤집는 해오라기처럼 손톱으로 벗겨진 투명한 각질층을 떼느라 정신이 없었다. 아침이면 나를 그냥 침대에 엎드려 있게 하고는 자신이 성이 찰 때까지 일어나지 못하게 했다. 사실 동생이 그렇게 성급해할 건 없었다. 햇볕에 탄 부위의 탈피는 단계적이었고 떨어져 나가는 각질층은 매일 생겨났다. 그에게는 남보다 먼저 벗길 특권이 있었다.

그때는 이런 식으로 잠을 깼다. 그때 나는 언제쯤이면 초원으로 되돌아갈 수 있을까 하는 생각을 하고 있었다.

나의 개가 날 기다리고 있었다.

나는 이 책을 동생에게 주고 싶다. 그리고 개를 좋아하는 아이들과 예전에 어린이였던 사람들에게 드린다.

거르러치무거 헤이허

눈 오는 밤

두억시니(사나운 귀신의 하나) 같은 그림자가 어미 마스티프 앞에 있는 눈밭에 우뚝 섰다. 눈표범이었다. 눈밭에서 눈표범은 마치 화려한 비단 같았고 몸 뒤로는 굵고 긴 꼬리가 구렁이처럼 드리워 있었다. 어미 마스티프가 짖어대는 소리에 그만 먹던 저녁을 설친 눈표범은 대수롭지 않은 눈길로 앞에 있는 라이벌을 주시했다. 금방 쉽게 먹이를 잡았던 눈표범은 양의 피로 빨갛게 물든 커다란 입을 짝 벌리고 쩌렁쩌렁한 소리로 오만스럽게 울부짖었다.

눈이 내린다. 봄 들어 벌써 두 번째 내리는 눈이다. 머나먼 하늘 끝 깊은 곳에 모여 있던 큼직하고 무거운 눈송이가 하염없이 떨어진다. 눈송이들은 여기저기 갓 드러나기 시작한 푸른빛을 뒤덮기 위해 앞다투어 땅에 쏟아진다.

날이 저물자 사납게 퍼붓던 눈은 아직도 잔설이 남아 있는 대지를 어느새 몽땅 뒤덮어 버렸다.

갈수록 커지던 눈은 마침내 하늘을 빽빽이 메우더니 한줄기 틈새도 남기지 않았다.

여기는 세계의 제3극이라고 부르는 드넓은 고원으로서 얼음과 눈으로 뒤덮인 땅끝에 자리 잡고 있다. 이곳은 우주의 태곳적 혼돈상태를 떠오르게 하는, 문명과는 아득히 먼 극지방의 황야인 칭짱고원(칭하이와 티베트를 가로지른 고원)에서도 가장 거친 땅인 장베이 고원(티베트 북부에 있는 고원)이다.

천막은 사나운 눈보라 속에 있는 침몰하지 않는 작은 섬이다. 끝없는 황야에서는 마치 바로 꺼져 버릴 것 같은 불씨처럼 보잘것없어서 언제든 눈에 뒤덮인 대지의 주름 사이에 묻혀 버릴 것만 같다. 그러나 장베이 초원의 야크 등에 실려 정처 없이 떠돌아다니는 천막처럼 일단 그 천막을 황량한 들판에 세워놓기만 하면 천지에 몰아치는 눈보라 속에서 양치기들과는 떼어 버릴 수 없는 따뜻한 집이 된다.

어미 마스티프는 소리 없이 천막을 한 바퀴 빙 돌았다. 야크 털로 짠 천막 안에서는 갓난애의 가는 울음소리와 안주인의 낮게 흥얼거리는 노랫소리가 들려왔다.

천막 안은 별다른 일이 없었다. 어미 마스티프는 다시 천막 뒤에 있는 가축무리한테로 갔다. 십여 마리 야크들이 많은 눈을 뒤집어쓰고 마치 흰색 작은 언덕처럼 조용히 눈밭에 누워 있다. 그들은 낮에 힘들게 찾아 먹은 풀을 위에서 토해서는 새김질하고 있었다. 사근사근 새김질하는 소리는 마치 잔바람이 가을의 초원을 스쳐 지나가는 듯했다. 언제나 겁에 질려 살고 있는 양들은 서로 빽빽이 뭉쳐 있었다.

여기는 새 야영지이다.

한 달 전, 주인 단증은 가축 무리를 몰고 겨울철 목장에서 여기 봄철 목장으로 옮겨 왔다. 몹시 추운 겨울을 견뎌내느라 이미 기진맥진해지고 빼빼 마른 소와 양들은 한동안 쉬고 나서 몸이 좀 포동포동해졌다. 어미 마스티프는 고원의 강한 햇볕에 그을어 벌겋게 된 주인 단증의 얼굴에 오랜만에 미소가 떠오른 것을 보았다. 어미 마스티프에게는 낯익은 표정이다. 주인의 마음이 흐뭇하다는 걸 말한다. 이럴 때는 흥이 나서 어미 마스티프의 머리를 두드려 주기도 한다.

자신의 영지를 순찰하고 나니 탱탱하게 부풀어 오른 젖이 어서 천막 뒤에 있는 양털더미로 가라고 어미 마스티프를 독촉한다. 어미 마스티프는 큰 발을 내밀어 조심스럽게 모전(양털로 두껍게 짠 천)을 헤쳤다. 안에 있던 새끼 마스티프가 어미 냄새를 맡고는 콩콩하며 보챈다. 토실토실한 새끼 마스티프 세 마리가 어미 냄새를 찾아 엉기적엉기적 기어 왔다. 어미 마스티프는 마스티프 특유의 무겁고 낮은 소리를 내면서 몸에 뒤집어쓴 무거운 눈을 힘껏 털어 버렸다. 그러고는 양털더미 속으로 기어들어가 누웠다. 새끼 마스티프들은 서둘러 어미의 품속으로 파고들었다.

어미 마스티프는 젖을 먹이면서도 머리를 밖에 내놓고 있었다. 너무 조용했다. 아무 일도 생기지 않을 것이다. 아마 경계할 필요조차 없을까 싶다. 괜한 짓을 하는 것 같았다. 그렇지만 이런 상황에서도 어미 마스티프는 티베트 목양견으로서 반드시 가져야 할 경계심을 늦추지 않았다.

새끼들은 어미의 배 밑에 촘촘히 자란 털 속에서 서로 다투어 젖꼭지를 찾는다. 젖꼭지를 찾고 나서는 여린 발로 단단히 끌어안고 게걸스럽게 빨아댄다. 태어난 지 한 달이 다 되어간다. 얼마 지나면 주인이 이 어린것들을 다른 목장의 양 치는 사람에게 줘 버린다는 것을 어미는 알고 있다. 전에 낳은 새끼들도 그랬다. 어미 마스티프는 별로 슬프지 않았다. 이미 이빨이 난 새끼들은 젖꼭지를 물고 이제 끝나 가는 포유기 때문에 점점 적어지는 젖을 힘껏 빨아대고 있었다. 어미 마스티프는 새끼들이 제멋대로 젖꼭지를 물어뜯어 정말 참기 힘들 때는 낮은 울음소리를 내면서 몸을 가볍게 뒤챈다.

혈통이 순수한 이 티베탄 마스티프 세 마리는 아직 한 달도 채 되지 않았지만 벌써 살이 올라 통통했고 솜털이 두툼하게 자라 있었다. 털빛은 까마귀처럼 검고 검은빛 위로는 금속 같은 푸른빛이 번쩍였다. 고귀한 티베탄 마스티프 혈통이 그들의 핏속에 깊이 스며들어 있었다. 산소가 부족한 고원의 열악한 환경은 이곳 생명들에게 가장 용맹한 생명력을 주고 있다.

밤이 깊어지면서 눈발은 갈수록 커졌다.

따뜻하고 부드러운 눈밭은 모든 소리를 빨아들이려고 하지만 가축 쪽에서는 그래도 가벼운 소리가 들렸고 그 소리는 어미 마스티프를 놀라게 했다. 어미 마스티프는 커다란 머리를 쳐들었다. 그러나 촉촉한 코는 공기를 타고 실려 오는 위험한 숨결을 아직 잡지는 못했다.

눈에는 아무것도 보이지 않았고 바람도 가라앉았다.

그러나 이처럼 눈 내리는 조용한 밤에는 있을 수 없는 소동이 허허벌판 눈의 장막을 뚫고 귀에 전해 왔다.

어미 마스티프는 양털더미에서 몸을 일으켰다. 항상 젖이 제일 잘 나오는 젖꼭지를 차지해서 가장 크게 자란 새끼 마스티프는 여전히 젖꼭지를 물고 늘어졌다.

어미 마스티프는 새끼를 돌볼 새가 없었다. 가축 무리 쪽에서 양의 처절한 울음소리가 들려왔다. 벌써 몸을 일으킨 야크가 있었다. 굵고 낮은 울음소리를 내면서 그들은 불안하게 움직였고 눈 밟는 소리가 들려왔다.

정말 무슨 일이 생겼나 보다.

어미 마스티프는 몸을 흔들어 어린 새끼를 젖에서 떼어냈다. 맛있는 젖꼭지에서 떨어진 새끼 마스티프는 낮은 소리로 울면서 맴돌았다. 어미는 코로 새끼를 양털더미 속으로 밀어 넣었다. 그러고는 종아리까지 빠지는 두툼한 눈을 밟으며 어둠 속에서 가축 무리 쪽으로 뛰어나갔다.

어미 마스티프는 달려가면서 티베탄 마스티프 특유의 북소리 같은 굵은 목소리로 짖어대면서 주인에게 알렸다.

어미 마스티프가 가축 무리 앞에 이르렀을 때는 야크들이 모두 일어서 있었다. 등을 덮었던 눈은 벌써 갑옷처럼 얼어붙어 마치 바위가 움직이는 것 같았다. 양떼는 서로 한 덩이로 뒤엉켜 있었다.

낯선 냄새가 났다. 어미 마스티프는 양보다 더 짙은 누린내를 풍기는 낯선 냄새를 가려냈다. 황야에서 온 이 냄새는 겁에 질려 풍기는 양떼의 냄새와 마찬가지로 강렬했다.

그 낯선 냄새는 양떼 한가운데서 실려 왔다.

격노하여 울부짖으면서 양떼 주변에 있는 산양을 떠밀었으나 산양은 아무런 표정도 없었다. 성에가 달라붙은 산양의 눈썹은 마치 놀란 나비가 춤추듯 덤덤히 껌뻑였다. 양은 그랬다. 일단 무슨 일이 생기면 그냥 서로 한 덩이로 엉켜 있을 뿐이었다. 어미 마스티프가 또 몇 번 부딪쳐 보았으나 양들은 아무 반응도 보이지 않았다. 이런 양들 앞에서는 어쩔 수 없었다. 분노하여 울부짖으면서 양떼 주변을 달릴 뿐이다. 그러다가 틈이 생기면 그 속에 숨어 있는 교활한 놈을 찾을 수 있었다.

어미 마스티프는 천막을 향해 목이 터져라 울부짖었다. 주인을 어서 나오라고 재촉했다.

양떼 속에 들어가 숨어 있는 낯선 적을 찾아낼 수 없었기에 분노는 불처럼 어미 마스티프를 태웠다. 맹견이 갖고 있는 사나운 유전자가 끊임없이 어서 양의 배 아래에 숨어서 웃고 있는 놈을 찾아 갈기갈기 찢어놓으라고 재촉한다. 부들부들 떨고 있는 양떼를 향해 어미 마스티프는 무거운 소리로 미친 듯이 짖어댔다. 정말 양떼 속에 숨어 있다면 내내 숨어만 있지 않는다는 것을 알고 있었다.

어미 마스티프의 생각처럼 놈은 나왔다.

그러나 그처럼 날쌘 공격을 하리라고는 생각지 못했다. 거의 느낄 수 없는 힘이 바람처럼 스쳐 갔다. 오른쪽 어깨를 호되게 얻어맞고 하마터면 쓰러질 뻔했다. 놈은 대수롭지 않은 듯 앞에 있는 적수를 쳐다보았다. 금방 쉽게 공격에 성공한 놈은 양의 피로 뻘겋게 물든 입을 쫙 벌리고 얼음을 찢는 소리로 오만스럽게 울부짖었다. 어미 마스티프는 오른쪽 어깨가 터져 따뜻한 피가 긴 털 속으로 스며들었다. 그 피 냄새에 어미 마스티프는 몹시 화가 났지만 한편으론 마음을 놓았다. 마침내 모습을 드러낸 눈표범을 보니 숨어 보이지 않는 적을 찾기보다 마음이 홀가분했다. 어미 마스티프는 머리를 천천히 흔들며 앞에 있는 눈표범을 쏘아보았다. 티베탄 마스티프의 사전에는 두려움이라는 개념이 없다. 장베이 고원의 티베탄 마스티프는 순수한 혈통으로 유명하다. 순수한 혈통을 가진 티베탄 마스티프는 맹수를 두려워하지 않는다. 티베탄 마스티프는 벌써 2천 년 전에 서아시아와 유럽 대륙에 들어갔고, 세계에 있는 맹견은 거의 모두가 추운 고원에 사는 이 티베탄 마스티프의 유전자를 갖고 있다. 어미 마스티프가 보호하는 방목 야영지와 가축무리 역사에 눈표범과 싸운 기록은 아직 없다.

체중이 60킬로 되는 어미 마스티프와 눈표범은 조용히 맞서 있다. 너무 조용해서 커다란 눈송이가 땅에 떨어지는 소리만 들려왔다. 양떼는 바싹 다가붙어 한 덩이로 엉켜 있고 그래야만 안전감을 얻는 것 같았다. 생명이 없는 바위 같은 야크들은 옴짝하지도 않는다. 어둠 속에서 휘둥그런 눈을 번쩍이며 앞만 바라볼 뿐이다.

눈표범의 꼬리는 망설이는 불안한 마음을 보여 주기라도 하듯이 진짜 구렁이처럼 오르내리며 흔들거렸다.

어미 마스티프는 소리 없이 공격했다. 눈표범의 대응은

예상 밖이었다. 날쌔게 피하는 것이 아니라 정면으로 맞서는 것이었다. 어미 마스티프는 날카로운 이빨로 정확히 눈표범의 어깨를 물면서 쇠갈고리 같은 발톱으로 허리를 꽉 틀어쥐었다. 그리고 별로 중요하지 않은 어깨는 내버리고 울부짖으면서 자신의 살을 뚫고 들어오는 눈표범의 발을 물었다. 마스티프의 이빨은 양의 피 냄새를 풍기는 고양이과 동물의 날카로운 이빨과 맞닿으며 금속 부딪치는 치열한 소리가 났다.

교전을 끝내고 눈 위에 선 어미 마스티프는 크게 다친 데는 없었지만 허리가 따끔따끔해지는 걸 느꼈다. 금방 목숨 걸고 싸우고 난 눈표범은 마스티프와 4, 5미터 떨어진 범벅이 된 눈 위에 서 있었다. 마스티프는 천천히 다가갔다. 눈표범은 미친 듯이 울부짖었지만 어딘가 허세를 부리는 듯했다. 눈표범은 애써 감추려 했지만 앞다리를 절고 있었다. 어미 마스티프는 조금 전에 눈표범의 발을 물면서 우두둑 뼈가 으스러지는 소리는 듣지 못했지만 근육이 찢어지는 시원한 만족감은 느낄 수 있었다.

눈이 멎었다. 어느새 하얀 별들이 검푸른 하늘을 뒤덮었다. 눈밭은 달빛 아래 눈이 부시도록 은빛을 번쩍였다. 가끔 눈송이가 하느작거리며 공중에서 떨어져 자신의 운명을 정할 자리를 찾았다. 몸을 감출 어둠이 사라지자 눈표범은 너무 불안했다. 빳빳이 곤두선 눈표범의 꼬리는 더욱 굵어 보였다. 마치 피리 소리에 머리를 쳐든 코브라처럼 음흉하게 흔들거렸다. 하지만 눈표범은 마스티프와 눈이 마주치면서 여광으로 자신이 오던 길을 훔쳐보았다.

어미 마스티프는 눈표범이 이 양들이 아니라면 벌써 사라졌다는 것을 잘 알고 있었다. 이처럼 나쁜 날씨에는 먹이가 매일 생기지 않는다. 이미 입에 들어온 거나 다름없는 양고기가 너무 아쉬웠다.

이번이 마지막 공격임을 마스티프는 알고 있었다. 그래서 젖 먹던 힘을 다해 눈밭에 서서 주저하고 있는 눈표범에게 달려들었다. 이번에는 눈표범이 날리는 발의 공격을 피하면서 목을 정확히 물 수 있으리라 믿었다. 물어서 땅에 쓰러뜨리고는 뜨거운 피가 다 쏟아지기를 기다려 입을 놓는다. 그러면 전에 양떼를 노리다가 자신에게 죽은 늑대 두 마리처럼 눈 위에 늘어질 것이다.

어미 마스티프는 싸울 마음이 사라진 눈표범 앞에 이르렀다. 그리고 눈표범의 다친 오른쪽 다리를 물려는 시늉을 했

다. 이미 상처를 입은 눈표범은 과연 꼬임에 넘어가 조건반
사적으로 머리를 숙여 막았다. 모든 것이 생각대로 되었다.
경험이 아주 중요한 때이다. 이런 경험은 야영지를 습격하
러 온 야수를 격파하는 과정에서 점차 쌓인 것이다. 갑자기
양털더미 쪽에서 놀란 울음소리가 들려왔다. 모성의 본능으
로 번개같이 달려드는 가운데도 눈에 뒤덮인 양털더미 쪽을
힐끔 보았다. 하지만 그것은 만회할 수 없는 실수였으며 이
를 깨달았을 때는 이미 늦었다. 자신이 꼬임에 빠졌음을 깨
달은 눈표범은 분해서 강인한 복근의 힘으로 날쌔게 튕겼
다. 이미 정신이 흩어져 가장 좋은 공격기회를 놓친 어미 마
스티프는 아무 준비도 되어 있지 않은 채 복부를 눈표범의
이빨 앞에 드러냈다.

모두 다 악몽처럼 뒤죽박죽 혼잡하기만 했다. 몸서리치는
울부짖음은 마치 천막을 친 눈밭에 찰싹 붙어서 뭔가에 부
딪치며 굴러가는 듯했다. 단증은 내내 머리가 어지럽고 흐
리멍덩했다. 모든 것이 조용해진 뒤에야 좀 정신이 드는 것
같았다.

한바탕 고열에 시달리던 단증은 마침에 자리에서 일어났
다. 그는 아내의 만류도 마다하고 비틀비틀 천막을 나섰다.

오른손에는 티베트 칼을 들고 왼손에는 손전등을 들고 눈밭으로 나갔다. 벌써 날이 밝았다. 하늘은 씻은 듯이 맑았고 손전등 없이도 달빛 아래 눈밭은 뭐든지 똑똑히 보였다. 아무 일도 없었다는 듯 너무 조용했다. 다만 평소 같으면 땅에 누워 있어야 할 양떼들이 지금은 한 덩이로 다가붙어 뭔가 좋지 않은 일이 있었다고 말하고 있었다.

단증이 보니 양떼 주변의 10여 평방미터 되는 눈밭이 짓밟혀 풀이 드러나 있었고 눈에는 이미 굳어 버린 핏자국이 얼룩얼룩했다.

눈 한가운데는 마치 담요처럼 부드러운 것이 던져져 있었다. 단증은 한 손에 칼을 꽉 틀어쥐고 다른 손에 든 손전등으로 그 '담요'를 비추었다. 좀 가까이 다가간 단증은 너무 놀라서 하마터면 손전등을 던져 버릴 뻔했다. 그것은 눈표범이었다. 무섭게 찢어진 목의 상처에는 뻘건 근육과 복잡한 혈관이 드러나 있고 둥그렇게 뜬 두 눈은 감지도 못하고 있었다. 순간 단증은 다시 칼을 틀어쥐고 가슴 위로 올렸다. 그러나 눈표범은 까딱 움직이지 않았고 정말 죽어 있었다. 멋진 가죽은 핏자국으로 단장했고 끔찍하게 아름다웠다.

띄엄띄엄 이어진 핏자국이 천막 뒤에 있는 양털더미로 향하고 있었다.

어미 마스티프의 배에서 흘러나온 피는 이미 눈밭을 흠뻑 적셨다. 양털더미 앞에 누워 있던 어미 마스티프는 단증의 소리를 듣고 맥없이 고개를 저어 보였다. 그러고는 다시 고개를 떨어뜨리고는 빠져나가려는 어린 새끼 한 마리를 품에 끌어안았다. 새끼 마스티프 세 마리는 어미의 품 안에서 근심 걱정 없이 젖을 빨고 있었다.

달이 모습을 감춘 지금은 동틀 무렵의 가장 어두운 시각이었다. 천막 한쪽에 누워 있던 어미 마스티프는 갑자기 고개를 쳐들었다. 배를 감고 있는 수유차(소나 양의 젖을 끓여서 만든, 티베트족이 즐겨 마시는 차)를 가득 묻힌 헝겊을 씩씩 냄새를 맡아보고 나서 단증이 안아다 곁에 놓은 새끼들을 보고는 마음이 놓이는 표정을 지었다. 어미 마스티프는 살랑살랑 새끼의 털에 묻은 피를 핥아 주었다. 배불리 젖을 먹고 난 새끼들은 잠을 자면서 끙끙 소리만 낼 뿐이다. 옻칠처럼 검은 어린 새끼의 털을 깨끗이 핥아 주고 난 어미 마스티프는 바람에 날리는 룽다(티베트의 길가나 사원, 민가에 매달아 놓는, 경문도안이 찍힌 오색 깃발)처럼 비칠비칠 몸을 가누지 못하다가 마침내 일어섰다. 그는 고개를 숙여 다시 새끼들의 냄새를 맡아보고는 비틀비틀 문가에 가서 머리로 천막 모전(양털로 짠 천) 문을 젖히고는 밖으로 빠져나갔다.

단증은 마스티프를 막지 않았다. 맨 처음 길렀던 티베탄 마스티프도 늙고 쇠약해져 죽음이 찾아왔음을 알아채고는 어느 저녁 무렵 이렇게 나가 버린 것이다. 티베탄 마스티프는 자신의 생명이 다할 무렵이 되면 모두 이렇게 조용히 떠난다. 선택의 기회만 있으면 티베탄 마스티프는 야영지에서 죽으려 하지 않는다.

단증은 모전을 쳐들고 바라보았다. 맑고 투명한 눈밭 위로 어미 마스티프가 동틀 무렵의 푸른빛을 둘러쓴 저 멀리 아득히 보이는 설산을 향해 천천히 걸어가고 있었다.

어미 마스티프의 검은 그림자가 지평선 위로 사라질 무렵 날이 밝았다.

검은 불길

단증의 발아래 있던 거쌍은 마치 이글거리는 검은 불덩이처럼 튕겨나가더니 막 짖으면서 양떼를 향해 달려갔다. 거쌍도 자신이 튕겨 나간 뒤에야 비로소 달려가고 있음을 알았다. 요즘 거쌍은 깊은 잠에서 깨어나면 언제나 야릇하고 신비로운 충동을 느꼈다. 그 충동은 마치 영원히 어김없이 찾아오는 밀물과 같았다. 거쌍은 언제나 뭔가를 잡으려고 하는 것 같고 그것을 제자리로 보내고 싶은 생각이 들었다. 억누를 수도, 터뜨릴 수도 없는 충동이 시시각각 거쌍을 괴롭히고 있었다.

거쌍이 세상에 태어나서 처음 기억되는 것은 새하얀 설산이다. 넓고 푸른 하늘을 등지고 선 밝고 투명한 산봉우리는 햇빛에 반사되어 눈부신 빛을 내뿜고 있었다. 거쌍은 눈이 부셔 고개를 숙이고 쇠그릇에 담긴 이미 얼어붙은 소젖을 핥았다.

거쌍은 표준에 맞는 티베탄 마스티프라 할 수 있다. 머리 양쪽에는 심장을 닮은 두 귀가 처져 있고, 솜털을 완전히 벗어 버린 털빛은 까마귀처럼 검고 검은빛 위로는 금속 같은 푸른빛이 번쩍이고 있었다. 겨우 서너 달 되었지만 골격은 벌써 무섭게 커 보였다.

눈표범을 싸워 이긴 어미 마스티프의 소문은 교통이 불편한 티베트 북부였지만 보름도 채 되지 않아 초원에 널리 퍼졌다.

눈표범을 물어 죽인 이 마스티프의 후세를 얻기 위해서 목축민들은 며칠씩 초원을 말달려 찾았다. 그들은 용맹한 혈통은 자자손손 이어받는 것이라고 믿고 있었다.

거쌍은 어미 마스티프와 먼 곳에서 온 목축민이 데리고 간 두 마리 작은 마스티프에 대해 별로 남는 기억이 없었다. 그리고 태어난 지 겨우 두 달밖에 안 되지만 어린애 주먹만 큼 큰 발을 갖고 있었기에 주인이 남겨두었다는 걸 알 리 없 었다. 장차 거물이 될 마스티프의 씨였다. 장베이 초원에서 우량종 거물 마스티프는 야영지에서 없어서는 안 될 구성원 으로서 목축민에게는 생명줄이나 다름없는 가축을 보호하 고 천막을 지킨다. 심지어 눈이 많이 내려 야영지가 고립되 었을 때 밖에 소식을 전하기도 한다.

"거쌍아!"

천막 밖에서 양의 뼈다귀를 뜯어먹고 있던 어린 마스티 프는 주인이 부르는 소리를 들었다. 이것이 자신의 이름인 지는 모르지만 주인은 그런 소리를 내고 나서는 뭔가 기대 하는 듯 자신을 바라본다는 것을 알았다. 그리고 망설이면 서 천천히 주인한테로 달려가면 목 아래의 긴 털을 부드럽 게 어루만지거나 티베트족 두루마기 품에서 마른고기를 꺼내주는 기분 좋은 행동을 하는 것이었다. 지난해 가을부터 달아매 놓고 겨우내 말라 부드러워진 고기를 먹으면 주인은 말없이 곁에 앉아서 천막 앞에 있는 양떼를 바라본다.

그러나 이런 다정한 접촉은 드문 편이다. 여주인은 매일 젖을 짜고 나서 소젖 한 국자를 떠서 쇠그릇에 쏟아 주면 그뿐이다. 언제 한번 자신을 진지하게 본 적이 없는 것 같았다. 다행히 혈통적으로 사람의 다정함에 습관이 들지 않은 천성을 지닌 티베탄 마스티프라 그런 것이 불편하지는 않았다.

새끼 마스티프 두 마리 가 먼 목장으로 떠난 뒤 주인은 거쌍을 천막 밖으로 내보냈다. 첫날 밤 거쌍은 고집스럽게 천막 밖을 맴돌며 천막 안으로 들어갈 수 있는 구멍을 찾아 헤맸다. 갑자기 천막 문이 열리더니 주인이 손에 든 바이가(고무줄 가운데 달려 있는 가죽주머니에 돌이나 구슬을 담고 고무줄을 휘둘러 멀리 던져 목표물을 맞히는 방목 도구)로 느닷없이 머리를 갈겼다. 거쌍은 비명을 지르며 도망쳤다. 거쌍은 가축무리를 찾아가 그들이 받아 주기를 바랐다. 그러나 야크는 가까이 가기도 전에 똥과 흙이 엉겨 붙은 커다란 발을 휘둘러댔다. 양떼는 그런대로 조용히 누워 있었다. 어둠 속에서 그들의 눈은 마치 호수에 뿌려진 별무리 같았다. 하지만 양들은 너무 빽빽이 뭉쳐 있어서 무슨 수로도 뚫고 들어갈 수 없었다. 거쌍은 가축무리 주변을 한 바퀴 돌고 나서 다시 천막 앞으로 돌아왔다. 완전히 가려지지 않은 틈새로 따뜻한 불빛이 흘러나왔고 꼬마 주인의 즐거운 웃음소리가 들려왔다.

거쌍은 시험 삼아 슬피 울어보기도 했지만 성난 주인의 호통소리를 듣고는 놀라 도망쳤다. 바이가로 또 얻어맞고 싶지 않았다.

결국 거쌍은 양털더미 속으로 들어갔다. 아주 익숙한 냄새였다. 거쌍은 코를 양털 깊숙이 들이박으며 이제는 기억에도 먼 냄새를 즐겼다. 그날 밤 거쌍은 울부짖는 소리를 들었다. 어미의 품 안에서 젖을 아프도록 깨물었을 때의 가벼운 소리가 거친 소리로 변했다. 그때 거쌍은 맨 바깥쪽에 있었는데 황야에서 들려오는 몸서리치는 울음소리를 들었다. 거대한 공포에 눌려 저도 모르게 한마디 울었다.

이제는 천막 한쪽 구석에 있는 양가죽과 따뜻한 불구덩이를 생각지 않는다. 초원의 먼 끝에 있는 눈 덮인 산봉우리는 달빛을 받아 보석처럼 은빛을 반짝인다. 거쌍은 고개를 쳐들고 여린 목구멍으로 생명의 첫 울음을 울었다. 그러고는 푸른빛 어둠에 잠긴 목장의 풀 위에서 잠이 들었다.

거쌍은 잠을 자면서 끊임없이 몸을 비틀며 움직였다. 한기를 피하기 위해 본능적으로 양털더미 깊은 곳을 파고들었다.

티베트 북부의 아침, 밤새 내린 서리는 햇빛을 받아 영롱한 이슬이 되어 진주처럼 반짝거렸다. 거쌍은 양털더미 속을 나와 무수한 진주를 밟으며 흥에 겨워 천막을 향해 달려갔다. 천막 앞에는 수십 마리 양들이 서로 머리와 뿔을 마주하고 긴 가죽끈에 묶여 있었다. 이미 습관이 된 양들은 꼼짝 않고 서서 부풀어 오른 젖을 여주인이 짜주기를 기다리고 있었다. 더는 참을 수 없는 양 몇 마리가 꼬리를 쳐들고 까맣고 동그란 똥을 떨어뜨리고 있었다. 검푸른 먼 하늘에는 잿빛 구름이 고원의 바람에 실려 초원을 지나가면서 커다란 그림자를 드리우고 있었다. 밀려가는 썰물처럼 검은 그림자가 저 멀리 눈 덮인 산봉우리 뒤로 사라지자 햇빛이 초원의 구석구석을 골고루 비춰 주었다. 주인은 천막 앞에 정연(티베트 아리 지역에서 3천 년을 두고 내려온 종교의식)을 지폈고 한 가닥 푸른 연기가 가물가물 맑고 푸른 하늘로 올라가고 있었다.

오늘 아침이 지난날과 다르다는 것을 거쌍도 알고 있었

다. 전 같으면 여주인이 다 짠 소젖을 쇠그릇에 쏟고는 다른 일을 하러 가겠지만 오늘은 주인과 함께 서서 나직한 소리로 뭔가 중얼거리고 있었다. 이제 곧 생길 일이 자신과 관련된 것임을 느끼고 있었지만 아직 어린 마스티프라 역시 따뜻한 우유로 배를 채우는 것이 무엇보다 중요했다. 이미 굶주린 거쌍은 머리를 숙이고 금방 짠 우유를 날름날름 먹기 시작했다. 바닥까지 다 핥고 나서 고개를 들어 보니 주인은 벌써 떠난 지 오래다.

거쌍은 배를 채우고 나서 전에 보냈던 날처럼 할 일 없이 천막을 한 바퀴 돌고는 양털더미 앞에 누워서 저 멀리 눈 덮인 산봉우리를 물끄러미 바라보았다. 좀 지나면 꼬마 주인이 웅얼거리면서 천막을 기어 나와 자신과 놀아 주리라는 것을 알고 있었다.

그런데 오늘은 모든 것이 달랐다. 꼬마 주인은 주인의 뒤를 따라 나왔고, 주인은 방목하러 갈 때나 갖고 다니는 점심밥을 넣은 양털자루를 어깨에 메고 있었다. 꼬마 주인이 환성을 지르며 거쌍에게로 달려왔다. 거쌍도 흥분되어 일어서서는 막 꼬마 주인을 맞으려 했다. 그런데 주인이 꾸짖자 꼬마 주인은 시무룩해서 물러서는 것이었다.

주인이 손에 든 바이가를 휘두르자 공기를 찢는 듯한 날카로운 소리가 났고 천막 앞에 있던 양들은 느릿느릿 몸을 일으켰다.

방목하러 갈 시간이 된 것이다.

날마다 이랬다. 거쌍에게는 다른 것이 없었다.

"거쌍!"

몇 걸음 가지 않고 주인이 고개를 돌리며 불렀다.

꼬마 주인에게로 다가가던 거쌍은 주춤했지만 바로 주인을 따라갔다. 거쌍은 자신이 왜 이러는지 알 수 없었다. 그러나 뭔가 자신을 기다리고 있다는 것을 예감했다. 날마다 심심해서 천막 주변을 돌아다닌 뒤 풀밭에 누워 졸고 있으면 하나하나의 털구멍 깊은 곳으로부터 올라오는 갈망을 느낄 수 있었지만 그것이 도대체 뭔지 확신할 수 없었다.

거쌍은 조심스럽게 주인의 걸음에 맞춰 초원을 향해 걸어갔다. 소리치며 울고 있는 꼬마 주인은 이미 여주인이 안고 천막으로 들어갔다.

아직 어린 마스티프지만 이젠 꼬마 주인과 장난 치던 세월은 끝났음을 알았다. 거쌍은 어린 마스티프치고는 좀 커 보이는 머리를 살짝 쳐들고 더 날렵한 걸음으로 주인을 따라 달려갔다. 주인의 앞에도, 뒤에도 서지 않고 나란히 달렸다.

티베트 북부 초원의 마스티프에게는 오늘부터 방목생활이 시작된 것이다.

저 멀리 검은빛 천막 그림자가 희미한 지평선에서 사라질 무렵 거쌍과 주인은 목초가 많은 저지대에 이르렀다. 주인은 양 떼를 저지대 깊은 곳으로 몰아간 뒤 앞쪽 비탈에 비스듬히 누웠다. 그는 품안에서 양털 뭉치와 양 다리뼈로 만든 방추를 꺼내서는 양털로 실을 뽑기 시작했다. 햇빛 아래 2백여 마리 되는 양들이 풀밭에 흩어져 그들에게는 가장 중요한 일과인 풀을 뜯고 있었다.

거쌍은 천막에서 이처럼 멀리 떨어진 곳에 와본 적이 없었다. 천막 주변에서는 소똥을 태운 뒤의 따뜻한 냄새가 났지만 여기는 전혀 다른 낯선 냄새가 풍겼다. 지금은 티베트 북부에 잠깐 머물다 떠나는 아름다운 여름철이라 햇빛이 충분하고 초원은 싱그러운 푸른빛이 넘쳤다. 그러나 마음은 아직도 떨렸다. 낯선 초원과 산을 타고 먼 설산에서 불어오는 가벼운 바람과 어디를 가나 느낄 수 있는 황야의 분위기 때문에 이런 느낌이 드나보다.

거쌍은 주인 곁에 누워 있었다. 지금 안전한 곳은 여기뿐이라 생각되었다. 고원의 따뜻한 햇볕을 듬뿍 받으며 스르르 잠이 들었다. 잠에서 깨어나니 태양이 공중에 높이 걸려 있고 주인은 어느새 털실을 커다란 공만큼 크게 만들었다.

배불리 먹은 양들은 풀밭에 누워 쉬고 있었다. 어디나 상상할 수 없이 조용하고 하늘은 너무 푸르렀다.

이때 건너편 풀밭에서 누른빛이 번쩍 초원을 질러갔다. 조용히 정지되어 있는 초원에서는 아무리 작은 변화일지라도 금방 눈에 띈다.

거쌍이 막 달려갈 때 주인이 부르는 소리가 들리는 것 같았다. 그러나 주인의 명령에 무조건 복종하는 습관이 아직 생기지 않은 어린 마스티프는 그냥 흘려들었다. 거쌍은 본능에 따라 마구 짖으면서 달려갔다. 하지만 눈앞에 보이던 그 누른빛의 작은 물체가 갑자기 사라졌다. 한창 자라는 중인 거쌍으로는 이해할 수 없는 일이었다. 거쌍은 이상하게 여겨 걸음을 늦추었다. 그러나 공기 속에는 그 낯선 냄새가 확실히 있었다. 틀림없이 그 작은 물체가 남긴 흔적일 것이다. 후각은 모든 것을 가려낼 수 있는 가장 믿음직한 방법이다. 그러나 그놈은 보이지 않는다. 거쌍이 처음 양털더미를 헤치고 나왔을 때 까맣고 축축한 코끝에 내린 눈이 순식간에 사라졌던 것처럼 말이다.

거쌍은 조심스럽게 코를 땅 위에 바싹 붙였다. 그러나 닿지도, 떨어지지도 않은 거리였다. 그놈의 냄새가 심하게 코를 찔렀다. 거쌍은 머릿속에 평생 기억해 두어야 할 많은 냄새 가운데 하나인 두더지 냄새를 조금씩 저장하고 있었다.

냄새를 따라가다가 땅 위에 보일락 말락 한 굴을 찾았다. 냄새가 어찌나 심한지 머리가 아찔했다. 거쌍은 너무 흥분한 나머지 기절할 것만 같았다. 놈이 굴속에 숨어 있는 것이 틀림없었다.

굴 어귀의 흙은 성겼고 거쌍은 흙을 파헤치기 시작했다. 굴은 깊지 않았다. 10여 번 파자 어느새 두더지가 다리 아래로 빠졌다. 크나 작으나 속도가 줄지 않는 팽이처럼 두터지는 풀밭 깊은 곳으로 나는 듯이 사라졌다.

거쌍은 흥겹게 짖으면서 쫓아갔다.

금방 이 초원에 새로운 영역을 개척하러 온 두더지인가 보다. 아직은 10여 미터 간격으로 굴을 파놓지도 못했고, 초원을 엉성하게 만들어 사냥을 당할 때 숨을 피신처를 마련해 놓지도 못하였다.

지금은 두더지가 살이 오르는 계절이 아니지만 짧고 몽톡

한 네발을 가진 이 설치류 동물은 거쌍의 적수가 되지 못했다. 넓은 초원을 정신없이 한바탕 달리고 나서야 두더지는 자신이 거쌍의 노리개에 불과하다는 것을 알았다. 여러 번 쉽게 잡아서는 뒤집어 놓고 배를 드러냈을 때 죽이는 것이 아니라 멋대로 일어나 계속 도망치도록 내버려 두는 것이었다.

두더지를 쫓으며 풀밭을 뛰노는 거쌍을 보면서 단중은 말리지 않았다. 아직 어려서 이런 놀이에 빠져 있지만 금방 양떼를 보호하는 법을 배우리라 믿고 있었다. 그것은 타고난 본성이었다.

두더지는 마침내 거쌍이 헤집어 놓은 굴 어귀로 다시 돌아왔다. 그리고 굴속에 숨어서 몸을 반쯤 내놓고는 이빨을 드러내고 높고 날카로운 소리로 절망에 차 울었다.

거쌍은 마음을 다잡고 두더지를 향해 공격했다. 막 두더지의 코를 물려는 순간 두더지가 그의 머리 위로 훌쩍 뛰어오르더니 저만큼 도망쳤다. 거쌍은 또다시 공격준비를 했다.

이런 단순한 놀이는 너무 재미있고 힘이 들지도 않았다. 거쌍은 몇 번이고 두더지를 놓아주었다.

이 두더지는 거창한 목적도 없이 이곳 초원에서 태평스럽게 살고 싶을 뿐이었다. 하지만 지금 폭풍같이 무서운 공격을 당해내지 못하고 굴 밖으로 튕겨 나왔다.

거쌍 자신은 알지 못하지만 몸은 이때를 기다리고 있었다. 핏속에는 설레는 그 무엇이 늘 흐르고 있는 것이다. 거쌍은 본능적으로 몸을 날려 살찐 두더지를 물고는 목을 비틀었다.

두더지는 발을 버둥거리며 발악했다.

모든 티베탄 마스티프처럼 거쌍도 강건한 근육을 갖고 있지만 아직은 크지도 작지도 않은 미성년의 개에 지나지 않았다.

거쌍은 네발로 땅을 굳게 버티고 서서 이빨로 두더지의 가죽 밑으로 꿈틀거리는 목줄을 꽉 물었다.

뭔가 끊어지는 느낌이었다. 따뜻한 액체가 두더지의 매끄러운 털을 타고 흘러내리며 거쌍의 목구멍으로 흘러들었다. 거쌍은 만족스럽게 끙끙거렸다. 두더지는 통통한 몸을 꿈틀대며 벗어나려 발악했다. 하지만 점점 맥이 풀리더니 나중에는 움직이지 않았다.

거쌍은 두더지를 주인한테로 끌고 갔다.

주인은 거쌍의 머리를 가볍게 두드려 주고는 양털자루에서 마른고기를 꺼내 입에 넣어 주었다. 거쌍이 고기를 먹고 있을 때 주인은 허리에서 칼을 뽑아서는 두더지의 껍질을 조심스럽게 벗겨냈다.

오후에 주인을 따라 양떼를 몰고 야영지로 돌아왔을 때쯤 두더지 껍질이 반쯤 말라 주인은 벌써 허리에 달고 있었다.

야영지에 돌아오자 꼬마 주인이 달려 나와 또 거쌍을 잡으려 했다. 황량한 초원에는 어차피 아무도 놀아 줄 사람이 없는 것이다.

하지만 거쌍은 꼬마 주인이 자기 목에 난 긴 털을 잡지 못하도록 도망갔다.

꼬마 주인과의 놀이는 이젠 재미없었다.

세 번째로 주인과 방목하러 나간 날은 날씨가 유달리 화창했다. 좋은 풀밭을 찾고 난 주인은 또다시 품 안에서 양털 뭉치와 양뼈로 만든 방추를 꺼냈다. 거쌍은 주인 손에서 나는 듯이 돌아가는 방추를 보니 어지러워 눈을 감았다.

이것은 피할 수 없는 사실이고 거쌍이 아직 사고할 줄을 모르기 때문이기도 하다. 기억의 최초의 싹은 경험한 모든 것이 기억 그 자체이다. 앞으로는 굴의 지름이 거쌍의 몸이 겨우 들어갈 만한 굴속에 숨은 두더지가 나오지 않을 때는 어떻게 대처해야 하는지를 배워야 한다. 갇힌 동물의 천성 때문에 거쌍은 놀란 고양이처럼 험한 얼굴을 한 이놈을 냉큼 잡아야 한다. 하지만 이 일은 그렇게 단순하지 않다. 그의 앞에 나타난 것은 기억 속에 없는 날카롭고 긴 이빨을 가진 두더지였다. 몸을 돌릴 수도 없어서 잡은 뒤에는 뒷걸음으로 좁은 굴을 빠져나와야 했다. 거쌍은 말 할 수 없는 두려움을 느꼈다. 어쩌면 누가 굴 문을 막을 수도 있다.

그러나 어둠이 찾아왔다. 몸 뒤로 들어오던 모든 빛이 갑자기 사라지고 눈앞에서 흉악한 모습으로 으르렁거리는 두더지의 얼굴도 어둠에 잠겼다. 어둠은 밀물처럼 모든 것을 묻어 버렸다. 거쌍이 계속 걱정하던 일이 끝내 발생했다. 뒤가 막힌 것이다.

거쌍은 혼이 나갈 지경이었다. 이처럼 무서워 본 적은 없었다. 목을 빼고 짖어대면서 몸을 사려 튼튼한 굴속의 벽에 부딪치며 발악했다.

뭔가에 머리를 맞았다.

네 발을 하늘로 쳐든 채 잠에서 깨어난 거쌍은 주인이 양 뼈를 들고 있는 것을 발견했다. 고원의 쓸쓸한 하늘 위로 구름덩이가 초원에 그림자를 남기며 지나간다.

어둡고 구린 냄새가 풍기는 굴속에서 훌쩍 뛰어나온 거쌍

은 미칠 듯이 기뻐하며 주인의 장화 신은 발치에 목을 쓰다
듬었다. 그러나 주인은 거쌍의 친밀한 행동에는 관심이 없고
저 멀리 저지대로 움직이고 있는 양떼를 바라보고 있었다.

주인은 바이가에 달린 주머니에 돌을 담아 몇 번 휘둘러
날렸다. 그러나 돌덩이는 양떼에서 10여 미터 떨어진 풀밭에
떨어졌다. 양떼가 너무 멀리 간 것이다. 양들은 그냥 고개를
숙이고 풀을 뜯으면서 천천히 앞으로 이동하고 있었다. 좀
더 가면 작은 산언덕을 넘어 눈앞에서 사라질 것이다.

단증은 한숨을 쉬면서 양떼를 몰아오려고 몸을 일으켰다.

그런데 발아래 있던 거쌍이 검은 불덩이처럼 튕기듯 일어
서더니 막 짖으면서 달려갔다. 거쌍 역시 뒤늦게 달려가고
있는 자신을 발견했다. 요즘 거쌍은 잠에서 깨어날 때마다
몸속에서 이글거리는 알 수 없는 충동을 느꼈다. 그 충동은
영원히 시간에 맞춰 밀려오는 밀물처럼 정확하게 찾아왔다.
거쌍은 늘 뭔가를 잡아 제자리로 돌려보내야 한다는 충동을
받았다. 억누를 수도, 터뜨릴 수도 없는 충동이 시시각각 거
쌍을 괴롭히고 있었다.

요즘 거쌍은 주인이 자주 무리를 떠나는 양에게 바이가로
돌을 날려 경고하거나 몸소 양떼를 풀이 많은 풀밭으로 몰

아가는 것을 보았다. 성숙한 티베탄 마스티프가 있어서 본을 보인다면 거쌍은 금방 알 수 있을 것이다. 그러나 거쌍은 아직 어렸고 눈앞의 상황을 보고 자신의 사명을 알 수 있는 성숙한 개가 아니었다. 그렇지만 티베탄 마스티프의 핏속에 수천 년 배어 있는 목양견의 천성이 지금 거쌍은 달려 나가도록 부추긴 것이다. 이것은 변할 수 없는 본능이었다.

아직 서투른 거쌍은 양떼 중간을 질러 양떼를 흩어놓으면서 양떼 바깥 쪽으로 달려갔다. 그러고는 성이 차지 않아 다시 돌진하여 큰 폭으로 좌우로 달리면서 아직 여린 목구멍으로 우렁차게 짖어댔다. 이런 몰이법에 익숙하지 않은 양들은 사방으로 흩어져 도망쳤다. 그러나 자신의 솜씨를 보이고 싶어 하는 어린 마스티프의 적수가 아님을 알았다. 거쌍은 자주 맨 바깥쪽에 있는 양을 찾아서는 어깨를 살짝살짝 물어놓았다.

역시 양들이라 그들은 마스티프가 처음이어서 능숙한 목양견처럼 완벽하지는 못했으나 착실하다는 것을 알았다. 양떼는 제멋대로 설쳤다.

물론 처음이지만 거쌍은 경험이 풍부한 목양견보다 배나 되는 품을 들여 결국 양떼를 몰아왔다.

거쌍이 주인한테로 달려가 보니 단증은 아무 표정도 없이 여전히 제자리에 앉아 있었다. 무척 실망스러웠다. 티베트 북부에서 티베탄 마스티프가 양을 치는 것은 천성이었다. 양과 야크가 목축민들에게 젖과 털을 제공해야 하는 것과 마찬가지로 모든 일이 조물주의 뜻에 따라 일사불란하게 진행된다. 목양견이 양을 치는 것은 영원히 변할 수 없는 법칙이다. 요 며칠 단증은 양떼 앞에서 제구실을 못하는 거쌍을 보고도 조급해 하지 않았다. 아직 어려서 그렇지 언젠가는 반드시 깨우치리라 생각했고, 비틀거리다가도 갑자기 자신이 맡은 일을 해내리라 믿었다. 모든 것을 평온하게 받아들이는 것이 고원에 사는 원주민들이 그처럼 열악한 환경에서도 끈질기게 살아남는 원인이리라.

지금 단증의 얼굴에는 티베트 사람한테서만 볼 수 있는 멍청해 보이는 차분함이 깃들어 있었다.

양떼가 또다시 작은 산언덕 방향으로 움직이기 시작할 때 주인은 풀밭에 누워있는 거쌍을 향해 휘파람소리를 냈다. 그러자 거쌍은 화살처럼 달려갔다.

다시 양떼를 몰아온 거쌍은 주인 곁에 엎드렸다. 아주 짧은 시간이었지만 거쌍은 자연스럽게 받아들였다. 목양견이라 양치기를 위해 세상에 태어났고, 첫 번째로 양떼를 향해 달려갈 때는 본능이고 두 번째는 이미 경험이었다.

풀밭에 누워서 멀리 있는 양떼를 바라보는 거쌍으로서는 자신이 이 양떼를 오랫동안 지켜 왔다는 느낌이 들었다.

거쌍은 거쳐야 하는 훈련과정이 없이 바로 목양견의 생활을 시작했다.

점점 멀어지는 목장

거쌍은 일어섰다. 이제는 여름 야영지가 흔적도 보이지 않았고 모든 것이 사라졌다. 두려움은 초원 상공을 흘러가는 구름처럼 갑자기 거쌍의 허약하고 여린 마음을 감쌌다. 이 모든 것은 주인의 장난일 뿐이라고 계속 자신을 속이고 있었다. 그러나 이런 생각으로는 벌어진 모든 일을 설명할 수 없었다. 거쌍은 자신의 목양견 생애에서 첫 적수인, 기를 쓰고 양떼를 공격하려던 검은 늑대와 마주쳤을 때도 이처럼 두렵지 않았다.

그날은 여느 때와 다름없는 아주 평범한 하루였다. 저녁 무렵 거쌍은 주인과 함께 양떼를 몰고 초원에서 돌아와 야영지 주변에 누워 천막 위로 솟아오르는 연기를 조용히 바라보고 있었다. 여름철 티베트 초원의 황혼은 생기로 넘친다. 저 멀리서는 영양이 산언덕을 빠르게 달리고 있고, 날렵한 몸매는 마치 바람을 휘젓고 날아가는 매처럼 어느새 언덕 뒤로 사라졌다.

금빛 저녁이 깃든 초원이다.

매일 같은 날들이 되풀이되는 가운데 거쌍은 어느새 한 살이 되었다. 그동안 거쌍은 주인을 따라 겨울철 목장으로 이사했다가 다시 여름철 목장으로 옮겨 왔다. 봄에 거쌍은 태어나서 처음으로 늑대를 잡았다. 굶어서 거의 제정신이 아닌 늙은 늑대였다. 그 늑대는 머리를 겨우 쳐들 정도로 허약해서 거쌍은 별로 힘을 들이지도 않았다. 그 뒤로 거쌍은 처음 양떼 속에 숨은 흉악한 늑대를 만났을 때 느꼈던 전율은 감쪽같이 사라졌다. 거쌍은 굶주림에 쫓긴 늑대를 냉정하게 추격했고, 넘치는 힘으로 쓰러뜨리고는 사정없이 목숨을 끊어 버렸다. 심지어 한 번에 두 마리를 물어 죽인 일도 있다. 한 살짜리 티베탄 마스티프의 이런 능력에 대해 주인인 단증도 경이롭게 생각했다. 그는 거쌍을 남겨둔 자신이 자랑스러웠다. 둘도 없이 훌륭한 목양견이었다.

이것이 바로 아무런 변화도 없이 끊임없이 되풀이되는 거쌍의 삶이었다. 거쌍 자신도 그 무슨 변화를 바라지 않았다. 우연히 나타나는 늑대는 고원의 잔잔한 호수에 일어나는 작은 물결에 지나지 않았다. 거쌍이 늑대의 목줄을 정확히 물어 땅에 내동댕이치고 나면 호수는 다시 예전처럼 잔잔해진다.

차는 아직 보이지 않지만 거쌍은 예민한 청각으로 벌떼가 이동하는 듯한 무거운 소리를 느꼈다. 거쌍은 흥분된 듯 지평선 너머를 바라보았다. 2분 뒤 초원의 한끝에서 딱정벌레의 등처럼 반짝이는 지프차가 나타났고 유리창에 반사되는 햇빛에 눈이 부셨다.

우연히 이리로 지나가는 차들은 낯선 세계의 신선한 기운을 가지고 오기에 거쌍은 흥분을 참을 수 없었다. 거쌍은 군함처럼 웅장한 지프차 대열을 향해 다짜고짜 달려갔다.

단증이 새로 정한 야영지 가까이에 곧 버려질 도로가 있어서 달마다 한두 대의 자동차가 천막에서 1킬로쯤 되는 앞을 지나갔다. 가끔 야영지에 와서 머물기도 했다. 물을 얻기 위해 야영지에 오는 사람들이지만 그때마다 사납게 짖어대면서 공격하는 거쌍을 마주해야 했다. 그러면 주인은 당연히 거쌍을 말렸다. 이번에도 예외가 아니다. 석양빛에 번쩍거리는 차들이 조심스럽게 야영지에 들어설 때 거쌍은 갑자기 달려들며 천천히 굴러가는 타이어를 꽉 물었다. 거쌍은 이빨에 물린 고무에서 나는 뿌드득하는 신음소리를 즐겼다.

주인이 달려 나왔다. 그는 목줄을 당겨 천막 앞에 있는 말뚝으로 끌고 가서 쇠사슬을 거쌍의 목걸이에 걸어놓았다.

차로 장거리 여행을 하는 대부분의 사람들과 마찬가지로 두 사람 역시 차에서 내리는 순간 마비된 다리 때문에 비틀거렸다. 하지만 그들은 과장된 행동으로 주인을 향해 달려가면서 짜시더러(티베트어로 순조롭고 뜻대로 이루라는 뜻)를 외쳤다. 그들은 주인의 안내로 천막에 들어가면서 금빛으로 물든 먼 설산을 아쉬운 듯 바라보았다. 하지만 길이라고 하기

어려운 울퉁불퉁한 간이도로에서 온종일 부대낀 그들에게는 막 끓여낸 수유차에 더욱 마음이 끌렸다.

거쌍은 이 두 사람에게 흥미를 잃었다. 그들이 천막에 들어간 뒤 거쌍은 시선을 설산으로 옮겼다. 초원의 막바지는 이글이글 타오르는 불길에 막 녹고 있는 금과 같았고, 바람에 날려가 눈이 거의 없어진 산등성이는 마치 우뚝 솟은 칼날처럼 녹아내리는 금을 갈라놓고 있었다. 가장 높은 송곳 모양의 봉우리는 세찬 바람에 흩날리는 금빛 구름을 이고 있고, 끝없이 흘러가는 구름은 마치 나부끼는 금빛 깃발 같았다.

거쌍은 매일 방목하고 돌아오고 나면 늘 이런 표정으로 초원 건너편에 있는 눈 덮인 산 봉우리를 물끄러미 바라보고 있었다. 멀지는 않은 것 같지만 가본 일은 없었다. 가끔 황혼의 햇빛을 받으며 황홀한 색깔로 빠르게 변하는 설산을 바라보면서 늘 누가 자신을 부르기라도 하듯 묘한 소속감을 느끼곤 했다. 가끔 그곳에 가보고 싶은 충동을 느꼈고 그 충동은 처음 양떼를 향해 달려가던 느낌보다 더 강했다. 그러나 거쌍에게는 다만 마음일 뿐 초원을 질러 설산에 가서 도대체 뭔지 알아볼 시간이 없었다. 날마다 주인을 따라 방목을 가고 돌아와서는 떼를 보호해야 했다. 거쌍은 우리가 없는 초원에서 유일한 양떼 수호자였다. 시시각각 야영지 주변에서 일어나는 모든 것을 경계하면서 살펴야 했다. 야영지에서 거쌍은 없어서는 안 된다. 어미의 배 속에 있던 따뜻한 몸이 차가운 이 세상에 떨어진 그때부터 저승의 부름으로 초원의 막바지에 있는 설산에 갈 때까지 거쌍의 모든 것은 야영지와 긴밀히 이어져 있었다. 조상이 이렇게 살았고 그의 어미도 마찬가지였다. 거쌍 역시 모든 티베탄 마스티프들이 했던 일을 되풀이할 것이다.

그러나 저녁 무렵의 이런 갖가지 생각은 거쌍의 후각을 무디게 하지는 못했다. 설산에서 불어오는 바람에는 깊은 잠에 빠진 설산의 숨결이 묻어 있었다. 거쌍은 바람에 실려 오는 그 숨결을 느꼈고 그것은 빨갛게 단 송곳처럼 그를 아프게 찔렀다. 아쉬웠지만 거쌍은 설산의 최고봉에 걸려 있는 금빛 깃발 같은 구름(높은 산의 꼭대기는 기류 때문에 깃발 모양의 구름이 만들어지곤 한다.)에서 눈을 돌리지 않을 수 없었다.

거쌍은 쇠사슬을 당기며 훌쩍 뛰었다. 양떼에서 멀지 않은 얕은 풀 웅덩이에서 잿빛 그림자를 발견한 것이다.

거쌍의 후각은 적중했다. 그것은 늑대였다.

거쌍은 울부짖으면서 목에 걸려 있는 쇠사슬을 벗으려고

날뛰었다.

주인이 천막에서 나왔다. 거쌍이 짖는 소리가 지프차를 보고 짖을 때와 완전히 달랐기 때문이다. 그는 햇빛을 가리면서 양떼 쪽을 바라보았지만 땅에 착 붙어 있는 갈색에 가까운 잿빛 늑대를 발견하지 못했다. 하지만 거쌍의 목에 걸었던 사슬을 풀어 주었다.

그 늑대는 자신의 능력을 과대평가한 듯했다. 몸을 잘 숨기고 있다고 자신하고 있었기에 거쌍이 짖으면서 10여 미터 가까이 왔을 때에야 이 사나운 목양견에게 발각되었음을 깨달았다. 바로 눈앞에 두고도 먹을 수 없는 살찐 새끼양들을 아쉬운 눈길로 바라보면서 풀 웅덩이를 뛰쳐나와 꼬리를 빳빳이 세우고 먼 초원으로 도망쳤다.

이놈은 목축민이 졸고 있는 틈을 타서 먹이를 좀 얻으려 온 외톨이 늑대였다. 하지만 늑대는 방향을 잘못 잡았다. 바람을 등지고 간 것이다. 바람은 천막 쪽으로 불었고 거쌍은 바람에 실려 오는 희미한 냄새를 맡고 그를 발견한 것이다.

몇 걸음 쫓고 나서 자신이 이놈을 잡을 수 있음을 알았다. 뒤에서 보니 이놈이 제대로 된 사냥감을 잡아본 지 한참 되는 것 같았다. 달리는 것이 마치 날리는 나뭇잎처럼 기운이 빠져 있었다. 성긴 털 사이로 갈비뼈가 훤히 드러나 보이고 옆구리가 심하게 오르내렸다. 늑대는 얼마 도망가지 못하고 고개를 늘어뜨리고는 자꾸 고개를 돌려 점점 가까워지는 거쌍을 절망에 차서 바라보는 것이었다.

거쌍은 늑대를 주인의 시선 밖을 벗어나지 못하게 했다. 거쌍은 서두르지 않고 숨차지 않을 정도의 속도를 유지하면서 목숨 걸고 도망가는 늑대를 따라갔다. 이제는 3미터 정도밖에 되지 않았다. 몇 번 성공적으로 늑대를 잡아본 뒤 거쌍은 완벽하게 추격하는 방법을 알아냈다.

앞에 작은 흙무지가 보였다. 쥐와 같은 작은 동물이 굴을 파면서 남겨놓았을 것이다. 늑대가 달리며 너무 힘을 쓴 탓인지 휘청하면서 하마터면 넘어질 뻔했다. 그러나 발걸음을 작게 떼면서 보폭을 조절하고는 계속 앞으로 도망쳤다. 그러나 이 작은 실수가 거쌍과의 거리를 더욱 좁혀 코가 늑대 꼬리에 막 닿을 정도였다.

거쌍은 있는 힘을 다해서 훌쩍 뛰어오르며 비스듬히 늑대의 허리를 물려고 했다. 그러자 늑대는 과연 속임수에 넘어가 도로 거쌍을 물려고 고개를 돌렸다. 절망적인 반항이었다. 거쌍이 슬쩍 시늉만 했을 뿐인데 늑대의 목줄은 거쌍의 눈앞에 완전히 드러났다. 거쌍은 그냥 늑대에게는 가장 치명적인 곳을 물면 된다.

거쌍은 네 발을 땅에 단단히 붙이고 목을 힘껏 흔들었다. 처음부터 주어진 운명대로 늑대에게는 거의 반항할 힘이 없었다. 너무 숨 가쁘게 달리다 보니 심장이 막 터질 것만 같았다. 그리고 이 늑대는 어찌나 가벼운지 거쌍은 가볍게 내동댕이쳤다. 끊어진 목에서 어두운 색의 피가 거품을 일며 콸콸 쏟아졌다.

거쌍은 숨을 돌리며 늑대가 다리를 떨며 피를 다 쏟을 때까지 기다렸다. 그러고는 늑대의 목을 물고 질질 끌면서 천막으로 향했다.

죽은 늑대를 끌고 천막 앞으로 오니 주인은 두 손님과 함께 기다리고 있었다. 주인은 거쌍의 머리를 두드려 주고는 말린 고기를 입에 넣어 주었다.

거쌍은 말린 고기를 먹지 않고 늑대 피로 범벅이 된 이빨을 드러내며 주인 뒤에 숨어 두려움에 싸어 있는 두 낯선 사람을 향해 낮은 소리로 짖었다. 티베탄 마스티프는 낯선 사람에게 본능적으로 적대심을 보인다.

주인은 낮은 소리로 꾸짖고는 목걸이를 잡고 말뚝이 있는 곳으로 끌고 가서는 다시 쇠사슬을 걸어 버렸다.

날이 저물 무렵 두 낯선 사람은 먹은 음식을 소화시키려는지 천막을 나왔다. 그들은 풀밭에 누워 있는 거쌍에게로 천천히 다가갔다. 거쌍의 목에 쇠사슬이 걸려 있고 또 아무 반응도 없이 풀밭에 누워 있기 때문이었던지 그들은 겁 없이 몇 걸음을 옮겼다.

티베탄 마스티프의 머리는 크면서도 네모나고 이마가 몹시 넓었다. 입이 짧고 코가 넓으며 근육이 두드러진 목은 굵고 힘 있었다. 늑대를 헝겊을 휘두르듯 내동댕이치는 것만 봐도 그 힘을 알 수 있었다. 네 다리는 튼튼하고 굵은 꼬리는 마치 헝클어진 국화처럼 등에 위로 말려 있었다. 온몸을 빽빽이 감싼 검은 털은 석양 아래서 번쩍번쩍 빛났고 검다 못해 푸른빛을 띠었다.

두 사람 가운데 마른 키다리 아저씨가 좀 더 똑똑히 보고 싶었던지 동료가 말리는 데도 앞으로 두 걸음 더 가까이 갔다. 다른 동료는 충분히 안전하다고 생각되는 곳에 서 있었다. 그는 해질 무렵 야영지에 왔을 때 이 개가 차 앞으로 달려들며 먹이를 덮치는 악어처럼 망설임 없이 타이어를 물던 일을 똑똑히 기억하고 있었다. 차에 앉아 있던 그였지만 튼튼한 타이어가 무슨 철기가 부딪친 듯 쟁쟁한 소리를 내는 걸 느꼈다. 주인이 개를 걸어놓는 것을 보고 나서야 그는 주인과 인사를 나누었다. 목에 힘줄 몇 갈래만 겨우 붙어 있는 늑대를 물고 천막에 돌아온 거쌍은 주인의 애무에는 아무런 반응도 없이 사납게 쏘아보았다. 거쌍에게는 늑대가 병아리에 지나지 않는다는 걸 잘 알고 있었다. 만약 이 개가 땅에 깊이 묻은 말뚝에 매어 있음을 굳게 믿지 않았다면 절대 가까이 다가가지 않을 것이다.

마른 키다리 아저씨가 다가갈 때 거쌍은 고개를 쳐들고 힐끗 보고는 눈을 반쯤 감고 있었다. 거쌍을 양보다 더 뛰어난 동물이라고 보지 않는 듯했고 이제 어쩔 셈인지를 기다리는 것 같기도 했다. 그러나 나직이 으르렁대는 소리는 위엄이 있었고 무서운 경고와 같아서 발길을 멈추지 않을 수 없었다.

늑대를 잡느라 다른 생각을 할 겨를이 없을 때 두 낯선 사람이 주인과 함께 멀리서 지켜보고 있었음을 거쌍은 알지 못했다. 마른 키다리 아저씨는 배율이 높은 망원경을 통해 늑대의 목에 있는 혈관을 정확히 공격하는 거쌍을 똑똑히 지켜보았다. 거쌍에게 물리는 순간 늑대의 혈관은 끊어졌다. 약한 핏줄기는 마치 샘물처럼 솟구쳐 올랐고 늑대는 생명의 빛처럼 천천히 흩어졌다. 그러나 이 개는 끊임없이 사래를 쳤고 싫증이 나서야 죽은 늑대를 자루처럼 땅에 던졌다. 늑대는 목과 몸이 서로 이어지지 않은 듯이 보였다.

"거쌍아!"

낯선 사람은 땅에 누워 있는 개를 큰 소리로 불렀다. 단증에게서 이 티베탄 마스티프의 이름을 알고 있었다. 거쌍은 덤덤한 표정으로 고개를 흔들어 보였고 여전히 관심이 없었다. 금방 초원에서 늑대를 쫓을 때 보았던 그 민첩하고 사나운 모습은 없었다.

거쌍의 이런 무덤덤한 표정에 속아 넘어갔을지도 모른다. 전에도 여러 가지 개들을 접촉해 본 경험에 따르면 이런 상황에서 공격적으로 나오는 개는 거의 없었다. 배부르고 보면 경계심도 사라지나 보다. 그래서 두 걸음 더 다가갔고, 두 번째 걸음이 땅에 닿기 전에 갑자기 바람소리와 함께 검은 담장이 앞을 막는 느낌이 들었다.

그는 동료의 높고 날카로운 비명소리를 들었다.

거쌍이 다른 개들과는 다르다는 걸 그는 미처 몰랐다.

그는 몹시 놀라 도망쳤다. 거쌍의 긴 쇠사슬이 닿지 못하는 곳에 허겁지겁 빠져나온 그는 아직도 쇠사슬을 팽팽히 당기며 날뛰는 거쌍을 공포에 질려 바라보았다. 불덩이 같은 두 눈은 검은 털 속에서 번쩍였고 이글거리는 불처럼 그의 몸에 구멍이라도 낼것 같았다.

거쌍은 물고 있던 옷소매를 뱉어 버리고는 따뜻하게 엎드려 있던 풀밭에 다시 누웠다. 옷소매의 냄새가 좀 싫었다. 그러나 후각은 선크림 냄새를 새로 기억해 두었다.

"이게 어디 개냐? 제법 사자로구먼."

한쪽 팔소매를 잃은 마른 키다리 아저씨가 일어서면서 말했다. 두려움에 하얗게 질린 얼굴빛을 감추려고—물론 고원반응이라고 설명할 수도 있지만—고개를 푹 숙인 채 몸에 묻은 먼지와 풀을 털었다.

"정말 무서운 개로군!"

그의 동료는 춥기라도 한 듯 어깨를 감싸 안으며 또 몇 걸음 물러섰다.

"고원에 살고 있는 마스티프가 혼자 늑대 세 마리를 대적할 수 있고 심지어 눈표범을 이긴다는 말을 듣기는 했지만 오늘 보니 정말이네."

"당연하지 않겠나. 사람 살기도 힘든 땅에서 이런 개 아니면 살아남을 수 없겠지. 세상에 소문난 명견을 꼽으라면 티베탄 마스티프, 캅카스 개, 중앙아시아 목양견, 핀란드 개가 있지만 그중에서 티베탄 마스티프가 가장 사납지. 2천 년 전에 벌써 고대 그리스에 전파되었고, 훗날에는 고대 로마 제국에 전파되고 또 동유럽의 슬라브인들을 통해 유럽 각지에 퍼졌지. 요컨대 지금 세계의 모든 맹견들 몸에는 모두 티베탄 마스티프의 피가 흐르고 있지. 모든 맹견들의 할아버지의 할아버지야.”

마른 키다리 아저씨는 마침내 조금 전 창피했던 자신의 체면을 세울 만한 이야깃거리를 찾아 위안이 되었다.

그의 말을 듣고 난 동료는 맹견 가운데서도 으뜸인 이 개를 한번 자세히 보고 싶었다. 지켜보고 있는 그의 시선이 불편했던지 거쌍은 또 날뛰었다. 어둠 속에서 쇠사슬을 빳빳하게 당기며 날뛰는 거쌍의 모습은 더욱 웅장해 보였다. 두 사람은 뭐라 낮은 소리로 칭찬하면서 뒤로 물러섰다.

“내 친구가 청두에 있는 별장을 지키려고 순종 독일 목양견 두 마리를 길렀는데, 한번은 강도가 들었대. 강도들은 친구를 묶어놓고 집 안 물건을 털어 갔을 뿐만 아니라 특수 훈련을 받았다는 목양견까지 끌고 갔지 뭐야. 강도가 들어올 때 개들은 짖지도 않았대. 괜히 달마다 많은 사육비를 썼지. 화가 난 친구는 나보고 꼭 티베탄 마스티프 한 마리를 얻어 달라고 하네. 티베탄 마스티프가 맹견 중의 맹견인 줄 어떻게 알았는지 모르겠지만 돈은 얼마든 상관없고 순종 티베탄 마스티프면 된대. 이 티베탄 마스티프를 데리고 갔으면 좋겠는걸.”

“그 먼 청두까지 무슨 수로 이 마스티프를 데려 가나?”

그의 동료는 머리에 산소가 부족해서 이처럼 이상한 생각을 하는 것이라고 의심했다.

“청두에는 갈 수 없어도 라싸의 티베탄 마스티프 시장까지만 데려가도 엄청난 돈을 벌 수 있지.”

개장사로 돈을 벌어 산 차 두 대로 전문 보석 수매에 나선 마른 키다리 아저씨는 자신의 아이디어에 흥분되어 있었다.

“그런데 목축민은 웬만해선 자기 개를 팔지 않아.”

동료의 적극적인 생각을 꺾을 마음은 없지만 역시 눈앞에 닥친 일이라 그냥 받아들일 수는 없었다.

“이 세상에 불가능한 일이 어디 있나. 게다가 여긴 티베트 북부의 초원이잖아.”

마른 키다리 아저씨는 지프차 트렁크에서 병 두 개를 꺼냈다.

두 사람은 등불을 켠 천막으로 들어갔다.

거쌍이 기를 쓰며 뛰었지만 아무 쓸모없었다. 두 낯선 사람의 이상한 거동에서 그는 자신에게 불리한 뭔가를 느꼈다. 그러나 그는 목양견일 뿐으로 뭘 결정하거나 개변할 수 없었다.

이번은 기나긴 여정이었다.

지프차의 뒤창으로는 끝없이 넓은 초원에서 점점 희미해져 가는 천막의 윤곽만 분간할 수 있었다. 계속 불안해서 가만있질 못하던 거쌍은 지금 도리어 이상하게 조용해졌다. 낯선 지프차 안의 모든 것에 여전히 공포를 느꼈고 코를 찌르른 휘발유 냄새에 머리가 얼떨떨했고 속을 뒤집는 비닐 냄새와 차 안에 배어 있는 향수 냄새도 싫었다. 아무튼 거쌍은 이미 낯선 냄새가 넘치는 세상에 왔음을 알았다.

천막이 시야에서 사라질 무렵 긴장하고 불안하던 거쌍은 가슴이 텅 빈 듯한 느낌이었다. 뭔가 그의 생명에서 빠져나간 것 같았다. 거쌍은 자신이 이미 어른 티베탄 마스티프로 자랐고 무슨 일이 생기든 두려움 없이 헤쳐 나갈 수 있다고 믿었다. 그러나 야영지를 떠난 지금 이런 믿음은 산산이 깨져 버렸다. 다시 한번 이 모든 것을 잘 생각해 보지 않을 수 없었다.

아침에 언제나 침착한 걸음으로 오던 주인이 비틀거리면서 천막을 나왔고 뒤로 두 낯선 사람이 따랐다. 주인은 굳은 표정으로 거쌍에게로 다가왔다. 거쌍은 분위기가 다름을 느꼈다. 여주인과 꼬마 주인은 천막 앞에 서서 바라보고 있었다. 거쌍은 아무 일도 없는 듯이 조심스럽게 몸을 일으켜 주인을 맞았다. 단증은 표정이 딱딱했고 걸음마저 제대로 옮기지 못하고 하마터면 거쌍의 몸에 엎어질 뻔했다.

단증의 몸에서는 아직까지 맡아본 적이 없는 냄새가 코를 찔렀다. 거쌍은 이제 알코올 냄새를 평생 기억하게 될 것이다. 이 냄새에 따라 거쌍의 운명이 바뀌기 때문이었다. 이 냄새는 주인의 거친 동작과 마찬가지로 불편했다. 주인은 단단히 붙잡아매지 못한 것 같아 목걸이를 하나 더 보탰다. 그래도 마음이 놓이지 않아 쇠사슬로 거쌍의 허리를 감았다.

거쌍은 너무 불만스러워 머리를 흔들어댔다. 주인은 짜증 나는 듯 뭐라고 중얼거리더니 주먹으로 거쌍의 오른쪽 귀를 때렸다. 아픔보다 참기 힘든 것은 분노와 업신여김이었다. 한 살을 먹도록 진짜 매를 맞아본 적이 없었다. 어릴 때 뭘 잘못하더라도 벌은 상징적이었다. 이처럼 갑작스레 바뀐 처지를 이해하지 못하고 있을 때 주인은 서툰 솜씨로 거쌍을 꽁꽁 묶었다. 표범이라도 이렇게 묶으면 벗어날 수 없을 것이다. 두 낯선 사람의 눈짓에 따라 주인은 거쌍을 지프차로 끌고 가서 트렁크에 매놓았다. 더는 거쌍을 보지 않으려는 듯 그는 비틀거리면서 천막으로 가더니 여주인을 밀치고 부랴부랴 천막 안으로 들어갔다. 바닥에 넘어지는 소리가 크게 들렸다.

거쌍은 이렇게 묶여본 적이 없었다. 오늘 따라 전에 없던 일들이 너무 많이 발생해서 거쌍은 차분해지고 싶었다. 푸른 하늘과 목장, 양떼와만 어울려 온 머리로 지금 상황을 자세히 따져 보았다. 누우면서 갈비뼈가 쇠사슬에 부딪혀 불만스럽게 웅얼거렸다. 처음 있는 일이었다. 목장에서 낯선 사람이 왔을 때만 주인이 목걸이에 쇠사슬을 걸어놓았고 사람이 가면 금방 풀어주곤 했다.

거쌍은 일어섰다. 이제는 여름 야영지가 흔적도 보이지 않았고 모든 것이 사라졌다. 두려움은 초원 상공을 흘러가는 구름처럼 갑자기 거쌍의 허약하고 여린 마음을 감쌌다. 이 모든 것은 주인의 장난일 뿐이라고 계속 자신을 속이고 있었다. 그러나 이런 생각으로는 벌어진 모든 일을 설명할 수 없었다. 거쌍은 자신의 목양견 생애에서 첫 적수인, 기를 쓰고 양떼를 공격하려던 검은 늑대와 마주쳤을 때도 이처럼 두렵지 않았다.

지프차는 숨 가쁘게 언덕을 올라가고 있었다. 차창 밖을 보니 간혹 다니는 자동차의 바퀴가 지나간 자리 위로 풀이 듬성듬성 나 있고, 자랑처럼 여겨 왔던 목초의 푸른빛은 이상스러울 정도로 드물었다. 이래서 마지막 한 가닥 위안마저 사라지고 버림받았다는 분노가 불덩이처럼 가슴을 태웠고, 작은 돌멩이 위를 지나가면서 흔들리는 자그마한 진동에 그만 폭발하고 말았다.

차안에 있던 두 사람은 폭탄이 폭발하는 줄로 알았다. 차를 운전하던 사람이 갑자기 놀라는 바람에 손발에 맥이 풀리며 핸들을 바로잡지 못해 지프차가 얕은 구덩이에 빠지며 차가 크게 기울었다. 잘 고정해 놓지 못했던 병과 깡통들이 부딪치면서 요란스러운 소리를 냈다. 처음 들어보는 소리 때문에 거쌍은 마음이 더 불안했다. 폭탄 터지듯 울부짖는 소리가 차 안을 진동했고 거쌍은 미친 듯이 주변의 모든 것을 들이받았고 닥치는 대로 물어댔다. 드넓은 목장에서는 거쌍의 울부짖는 소리가 이처럼 마음을 울릴 수는 없었다. 그러나 문을 꽁꽁 닫은 10평짜리 좁은 차 안에서 울리는 소방차의 경적소리와 다름없었다.

지프차는 30미터 나가다가 멈춰 섰다. 사납게 울부짖는 마귀를 태우고 티베트 북부의 들판을 드라이브할 사람은 아마 없을 것이다. 정신을 가다듬고 차를 운전하더라도 길이 엉망인 티베트 북부 초원에서 사고 치는 사람이 수없이 많다. 두 사람은 얼굴이 창백해져서 차에서 내렸다. 차창으로 치미는 분노 때문에 긴 털을 곤두세우고 먹이를 빼앗긴 사자처럼 울부짖는 마스티프가 보였다. 거쌍의 두 눈은 이글거리는 불꽃처럼 무서웠고, 프로그램 없이 돌아가는 기계처럼 뭐든 헤아리지 않고 야만스럽게 차창을 쾅쾅 마구 쳤다. 칠 때마다 단단한 바위를 두드리는 소리가 났다. 혼비백산한 두 사람은 차창에 확대된 악마 같은 얼굴과 새하얀 이빨을 보면서 어쩔 줄 몰라 했다.

지프차를 떠났지만 두 사람은 소름이 돋는 울부짖는 소리가 약해졌다는 느낌이 전혀 나지 않았다. 반대로 차 안에 막혀 있던 울부짖는 소리가 일단 문이 반쯤이라도 열리면 제방을 무너뜨리는 홍수처럼 용솟음쳐 나올 것만 같았다. 울부짖는 소리를 들을 때마다 몸에 얼음물을 퍼붓듯이 후들후들 떨렸다.

거쌍은 꽉 막힌 차 안을 수없이 두드려댔다. 좁은 공간에서 느끼는 압박감 때문에 미칠 것만 같았다. 목장에 있을 때는 영하 40도로 내려가는 겨울밤에도 거쌍은 한데잤다. 초원에서는 마음대로 달릴 수 있었다. 그러나 모든 것은 멀리 사라져 버렸다.

거쌍이 또 한 번 머리로 차창을 들이받자 유리창에는 붉은 자국이 남았다. 차창에 핏방울이 튕겨도 거쌍은 힘을 놓지 않았다. 차는 끊임없이 흔들리고 두 사람은 골수를 파고드는 으르렁대는 소리에 어쩌면 좋을지 몰랐다. 쇠사슬을 풀어 주는 순간 갈기갈기 찢겨 나갈 두려움 때문이 아니라면 이 미쳐 버린 개를 벌써 놓아줬을 것이다. 물론 거쌍이 개라면 말이다.

"그냥 이대로 짖으면 미쳐 버릴 것 같아."

마른 키다리 아저씨의 동료가 차문을 열고 손잡이를 찾아 들고는 모험적으로 뒷문을 열려고 했다.

"미쳐도 그런 바보짓은 못 하지. 그게 어디 개냐? 문을 한 번 열어 봐. 열기도 전에 팔은 물려서 싹둑 잘릴 거야."

마른 키다리 아저씨는 정말 말릴 생각은 아니었다. 그도 동료가 한때의 충동으로 하는 말임을 알고 있었다. 자신의 팔로 티베탄 마스티프의 이빨이 얼마나 날카로운지를 시험해 볼 정도로 바보스러운 동료는 아니었다.

정말 그랬다. 마른 키다리 아저씨의 동료가 스패너를 들고 차창 앞으로 다가갔지만 분노로 찌그러진 얼굴로 유리창을 들이받고 있는 거쌍을 보고는 뒷걸음쳤다.

그는 스패너를 던지고 기운없이 땅에 주저앉았다.

티베트 북부에서는 고원반응 때문에 생각이 무디어지고 감정이 이상해진다. 불안해서 광기를 부리는 이 괴물을 그냥 지키고 있다가는 그만 무너지고 말 것이다.

이 티베탄 마스티프가 지금처럼 고집스레 들이받기만 한다면 차창이 정말 열릴 것 같았다. 그러면 무슨 일이 발생할지 누구도 모른다.

역시 마른 키다리 아저씨가 잠시나마 피할 수 있는 방법을 생각해 냈다. 두 사람은 차에서 촬영 가방을 꺼내 들고 도망치듯 들판에 멀리 떨어져 있는 작은 호수로 향했다. 그들은 최대한 빨리 걸었다. 고원에서 사람은 격렬하게 활동할 수 없다. 그러니 울부짖으며 발악하는 티베탄 마스티프가 고원의 생령이 갖고 있는 놀라운 용맹성을 보여 주고 있는 것이다.

차 안에 마귀를 가둬놓고 피했으니 그럴듯한 방법 같았다.

그들은 호숫가에서 별로 특별해 보이지도 않는 물새를 찍었다. 한 시간쯤 놀다가 싫지만 돌아오지 않을 수 없었다.

멀리 풀밭에 서 있는 차는 마치 약탈을 당한 도시처럼 조용했다.

"너무 힘을 쓰더니 심장이 터져 죽었나?"

촬영 가방을 멘 마른 키다리 아저씨의 동료가 이제는 해방되었다는 듯이 말했다.

"잠깐 쉬고 있을지도 모르지."

본심은 아니지만 마른 키다리 아저씨가 기대를 깨는 말을 했다.

그들은 조마조마한 마음으로 검게 변해 버린 핏자국으로 얼룩진 차창을 들여다보았다. 거쌍은 심장이 터지지도 않았고 쉬고 있지도 않았다. 다만 언제든 뛰쳐나갈 수 있는 자세로 구석에 쭈그리고 앉아 있었다. 두 눈의 암홍색 불꽃은 사라지지 않고 그냥 타오르고 있었다.

드디어 거쌍이 짖지 않았다.

차가 다시 움직였다.

거쌍은 삶에서 처음 실패를 맛보았다. 어깨의 통증은 죽 온몸에 퍼져 나갔다.

고원의 목양견으로서 돌처럼 튼튼한 심장을 가지고 태어났지만 거쌍은 지금 헐떡거리고 있었다. 물이 너무 먹고 싶었다. 말라 버린 목구멍으로는 양떼를 탐내던 늑대가 들으면 몸서리칠 울부짖는 소리를 더는 낼 수 없었다. 배가 고팠다. 한바탕 기운을 빼고 나니 위는 텅 비어 있었다. 평소에는 쳐다보지도 않던 기름 빠진 야크 젖마저도 지금은 너무 먹고 싶었다. 물론 가망도 없는 이런 상상은 고통만 더해 줄 뿐이다. 그러나 자신을 통제할 수 없었다. 야크 젖에서 풍기는 짙은 맛 때문에 조건반사로 배에 경련이 일어났다.

차는 계속 흔들리며 달렸다. 아마 거친 돌로 뒤덮인 끝없는 여울을 달리나 보다. 거쌍은 끝내 토했다. 뻣뻣해지면서 경련이 일어나고 있는 등을 죽 펴면서 어제 야영지에서 마지막으로 먹었던 음식을 토해냈다. 이미 죽처럼 되어 있는 참파(볶은 보리를 갈아서 만든, 티베트 사람들의 주식)와 양젖이었다. 위 속에 있는 것을 다 토해내고 나니 속이 시원했다. 현기증이 일고 난 뒤에 그의 강건한 몸뚱이에는 다시 생기가 돌기 시작했다.

거쌍은 티베탄 마스티프로서 신비한 고원의 수수께끼였다. 사람이 생존하는 데는 적합하지 않은 티베트 북부의 험한 환경에서만이 맹견의 유전자를 순수하게 이어 나갈 수 있는 것이다.

저녁 무렵 두 사람은 조그만 여관에서 묵었다.

거쌍의 분노는 하루의 단조로운 여행 때문에 없어진 것이 아니라 더 세차게 타올랐다.

그런대로 좋았다. 인색하지 않은 그들은 차 안에 갇힌 거쌍에게 익힌 양다리 반 개를 던져 주었고 맑은 물을 앞에 놓아 주는 것도 잊지 않았다. 물론 줄 때 물통이 들어갈 만큼 빠끔히 열었을 뿐이고 안전을 위해 차창 밖에서 마른 키다리사내가 거쌍의 목에 맨 쇠사슬을 꽉 잡고 있었다.

물을 먹느라 주의력이 흩어졌으니 망정이지 그렇지 않았으면 자신을 감히 차 밖으로 끌어낸 사람을 갈기갈기 찢어 버렸을 것이다. 이런 충동은 오랫동안 분출구를 찾아 헤매던 화산처럼 금방 분출할 것이다. 그러나 물이 거쌍의 불길 같은 분노를 잠재웠다. 적어도 분출을 잠시 뒤로 미루었다.

거쌍은 물통의 물을 한참 마셨다. 언제 목이 말랐더냐 싶게 갈증이 없어지고 나서야 입을 뗐다. 그러나 차가운 물이

빈속에 들어가자 배가 고팠다. 때문에 물을 마시고 나서 사람을 향해 화풀이를 하려는 생각을 거두고 양다리를 뜯기 시작했다.

거쌍이 다 먹고 나자 마른 키다리 아저씨가 막대기를 들고 차 앞으로 오더니 조심스럽게 문을 열었다. 거쌍은 다짜고짜 뛰쳐나갔다. 그러자 그는 벌써 예상했다는 듯이 끝이 두 갈래로 갈라진 막대기 끝으로 거쌍을 겨냥하고는 정확하게 거쌍의 소가죽 목걸이를 걸었다. 거쌍이 아무리 발악해도 그한테 접근할 수 없었다. 이때 마른 키다리 아저씨의 동료가 풀린 쇠사슬을 손에 잡고 재빠르게 쇠사슬을 마른 키다리 아저씨의 손에 넘겼다.

마른 키다리 아저씨는 거쌍을 여관 뜰 한가운데 있는 말뚝으로 끌고 가서 쇠사슬을 말뚝에 걸었다. 그러고는 굉장히 조심스럽게 행동하면서 막대기를 계속 거쌍의 목걸이에서 떼지 않았다. 그러나 몸을 돌리는 순간 거쌍이 와락 달려들었고 하마터면 옷섶 뒤가 물릴 뻔했다.

두 사람이 거쌍에게 먹이를 주고 있을 때 이 우울한 개를 지켜보는 사람이 있었다. 이처럼 힘든 방법으로 끌어내야 하는 개에게 관심을 가지지 않을 수 없었다.

초원을 여행한다고 해서 누구나 품종이 우량한 맹견을 볼 수 있는 것은 아니다. 공격에 실패한 거쌍이 땅에 드러눕자 주변에 사람들이 모여들기 시작했다. 그들은 거쌍의 체중과 목걸이 지름을 짐작해 보면서 감탄하지 않을 수 없었다. 설사 티베탄 마스티프에 대해 전혀 모르는 사람일지라도 거쌍의 거대한 골격을 보고 둘도 없는 우량종 맹견임을 알 수 있었다. 거쌍은 물론 모르는 일이지만 2년 전 옛 주인 단증이 식구를 데리고 경마회에 간 적이·있었다. 그때 주인을 따라갔던 어미 마스티프는 경마회 야영지에서 다른 초원에서 온 온몸이 새까만 털로 뒤덮인 수컷 마스티프를 만났다. 거쌍은 각기 다른 지역에서 온 두 우량종 마스티프의 완벽한 결합으로 생긴 후예일 뿐이다. 거쌍은 수컷 마스티프의 무섭게 큰 머리를 포함하여 그의 우수한 유전자를 남김없이 물려받았다.

마른 키다리 아저씨가 무슨 교환조건을 받아들였는지는 모를 일이다.

유희는 저녁을 먹은 뒤에 시작되었다.

금방 배불리 먹은 거쌍은 누워서 편안히 쉬고 싶었다. 만약 목장이라면 야영지 순찰을 마치고 양털더미 한쪽 구석에서 쉬고 있었을 것이다. 그러나 여기서 일어나는 모든 일은 자신과 관련이 없음을 알았다.

뜰에는 모닥불이 두 군데 피워져 있었다. 나무부스러기와 잘 마른 소똥은 토치램프에서 뿜어 나오는 푸른 불꽃에 의해 훨훨 타오르며 뜰 한가운데 빈터를 환하게 비췄다. 사람들이 모여들기 시작했다. 10여 명은 되었다. 거쌍은 생전 처음 이처럼 많은 사람을 본다. 불빛 때문에 여관 벽에 커다랗게 확대된 사람 그림자는 마치 오랫동안 잠자던 거인이 흐물흐물 벽을 기어오르는 것 같았다.

잔뜩 긴장한 거쌍은 말뚝을 두어 바퀴 돌면서 낮은 소리로 짖어댔다. 목이 좀 쉬어 있었다.

털을 곤두세운 거쌍은 불빛 속에서 유난히 커 보였고 검은 털이 흙투성이였지만 불빛을 받아 검푸른 빛을 번쩍이고 있었다. 마치 유령처럼 말뚝을 돌았다. 거쌍은 날렵하게 달렸고 사람들의 눈길은 그에게서 떨어지지 않았다. 무슨 일이 일어날 것 같은 예감은 들었지만 딱히 알 수 없었다. 그러나 자신과 관련된다는 것만은 확실했다. 긴 털에 가린 두 눈은 불빛을 받아 붉은 보석처럼 번쩍였고 섬뜩한 차가운 빛을 띠면서 호기심에 찬 주변의 사람들을 둘러보았다. 빳빳이 서 있는 머리 갈기털은 분노한 사자처럼 크게 부풀어 있었고, 강철로 만든 목에 건 2미터쯤 되는 쇠사슬은 거쌍의 목에서는 가벼워 보였다.

거쌍은 긴장해서 뭔가 일어나기를 기다렸다.

사람들은 커다란 몸집을 가진 마스티프에게 끌려 저도 모르게 감탄을 연발했다. 벌써 마른 키다리 아저씨에게 이 티베탄 마스티프를 팔지 않겠냐고 넌지시 떠보는 사람이 있었다.

누군가 요란하게 짖어대는 셰퍼드 두 마리를 뒤뜰에서 끌고 나타나자 갑갑하고 불안해진 거쌍은 울부짖으면서 쇠사슬을 벗어나려고 악을 썼다.

몸집이 큰 셰퍼드가 마구 짖어대면서 뜰로 들어오려고 했으나 당기는 목걸이에 목이 졸려 얼굴이 찌그러지고 눈을 치떴다. 거쌍은 조용해졌다. 이미 뭔가 알아챈 듯 든든한 말뚝에서 벗어나려고 애쓰지 않고 셰퍼드만 지켜보고 있었다. 야영지를 떠나기 전에는 거의 다른 개를 보지도 못했던 거쌍이었다. 개와 비슷한 동물을 봤다면 그것은 늑대일 뿐이다.

앞에 있는 두 놈을 보니 늑대와는 비슷하게 생겼는데 완전히 같지는 않았다. 무엇보다 귀가 늑대보다 컸고 머리는 늑대보다 넓지 않았다. 꼬리는 재빠르게 젓는 것 같았고 색깔도 더 짙었다.

"이건 내가 2년 전에 어미 셰퍼드를 들판에 매놓고 늑대와 짝짓기를 시켜서 얻은 진짜 셰퍼드란 말일세. 그 어미개는 퇴역한 순종 독일 목양견이니 이 티베탄 마스티프한테 지지는 않을 걸세."

병참의 요리사는 조심스럽게 문자를 골라 썼다.

개 가운데 왕이라 일컫는 이 티베탄 마스티프와, 늑대와 짝짓기 해서 생긴 셰퍼드를 싸움시키는 데 대해 이의를 제기하는 사람은 없었다.

지쳤지만 기대에 찬 얼굴들이 거쌍의 눈에 어른거렸고 이 낯선 얼굴들 가운데는 주인인 단중은 보이지 않았다.

놈들이 늑대 같지는 않았다. 냄새부터 다르다는 느낌이 들었다. 이놈들 몸에서 풍기는 냄새는 자신이 물어 죽인 늑대한테서 풍기던 황야의 냄새가 아니고 그들에게 더 익숙한 사람 냄새였다. 심지어 양고기 냄새, 젖 찌꺼기 냄새, 사람이 손으로 어루만진 냄새가 풍겼다. 늑대는 자신의 몸에서 이런 냄새가 나는 걸 영원히 허락하지 않는다.

그놈들은 순수한 늑대가 아니었다. 그러나 거쌍이 더 자세히 따질 시간이 없었다. 쇠사슬이 풀린 두 셰퍼드는 요리사의 부추김을 받아 구유의 돼지에게 달려들 듯 곧장 공격해 왔다.

첫 세퍼드의 공격은 쉽게 피했다. 몸을 슬쩍 스치면서 허공에서 날카로운 이빨을 뿌드득 가는 소리가 들렸다. 그러나 팽팽한 쇠사슬 때문에 움직이기가 불편했다. 두 번째 세퍼드가 같은 공격 자세로 공격할 때 빳빳해진 쇠사슬 때문에 날카로운 공격을 피하지 못했다. 세퍼드의 충격 관성이 너무 컸던지 거쌍의 어깨를 물려고 했으나 어깨에 난 두툼한 털이 날카로운 이빨이 근육 속으로 들어가지 못하도록 막아주었다. 이빨은 거쌍의 어깨를 비껴 지나갔다. 자신을 통제하지 못한 놈은 나가 떨어졌다.

모든 것이 이렇듯 단순했다. 이놈들은 초원에서 만났던 늑대보다 미련했다. 힘쓸 줄은 알지만 정확하게 공격할 줄은 모르는 놈들이었다. 적수의 날카로운 이빨 앞에 자신을 경솔하게 드러내는 것은 큰 실수이자 잘못이었다. 거쌍은 놈들에게 이런 잘못을 바로잡을 시간을 주지 않았다.

거쌍은 쓰러진 세퍼드의 가슴을 밟았고 몸을 뒤채지도 못한 놈은 어리석게도 가슴을 밟은 발을 물려고 했다. 그러나 거쌍은 벌써 정확하게 목의 혈관을 찢어 버리고는 슬쩍 몸을 피했다.

이런 속도는 거쌍을 물려고 뒤로 달려들던 세퍼드에게는 뜻밖이었다. 예상하지도 못했던 장면이다. 교잡으로 태어난 개체의 머리는 반드시 더 총명하고 판단 능력이 뛰어나야 한다. 그런데 어디가 잘못됐는지 이 두 세퍼드는 지능이 떨어지는 늑대가 남긴 씨인 것 같았다.

놀라움인지 감탄인지 모를 소리가 사람들의 입에서 파도처럼 번졌고, 요리사는 몇 초 동안의 싸움을 보고 그 차이를 보았다. 그는 호통을 쳤다. 명령대로 그냥 멋모르고 달려드는 세퍼드를 막으려고 했다. 그러나 순식간에 동료를 잃은 세퍼드는 얻어맞은 똥개처럼 울부짖으면서 거쌍에게 달려들었다.

짧은 접촉을 통해 세퍼드의 실력을 이미 알고 있는 거쌍이라 이번에는 피하지 않았다. 거쌍은 미친 듯이 달려드는 세퍼드를 정면으로 맞받았다.

아슬아슬한 장면은 전혀 없었다. 두 적수의 이빨을 가는 소리와 쇠사슬이 부딪치는 소리만 들렸다. 모든 것은 순간적으로 끝났다. 거쌍에게 목이 물린 세퍼드는 내동댕이쳐졌고 우두둑 목뼈가 부러지는 소리를 누구나 들었다.

세퍼드는 땅에 내동댕이쳐질 때 이미 목숨이 끊어졌고 거쌍은 관례대로 세퍼드의 목에 있는 혈관을 찢어 걸쭉한 피가 콸콸 쏟아지게 내버려 두었다.

요리사는 고래고래 욕설을 퍼부었다. 이와 같은 세퍼드를 다시 교잡해 얻으려면 운이 잘 따라 준다 해도 적어도 1년은 걸린다.

배낭여행을 하던 미국인들도 놀라서 다른 사람들과 함께 소리를 질렀다. 그들은 거쌍에게 초콜릿 두 조각을 던져 주었다. 뭔지 알 수 없는 거쌍은 욱해서 초콜릿이 날아온 쪽으로 덮치려 했다. 그러나 쇠사슬은 거쌍을 또 잡아챘다.

거쌍 앞에서 한 사람이 검은 쇠막대기를 들고 아직도 경련을 일으키고 있는 세퍼드한테로 다가갔다. 갑자기 요란한 소리가 났다. 아직 흥분 상태에 있는 거쌍은 뒤로 물러섰다. 그러나 금방 모든 것을 알아차렸다. 명중된 세퍼드는 생명이 떠나가는 긴 숨을 뱉어냈다.

그것은 총이었다. 앞으로 거쌍은 굉장한 소리와 지독한 냄새가 풍기는 무기와 접촉할 기회가 있을 것이다. 거쌍은 화약 연기와 철이 어울려 나는 냄새를 기억해 두었다.

하루 동안 가슴에 맺혔던 울분을 확 풀어서 그런지 거쌍은 유난히 조용해졌다. 거쌍은 고개를 돌려 어깨에 난 가벼운 상처를 핥았다.

사람들은 흩어졌다. 디젤 발전기가 윙윙 소리를 냈고, 여관방에서는 불규칙적인 전압 때문에 전등이 밝았다 어두웠다 했다. 시끌벅적한 소리가 여기저기서 들려왔다. 사람들은 아직도 금방 있었던 싸움 때문에 흥분을 가라앉히지 못하고 있었다.

거쌍은 자신의 생활이 지금 바뀌고 있음을 알았다.

모닥불이 꺼지자 여관은 조용해졌다. 휘영청 밝은 달이 떠오르면서 넓은 초원을 훤하게 비췄다. 거쌍은 왔던 길을 바라보았다. 그쪽이 목장이 있는 방향이라고 상상할 뿐이다. 만약 평상시 같으면 벌써 순찰을 마치고 야영지 한쪽 구석에서 가축이 있는 곳을 훤히 바라보고 있을 것이다. 저 멀리 달빛을 받아 강철처럼 번쩍이는 눈 덮인 산봉우리가 보였다. 그곳은 가본 적이 없는 곳이었다. 그 산봉우리가 아래 더 놀랍고 이상한 무엇이 숨어 있으리라 믿었다. 가끔 물어 죽인 늑대의 몸에서 그런 숨결을 느꼈다. 자신에게는 부족한 따뜻함과 미련을 느끼게 하는 그런 숨결이었다.

한밤중에 소들이 되새김질하는 소리와 양의 뿔이 서로 부딪치는 소리가 들렸다. 이제는 눈에 익었던 모든 것들이 서서히 멀리 사라짐을 알았다. 거쌍은 차가운 땅에 엎드려 천만 년 동안 조상들이 그랬던 것처럼 강한 체력과 기백으로 티베트 북부 초원의 한기를 이겨내고 있었다. 그의 곁에는 냄새가 이상한 자동차 타이어가 있었다. 며칠 동안 코는 수없이 많은 새로운 냄새와 접촉했다. 이런 낯선 냄새는 거쌍을 긴장하게 만들었고 또 자극을 느끼기도 했다.

몸을 오그리고 깊은 잠에 빠진 거쌍은 등이 천막의 따뜻한 모전(양털로 두껍게 짠 천)에 기대어 있는 느낌이었다. 그래서 몸을 움직여 더 단단히 기대고 싶었다.

훗날에도 거쌍은 꿈에서 여전히 나직이 울부짖었다. 역시 큰 눈이 내리는 밤이었는데, 낯선 소리가 들렸고 엄마가 떠나고 없었다. 그래서 큰 소리로 울었다.

이 여관의 가장 따뜻한 방에서 잠이 든 뚱보 요리사는 꿈에서도 이 괴물을 저주하고 있었다. 불과 몇 초 사이에 2년 동안이나 정성껏 기른 세퍼드를 죽여 버린 것이다.

아침에 거쌍의 잠을 깨운 것은 맨 먼저 일어난 소가 아니었고 매매 울고 있는 젖먹이 양도 아니었다. '꽝' 하고 잠을 깨운 소리는 일찍 깨어난 기사가 여관의 철문을 여는 소리였다.

여기는 고원의 목장이 아니었다.

사흘 뒤 에베레스트 베이스캠프인 융포사 앞에서 며칠째 좋은 날씨를 기다리는 등산객들이 있었다. 그들 속에는 에베레스트의 웅장한 경치를 감상하면서 두억시니(사나운 귀신의 하나) 같은 검은 티베탄 마스티프의 이야기를 들려주는 사람이 있었다.

라싸에 있는 가지각색의 개들

먼 곳에서 라싸로 성지순례를 온 사람들이 대조사에서 마니차(불교의 경전을 적은 원통형의 법구)를 돌리거나 머리를 조아릴 때면 늘 어둠 속에서 자신들을 주시하고 있는 두 눈동자를 느낄 수 있었다. 그것이 뭔지 그들은 모른다. 경계심에서 고개를 쳐들면 그것은 그림자처럼 사라지고 없었다. 어두운 거리의 소리 없는 유령과 같았다. 그게 뭔지 누구도 몰랐고 가까이서 본 사람도 없었다.

지프차가 라싸에 들어서고 있을 때 이미 들추는 데 습관이 된 거쌍은 막 졸고 있었다. 떠들썩한 소리에 놀라 깬 거쌍이 고개를 쳐드니 멀리 하늘을 이고 선 거대한 궁전이 보였고 금빛 지붕은 햇빛을 받아 찬란한 빛을 뿌리고 있었다.

그것은 포탈라 궁전의 금빛 지붕이었다.

이날 낯선 세계에 들어선 거쌍은 자신이 이제는 영원히 티베트 북부의 초원을 떠났고 다시는 돌아가지 못하리라 생각했다. 여기는 티베트 북부의 생활과는 전혀 다른 딴 세상이었다.

거쌍은 거리에 꼬리를 물고 이어지는 사람들과 차들을 눈이 휘둥그렇게 되어 바라보았다. 그리고 사람들 속에서 금방 주인을 발견할 수 있었다. 흥분한 거쌍이 문을 열고 주인한테로 다가가려고 했으나 슬프게도 그 사람은 주인과 똑같은 티베트 두루마기를 입은 목축민일 뿐이었다.

그 뒤에 곧 티베트 두루마기를 입은 사람이 더 많이 보였으나 모두 주인은 아니었다. 하지만 그 눈 익은 티베트 두루마기 때문에 목장이 그리 멀리 떨어져 있지 않다는 것을 느꼈다. 마음속에서는 다시 희망이 타올랐다. 그러나 지프차의 두 사람과 같은 옷차림을 한 사람들이 더 많았다. 그들은 짧고 얇은 옷을 입고 있었다. 만일 거쌍이 색맹이 아니었다면(개류의 타고난 결함이었다) 그 다양한 색깔의 옷에 몹시 놀랐을 것이다. 여기는 라싸였다. 사람들은 눈의 도시가 지니고 있는 고원의 기이하고 우아한 멋과 사람의 발자국에 오염되지 않은 설산을 보고는 감탄하지 않을 수 없었다. 불원천리(아무리 먼 길이라도 기쁘게 여겨 달려가는 것을 이르는 한자성어)하고 여기에 온 사람들 가운데는 세계에서 햇빛을 가장 충분히 받는 이 도시의 따사로움이 깃든 포탈라 궁전, 대조사, 라포린카에 홀려 아예 머물러 살고 있는 사람도 있었다. 소문을 듣고 에베레스트를 보러 온 사람이 더욱 많았다. 그들은 멀리서 세계에서 가장 높은 봉우리를 바라보기 위해서라면 그 어떤 대가도 아끼지 않았다. 에베레스트 산기슭에서 고원 폐수종으로 갑자기 죽는 사람이 늘 있었지만 그들의 얼굴에는 세계에서 가장 높은 봉우리를 보고 난 만족한 웃음이 어려 있었다.

시끌벅적한 거리에서 거쌍은 자신과 같은 동료들을 많이 보았다. 대부분 잡종 개들이었으나 저마다 만족한 표정을 짓고 있었다. 정오의 햇빛 아래서 그들은 사원 문 앞에 기운없이 누워 있으면서 작은 노점 아래서는 희사하러 온 사람들이 주는 음식을 받아먹었다. 거쌍으로서는 상상할 수도 없는 일이었다. 흩어진 양떼한테 달려가 그들을 한데 모으고 싶은 충동을 받던 그때부터 자신은 초원의 목양견임을 알고 있었다. 별생각 없이 매일 주인을 따라 양떼를 방목하고 날이 저물면 천막 주변을 순찰하면서 양떼를 탐내는 늑대를 쫓아 버리거나 죽였다. 거쌍은 이처럼 하릴없이 음식을 받아먹는 생활방식을 받아들일 수 없었다.

거쌍은 작은 뜰에서 사흘 머물렀다. 매일 두 사람이 가져다주는 큰 양고기를 먹었다. 사흘 동안 아마 양 한 마리는 먹었을 것이다.

뜰 한 구석에 누워 잠을 자는 시간이 더 많았다. 잘 먹고 충분히 쉬어서 며칠 동안 차에서 흔들리며 겪던 괴로움과 혼란은 깨끗이 사라졌다. 신선한 고깃덩이는 거쌍의 튼튼한 위에서 영양분으로 흡수되어 온몸에 퍼졌다. 더욱 튼튼해진 근육은 어깨와 가슴에 불끈 솟아올랐다. 매일 물과 음식을 가져다주던 두 사람도 멀리 바라보면서 낮은 소리로 감탄했다.

나흘째 되는 날, 거쌍은 막대기에 목걸이가 걸려 지프차에 올랐다. 지프차는 거쌍을 싣고 천천히 좁고 어두운 골목을 달렸다.

두 사람은 거쌍을 데리고 티베탄 마스티프 전시판매회에 참가했다.

거쌍이 산언덕의 넓은 평지에 들어서자 작은 소동이 났다. 이 거대한 마스티프는 모든 사람들의 눈길을 확 끌어당겼다. 거쌍도 이곳에 있는 개들이 다리와 허리가 모두 가늘어 빠진 거리의 놈들보다 자신을 많이 닮았다는 것을 발견했다. 거쌍은 곁에 앉은 푸른빛 티베탄 마스티프에게 알은체 했으나 그 놈은 거들떠보지도 않았다. 놈의 털은 무엇으로 씻었는지 윤기가 반지르르했고 빛나는 비단결 같았다.

거쌍은 개들 사이의 빈자리에 끌려왔고 수많은 사람들이 모여들었다. 마른 키다리 아저씨와 동료가 광고를 하지 않아도 이곳에서 빈들거리는 사람들은 모두 티베탄 마스티프를 몰래 거래하는 거간꾼들이었다.

거쌍이 나타나자마자 그들은 뛰어난 마스티프임을 알았다. 잘 보이기 위해 윤기 번지르르하게 목욕시키고 데리고 나온 마스티프에게는 흥미가 없었다. 도시에서 오랫동안 번식하는 과정에 그들은 이미 퇴화의 기미가 보였다. 저 푸른빛 나는 마스티프는 주인이 더 씩씩하게 보이게 하려고 입에 넣어 주는 고기를 보는 체도 하지 않았다. 양지에서 햇볕을 쬐는 고양이처럼 다리의 털을 살살 핥고 있었다.

여기는 온갖 티베탄 마스티프들이 다 모인 곳이었다. 누른색, 흰색, 푸른색과 회색 나는 마스티프뿐만 아니라 표준적인 철포금(검은색과 갈색이 섞인 털빛)도 있었고 심지어 아주 드문 커피색 마스티프도 있었다. 그러나 키가 80센티미터나 되고 체중이 70킬로 넘는 마스티프는 거쌍뿐이었다. 설사 티베트의 마스티프 집산지일지라도 이처럼 뛰어난 티베탄 마스티프는 보기 드물다는 것을 그들은 잘 알고 있었다.

사람들은 도시에서 사육되면서 티베탄 마스티프의 본성을 잃은 마스티프와는 다른 점을 거쌍에게서 보았다. 낯선 사람이 접근해도 전혀 무서워하지 않고 알 수 없는 원한에 가득 차 있었다. 그 눈길을 보고는 앞을 다투어 다가서던 사람들이 멈칫했다. 그들의 눈앞에는 부스스한 털 때문에 더 웅장해 보이고 황야의 냄새를 풍기는 마스티프가 서 있었다. 며칠 동안 잘 먹고 충분히 쉰 거쌍은 컨디션이 최고에 이르렀다. 사람들이 점점 모여들자 거쌍은 위험이 다가오는 느낌이 들었던지 뚝 버티고 섰고, 들릴락 말락 으르렁거리면서 목 갈기털을 부르르 떨었다. 사람들은 쇠사슬 때문에 닿지 못할 거리 밖으로 물러섰다.

거쌍의 웅장한 몸집은 옆에 있는 다른 마스티프들을 초라해 보이게 만들었다.

갑자기 사람들 속에서 팔뚝만 한 몽둥이가 거쌍한테로 날아왔다. 반응능력을 시험해 보는 것이었다. 거쌍은 허공에서 그 썩은 몽둥이를 물어 끊어 버렸고 사람들한테로 동댕이쳤다. 사람들은 몽둥이를 피하면서 감탄했다.

그야말로 티베트 북부에서 온 순수한 티베탄 마스티프였다.

자연의 빛이 아닌 섬광이 번쩍하며 잘각하는 소리가 났다.

낯선 소리에 놀란 거쌍은 빛을 향해 덮쳤다. 마른 키다리 아저씨와 동료는 거쌍을 힘껏 잡아챘다.

사람들이 살아가는 모습을 촬영하러 라싸에 온 사진사는 무서워 얼굴이 질렸으면서도 체면을 살리려는 듯 높은 소리로 외치며 물러섰다.

"깜짝이야! 개가 아니라 짜장 사자네!"

머리를 말 꼬리처럼 묶은 사람이 마른 키다리 아저씨를 찾아 말을 건넬 때 거쌍은 목이 훨씬 느슨해졌다. 목장을 떠난 뒤로 쇠사슬은 목에 계속 걸려 있었고, 게다가 단증은 안전을 위해 쇠사슬을 거쌍의 허리에 한 벌 감아놓은 상태였다. 거쌍이 자꾸 지프차 창문을 들이받으면서 허리의 쇠사슬이 헐겁게 되었지만 목에 걸린 쇠사슬은 조금 늘어났을 뿐이었다. 마른 키다리 아저씨는 거쌍의 허리 쇠사슬을 다시 감아 줄 용기는 없었다.

그런데 거쌍의 목에 걸었던 목걸이가 끊어졌다. 원래 죽은 야크의 가죽으로 만든 목걸이였고 거쌍은 그걸 건 채 1년을 지냈다. 이 며칠 당기고 밀고 하면서 질긴 목걸이가 끊어져 버린 것이다.

목장을 떠난 뒤로 목걸이에 쇠사슬을 계속 걸고 살았기에 거쌍은 이미 습관이 되어 신체의 일부분으로 알고 있었다. 목에 달려 있던 쇠사슬이 떨어지자 거쌍은 홀가분하면서도 불편한 느낌을 받았다. 거쌍은 내키지 않은 듯 고개를 숙여 녹 쓴 쇠사슬 냄새를 맡았다.

누군가 놀라 소리쳤다. 그 소리에 거쌍은 제정신이 들었다.

티베트 북부 초원의 깊은 곳에서 자란 거쌍이었지만 역시 사람과 같이 사는 데 습관이되어 있었다. 목양견이 하는 일은 단순했다. 낮에는 주인을 따라 양떼를 잘 돌보고 밤에는 사나운 짐승이 가축을 습격하지 못하도록 조심스럽게 야영지를 지키면 되었다. 이제는 완전히 자유로운 몸이 되어 스스로 알아서 하면 되었기에 중요한 결정이 필요한 때였다.

거쌍은 조심스럽게 앞으로 한 걸음 나갔으나 아무 일도 없었다. 쇠사슬은 제자리에 떨어진 채 몸을 따라 움직이지 않았다. 귓가를 떠나지 않던 절그렁 소리는 마침내 사라졌다. 거쌍은 또 앞으로 나아갔다. 모든 것이 정상이고 조용했다. 찍소리 하는 사람이 없었다. 이런 경우에는 어떻게 해야 할지 누구도 몰랐다. 그들은 목걸이와 쇠사슬의 굴레를 벗은 마스티프를 어떻게 대처해야 할지 몰랐다.

거쌍은 반드시 여기를 떠나야 한다는 정확한 판단을 내렸다.

그러자 서둘지 않고 문 입구를 향해 달려갔다. 마른 키다리사 아저씨는 뒤에서 소리만 지르며 허둥댔다. 그러나 거쌍이 고개를 돌리자 입을 꾹 닫아 버렸다.

모든 사람과 티베탄 마스티프가 지켜보는 가운데 거쌍은
뜰을 나갔다.

거쌍을 막는 사람은 아무도 없었다. 티베트 북부에서 온
용맹한 마스티프를 어느 누가 감히 막아서랴!

거쌍은 아무런 생각도 없이 고향으로 가는 길에 올랐다.

그러나 이곳은 라싸의 번화한 곳이었다. 넓은 뜰을 뛰쳐
나온 거쌍은 복잡한 골목들을 질러 나갔다. 뒤돌아보니 문
입구에 커다란 나무기둥이 박혀 있는 뜰은 보이지 않았다.

하지만 좁고 어두운 골목을 지나칠 때면 놀라 부르짖는
높고 날카로운 소리가 늘 들려왔다.

라싸 거리에서는 털빛이 조잡하고 몸집이 크지 않은 개들
을 어딜 가나 볼 수 있었다. 이 개들은 사원 앞에서 사람들
이 던져 주는 음식을 받아 먹으며 살고 있었다. 항상 배부
르게 먹을 수 있고 할 일이 없어서 아무 곳에나 숨어 살면서
새끼만 낳았다. 목표가 뚜렷 거쌍과는 달리 이렇게 사는 개
들은 늘 만족한 표정이었다. 거쌍은 자신이 뭘 해야 할지를
잘 알고 있었다. 티베트 북부의 초원으로 돌아가야 한다는
생각뿐이었다.

사람들이 숨넘어가는 소리를 지를 만도 했다. 어떻게 봐

도 거쌍은 개 같지 않았다. 사람이 이해할 수 있는 범위를 넘어섰고 너무 사납고 몸집이 컸다. 사람을 만나면 느리게 걸었고 담장에 붙어 달렸지만 황야에서 자란 개한테서만 볼 수 있는 사나운 기세 때문에 불쑥 나타난 거쌍을 보고는 귀신을 본 듯 당황해했다. 담장에 꼭 붙어 있거나 몸을 돌려 소리 지르면서 도망치는 게 고작이었다.

사람을 몸서리치게 하는 건 당연한 일이었다.

거쌍은 사람들이 붐비는 거리에 이르렀다. 말린 고기와 참파(볶은 보리를 갈아서 만든, 티베트 사람들의 주식)를 파는 작은 거리였다. 이곳에는 거쌍이 자라면서 늘 맡아오던 냄새가 진동했다. 참파를 태우면 나는 향기였다. 거쌍은 저도 모르게 걸음을 멈추고 양을 통째로 말리고 있는 작은 가게를 바라보았다. 그러나 이렇게 잠깐 서 있는 사이에도 놀라운 눈길들이 거쌍에게 쏠아졌다. 이런 몸집을 가진 개가 이 거리에 나타나기는 처음이었다.

거쌍의 내력을 모르는 사람들은 그냥 호기심에 차서 손가락질을 했다. 거쌍은 흰 돌을 깔아놓은 작은 골목으로 들어섰다. 구불구불하고 끝이 보이지 않는 골목을 계속 달렸다. 뒤에서 쫓아오는 사람도 있었다. 티베탄 마스티프라는 품종인줄을 알았고 또 주인이 없음을 눈치챘나 보다. 잡으면 내 것이라는 생각이 좀 모험적이기는 하지만 큰돈을 쉽게 벌 수 있는 기회라는 생각 때문에 한번 덤벼보고 싶었나보다. 라싸에서는 다른 개들은 별로 값이 나가지 않았고 지금은 티베탄 마스티프의 시대였다. 맹수도 두려워하지 않고 싸우는 맹견임을 사람들은 알고 있었고, 품종이 뛰어난 티베탄 마스티프는 부르는 게 값이었다.

좁은 골목에서 쫓긴다는 건 어느 동물이나 무서워하는 일이다. 앞에 뭐가 기다리는지도 모르고 또 언제 잡힐지 모르는 긴박감 때문이다. 거쌍은 있는 힘을 다해 도망쳤다. 며칠 전 목장에서 늑대를 쫓을 때도 이처럼 힘을 쓰지는 않았다.

거쌍은 골목 끝까지 도망쳤다. 그리고 당황한 나머지 반쯤 열린 작은 문으로 들어갔다. 추격을 피할 수 있는 유일한 선택 같았다.

작은 정원에 들어서고 보니 마치 어두운 동굴에 들어온 듯 같았다. 그러나 높은 담장으로 둘러싼 정원임을 알았다. 정원에는 화초가 가득했고 아무도 없었다.

문 앞까지 쫓아온 사람은 걸음을 멈추었고 거쌍이 야수처럼 울부짖기도 전에 성이 나서 되돌아섰다. 티베탄 마스티프가 이 집에 사는 줄로 생각한 것이다.

놀란 거쌍은 낯선 정원을 한 바퀴 돌다가 구석을 찾아 엎드렸다. 깨끗하고 조용한 정원이었는데, 바닥에 깐 자갈들은 세월이 너무 오래 흐른 탓인지 평평하고 반들반들하게 닳았고 예쁜 무지개무늬가 드러나 보였다. 뜰 한가운데는 청석으로 만들어 놓은 화단이 있었고 본 적 없는 꽃이 심어져 있었다. 담장 밑에도 화초가 무성하게 자란 화분들이 가득했다.

방금 너무 긴장했던 탓인지 조용한 정원에 있으니 저도 모르게 경계가 늦추어졌다. 거쌍은 만족한 마음으로 구석에 누워 슬며시 잠이 들었다. 긴 잠을 자는 동안 그는 한 번 깬 적이 있다. 태양이 이동하면서 햇볕이 너무 따가웠기 때문이다. 거쌍은 풀린 눈으로 작은 나무그늘 밑으로 몇 걸음 기어가 다시 잠이 들었다.

초원을 떠나서 이처럼 마음 놓고 잔 적은 처음이었다. 따뜻한 이 정원을 나가고 싶지 않았고, 낯설고 사방에 위험이 도사리고 있는 거리가 싫었다. 야영지가 그립긴 했지만 어떻게 해야 거리의 호기심에 찬 사람들을 피해 목장으로 갈 수 있을지 알 수 없었다.

오후에 거쌍은 잠에서 깼다. 역시 티베트 북부 초원에서 온 목양견이라 깊은 잠이 들었어도 주변에서 일어나는 일들을 모르는 사이에 감지할 수 있었다. 정원의 높다란 붉은 집에는 구리 손잡이가 달린 작은 문이 있었고 그 안에서는 소리가 계속 났다. 물론 그 소리는 예민한 거쌍의 귀로만 가려낼 수 있는 아주 작고 가느다란 소리였다. 한참 지나야 나는 그 소리를 거쌍은 정원에 들어서면서 이미 들었다. 거쌍에게는 그 소리도 정원의 일부분이었다. 그러나 잠에서 깨어난 거쌍은 그 소리가 이 정원의 주인이 내는 소리임을 알았다.

거쌍은 따뜻한 땅에 엎드려 주인이 나타나기를 기다렸다. 그리고 라싸에 대한 아주 작은 느낌으로 주인의 모습을 짐작했다.

그런데 문제는 목장을 떠난 뒤 처음으로 안전하고 따뜻하다고 느끼게 된 이곳을 떠나고 싶지 않은 것이었다.

거쌍은 불안한 마음으로 오랫동안 기다렸다. 그러다가 금빛으로 빛나는 포탈라 궁전의 지붕이 주의력을 분산시켰다. 작은 문으로 어떤 사람이 나올지 하는 궁금함이 사라진 것이다. 초원에서는 지평선에 있는 모든 것이 눈에 들어왔지만 사람이 만들어 놓은 이런 기적은 처음 거쌍의 시야에 들어왔다.

나중에 햇빛은 포탈라 궁전의 금빛 지붕에 불그레한 빛을 남겨놓았다. 거쌍은 저무는 하늘을 보며 먼 초원과 떼를 지어 야영지로 돌아오는 양떼를 생각했다. 이때 오래 기다려온 묵직한 발걸음소리를 들었다. 거쌍은 바싹 긴장했지만 그 자리에서 움직여선 안 된다고 자신에게 말했다.

거쌍은 너무 오래 기다려서 그런지 뭘 물어뜯어 놓고 싶은 충동을 느꼈으나 이를 악물고 자신을 당장 매몰시킬 것 같은 긴장감을 억눌렀다.

붉은 티베트 두루마기를 입은 노인이 문을 열었다. 손에 물뿌리개를 들고 느릿느릿 정원으로 나오고 있었다. 정원 안은 많이 어두웠지만 그는 본능적으로 하늘에서 쏟아지는 햇빛을 가렸다. 그러니 방 안은 얼마나 어두울지 짐작이 갔다.

거쌍은 낯선 사람에 대한 타고난 경계심을 고통스럽게 억누르면서 자신에게는 무기처럼 보이는 처음 보는 물뿌리개를 살그머니 지켜보았다.

많이 늙은 노인이었다. 너무 늙어서 자신도 나이를 알 것 같지 않았다. 깊은 주름투성이인 얼굴은 마치 오랜 세월 땡볕에 풍화되어 갈라진 암석층 같았고 두 눈에서만 생명의 기운이 새어 나오고 있었다.

노인은 한 손으로 어깨의 네팔 모전 숄을 쥐고, 다른 한 손으로는 온종일 고원의 강한 햇빛에 시든 듯한 화초에 조심스레 물을 주고 있었다.

모든 화초에 물을 다 준 뒤 노인은 잠시 쉬려는 듯 물뿌리개를 놓고 정원 한가운데 있는 침대식 의자에 앉았다. 이때 마침 거쌍과 눈이 마주쳤다. 노인의 눈길은 거쌍한테 머물지 않고 조용히 의자에 누웠다.

거쌍은 노인의 몸에서 나는 냄새를 알아내려고 애썼다. 그것은 많은 종류의 암석가루 냄새였다. 또 새로운 지식이었다. 앞으로는 라싸의 어느 화공(옛날에 화가를 이르던 말)에게서만 맡을 수 있는 냄새인지를 알 수 있을 것이다.

거쌍에게는 새로운 냄새였다.

거쌍의 예상과는 달리 늙은 화공은 소리를 내거나 뭘 하지 않고, 작고 마른 눈으로 담담하게 거쌍을 한 번 보고는 눈길을 포탈라 궁전의 금빛 지붕으로 돌렸다.

화공은 매일 하루 종일 탕카(종교 내용을 주로 한, 티베트식 두루마리 족자)를 그리고 나서는 날이 저물 때까지 여기에 계속 앉아 있었다. 가끔 별이 떠오를 때까지 앉아 있기도 했다.

거쌍은 좀 당황했다. 오늘 본 다른 사람들과는 달리 그는 거쌍의 존재를 거의 무시하고 있는 것이다. 마치 거쌍을 이 정원 안의 화초와 같은 존재로 알고 있는 것 같다. 아마 금방 긴장해서 생긴 착각일지도 모른다. 거쌍은 자신이 정말 이곳에 계속 살아왔고 오랫동안 살아온 것처럼 생각되었다. 물론 이것은 사람의 정서에 쉽게 감염되는 개류의 또 다른 특성이라 할 수 있다. 팽팽하던 온몸의 근육은 천천히 느슨해졌다. 느슨해졌다고는 하지만 눈은 깜빡하지도 않고 늙은 화공을 지켜보고 있었다. 정원과 마찬가지로 고풍스러운 침대식 의자에 앉은 화공은 바위를 모전으로 싸서 의자에 놓아둔 듯 까딱 움직이지도 않았다.

정원의 모든 것이 정지된 것 같았다.

날이 저물자 노인은 의자에서 일어났다. 침대식 의자가 삐걱거렸다. 거쌍은 다시 긴장했다. 그러나 노인은 물뿌리개만 들고 이동하는 바위처럼 집 안으로 들어갔다. 나중에 문이 다시 열렸을 때는 늙은 화공의 손에 접시가 들려 있었고 느릿느릿 거쌍의 앞으로 오더니 접시를 내려놓았다. 그러고는 다시 천천히 집 안으로 들어갔다. 수유차로 버무린 참파였다.

다 먹고 고개를 들어 보니 2층에 불이 켜져 있었다.

거쌍은 밤에 순찰하러 나갔다. 작은 문이 반쯤 열려 있었다. 마치 자신이 초원생활로 되돌아온 것 같았다. 밤은 깊었고 거리에는 사람들이 없었다. 거쌍은 대담하게 골목을 나와 멀리 나갔다. 가로세로 얽힌 골목 여러 개를 지나 포탈라 궁전 아래의 팔곽 거리에 이르렀다.

여름밤의 밝은 달빛 아래서 이미 빤질빤질하게 닳은 청석 위에 머리를 조아리는 사람들이 보였다(부처님께 절을 올리는, 티베트 불교 의식의 하나). 만 리 길을 멀다 하지 않고 성지순례를 온 부락 사람들이었다. 일사불란하게 절을 하는 가운데 그들이 앞에 두른 소가죽 앞치마와 청석이 마찰하는 소리가 스륵스륵 비오는 소리처럼 들렸다.

거쌍은 어두운 날씨 때문에 기뻤다. 야릇한 기분에 빠져 마음껏 뛰어다녔다. 달빛이 미치지 못하는 그늘에서 소리 없는 유령처럼 나는 듯이 활공했다.

가장 민감한 사람에게도 곁을 휙 지나가는 거쌍이 마치 그림자가 스치는 느낌이었다.

하루 동안 잘 쉬고 저녁에는 또 배불리 먹은 거쌍은 초원에서처럼 몸 안의 핏줄이 부풀기라도 하듯 활력을 느꼈다.

지금 거쌍은 달리고 싶은 마음뿐이었다. 사람들의 왕래가 끊어진 골목들을 달리고 또 달렸다.

거쌍은 갑자기 느리게 달렸다. 멀리 청석 위에서 머리를 조아리는 사람의 몸에서 풍기는 냄새가 바람을 타고 실려 왔다. 순간 머나먼 초원의 냄새가 다시 거쌍을 깨웠다.

거쌍은 달빛이 비치지 않는 어두운 구석에서 그 사람을 지켜보았다. 팔곽 거리를 따라 열심히 절을 하며 걷는 그 사람은 손을 머리 위로 높이 쳐들고 온몸을 바닥에 붙였다가 다시 일어나서 같은 동작을 되풀이했다. 그 사람의 우람한 몸집을 감싼 양가죽 두루마기는 까마반드르하게 닳아 달빛 아래에서 둥글고 단단한 바위처럼 보였다.

초원의 냄새였다. 끝내 자신을 통제하지 못한 거쌍은 조심스럽게 앞으로 다가갔다.

그 사람이 거쌍을 발견했을 때 거쌍은 벌써 그의 곁에 서 있었다.

그 사람은 주인인 단증처럼 용맹했다. 양가죽 두루마기에 감싸인 몸에서는 거쌍이 한없이 그리웠던 초원의 목축민에게서만 풍기는 냄새가 났다.

거쌍은 천천히 그 사람에게로 다가갔다. 지금 초원의 목장과 멀리 떨어져 있는 거쌍에게는 그 사람이 바로 초원이었다.

그러나 그가 부르는 소리는 주인과 완전히 달랐다. 낯선 목소리였다. 달아올랐던 거쌍의 마음은 금방 가라앉았다. 거쌍은 땀투성이가 된 그의 얼굴을 차가운 눈길로 바라보았다. 그러고는 그 사람의 부름을 아랑곳하지 않고 뒤로 몇 걸음 물러섰다가 몸을 돌려 어둠 속으로 사라졌다.

실망한 거쌍은 목적지도 없이 온밤 내내 달렸다. 갑자기 거쌍과 부딪친 사람들은 언뜻 지나가는 검은 그림자를 보았을 뿐이고, 그 그림자는 순식간에 어둠 속으로 사라졌다.

"내가 헛것을 봤나?"

누군가 중얼거렸다.

동틀 무렵 온밤을 달리고도 몸에 열이 날 뿐 지치지 않은 거쌍은 사원 뒤에 있는 작은 골목으로 들어갔다.

막힌 골목이었다. 골목 끝까지 달려갔다가 되돌아섰다. 이제는 작은 정원으로 돌아갈 때가 되었다. 이처럼 마음 놓고 달리노라니 거쌍의 마음은 어딘가 부풀어 있었다. 달리면서 자신의 발이 진짜로 풀을 밟는 기분을 느꼈다.

어수선한 그림자들이 강가의 울창한 관목림처럼 골목 어

귀에 모여 있었고, 빙하처럼 희붐한 빛깔 속에서 동틀 무렵의 색채는 유난히 또렷했다.

거쌍의 발밑은 다시 딱딱한 석판으로 변했다. 부푼 기분에서 벗어나 조용히 섰다. 가볍게 헐떡이면서 튼튼한 두 옆구리가 리듬 있게 오르내렸다.

사실 거쌍 앞에 서 있는 것은 낮에 사원의 문 앞에서 보았던 떠돌이 잡종 개들이었다. 희미한 아침 대기 속에서 그들의 눈은 늑대처럼 번뜩였다. 초원에서 혼자 살아온 거쌍이어서 그런지 동종을 별로 보지 못해서 털빛이 조잡한 잡종 개들에게 관심이 생기지 않았다. 초원에 대한 그리움이 그들 때문에 깨졌지만 동이 터오며 어둠은 가셨고 어서 그 자그마한 정원으로 돌아가고 싶었다.

거쌍은 이 개들 속을 질러가려고 했다.

그러나 막 걸음을 떼려는데 개들이 하나같이 짖어댔다. 정말 온갖 잡음으로 뒤섞인 잡탕이었다. 튼튼해 보이지도 않는 개들은 밀물처럼 잇달아 울부짖었고 텅 빈 골목에서 쟁쟁하게 메아리쳤다.

그 짖는 소리에서 힘을 얻은 20여 마리 개들이 벌떼처럼 모여 순식간에 그들의 영지에 들어선 거쌍에게 달려들었다.

낮에 사원 앞에서 보았듯이 귀엽거나 온순한 개들이 아니었다. 한데 뭉쳐서 달려드는 모습이 마치 겨울에 온기를 보존하려고 한 덩이로 엉켜 있으면서도 날카로운 발톱을 빼든 털거미와 같았다.

숫자는 과연 많지만 좁은 골목이라 눈앞까지 달려든 건 두세 마리밖에 되지 않았다. 그리고 이 두세 마리도 침을 질질 흘리며 미친 듯이 짖어댈 뿐 감히 달려들지는 못했다. 머릿수는 많아도 골목에서는 공격이 별로 없었다.

거쌍은 키가 자신의 가슴까지나 될까 말까 한 개들을 놀랍게 바라보았다. 금방 쩌렁쩌렁 짖어대던 개가 이들이었던가 싶었다. 동시에 앞에 서 있는 튼튼해 보이는 세 놈이 열심히 짖어대지만 자신을 보호할 줄은 모른다는 걸 알았다. 순식간에 꺼꾸러뜨릴 허점이 적어도 다섯 곳은 보였다. 그런데도 멋모르고 노려보면서 짖어대고 있다. 마음만 먹으면 맨 앞에 있는 누렁 사자개의 앞다리를 순식간에 물어 끊어 버릴 수 있었다. 갑자기 거쌍은 멋대로 짖어대는 이 개들 앞에서 우월감을 느꼈다. 초원이라면 이놈들은 늑대와 붙는 순간에 물려서 꺼꾸러질 것이다.

겉은 강해 보이나 속이 무른 놈들은 재미가 없었다. 거쌍은 맨 앞에 선 누렁 사자개를 어깨로 밀쳐 버리고 골목을 빠져나가려 했다. 사자개는 반격할 생각도 없이 얻어맞기라도 한 듯 처참하게 높고 날카로운 소리를 질렀다.

거쌍은 소흘했다. 갑자기 곁에서 티베탄 마스티프 혈통을 가진 검은색과 흰색으로 얼룩진 네모머리 큰 개가 달려들더니 거쌍의 어깨를 물었다.

뜻밖의 공격을 당한 거쌍의 근육은 순식간에 바위처럼 단단해졌다. 그리고 극한의 초원생활에 알맞은 긴 털이 보호해 주어서 상처는 입지 않았다. 내내 주는 먹이만 받아먹으며 살아온 놈들이라 턱힘은 이미 퇴화됐던 것이다.

거쌍은 잠을 설친 사자처럼 분노하여 울부짖었다. 아직 입에 물려 있는 털을 뱉어내지도 못한 네모머리 개는 강한 적수를 만났음을 깨달았다. 사실 달려들 때 벌써 후회스러웠다. 마음대로 물어 내동댕이칠 수 있는 동네의 개가 아니라는 걸 알았기 때문이다.

거쌍은 네모머리 개의 목을 힘껏 물지는 않았다. 슬쩍 힘 주어 두어 번 뒤쳤을 뿐인데 약한 목뼈는 어느새 부러져 버렸다.

거쌍은 축 늘어진 네모머리를 내려놓았다. 피를 보면서 거쌍은 늑대와 싸우던 밤이 생각났고, 싸우고 싶은 욕망이 들판의 불처럼 온몸의 피를 끓어오르게 했다. 목의 털들을 뻣뻣이 곤두세우고 피에 굶주린 악마처럼 무섭게 울부짖었다.

도시에서 자란 개들이라 이런 싸움을 본 적이 없었다. 기껏해야 무리지어 치고 받을 뿐이었다. 개들은 그만 얼이 빠졌다. 자그마한 암캐가 네모머리 곁에서 끙끙 흐느끼고 있었다. 다른 개들은 어쩔 줄 몰라 제자리에 굳어 버렸다. 결국 그중 한 마리가 처참한 소리를 지르며 몸을 돌려 도망쳤다.

나머지 개들은 물밀듯 골목을 빠져나와 사방으로 흩어졌다.

골목에는 피범벅이 되어 쓰러진 네모머리 시체만 남았다. 먼저 공격을 했지만 결국 들판의 티베탄 마스티프는 감히 다가갈 수 없음을 목숨으로 증명한 것이다. 거리에서는 일찍 일어난 사람들이 문을 여는 소리가 들려왔다.

거쌍은 입가에 묻은 마른 피를 핥아 버리고는 골목을 떠났다.

그 집에 이르러 보니 문은 여전히 반쯤 열려 있고 안에는 아무 기척도 없었다.

거쌍은 몰래 들어가 구석에 엎드렸다.

오전에 고원의 햇빛이 가장 맑고 투명할 때 그 소녀가 정원으로 들어섰다.

소녀가 골목에 들어섰을 때 거쌍은 이미 소리를 들었다. 그래서 귀를 기울여 이미 자신의 영지로 생각하고 있는 이 정원으로 소녀가 정말 들어오는지를 확인하려고 했다. 아직도 낯선 정원이지만 티베탄 마스티프의 영지수호 본능이 이곳의 모든 것을 보호하고 싶도록 이끄는 것이다. 조상으로부터 물려받은 본능 때문에 오랫동안 야영지를 보호하지 못했던 거쌍은 야영지를 대신할 수 있는 것으로 이 정원을 찾은 것이다. 밖으로 나갈 때도 이 정원을 자신이 보호해야 할 야영지로 상상했다. 거쌍은 야영지의 양에 대해서는 관심이 없었다. 이른바 책임이란 속으로 우러나온 천성일 뿐이다.

지금 이 정원은 바로 늙은 화공의 야영지이다.

고급 구두를 신은 소녀가 정원에 발을 들여놓자 거쌍은 문을 향해 훌쩍 뛰면서 짖어댔고 들어오지 못하게 했다. 전에는 야영지를 지켰지만 지금은 정원을 지키는 것이다.

소녀를 가로막고는 있지만 거쌍은 속으로 은근히 늙은 화공이 나타나기를 기다렸다. 거쌍은 짖으면서 뒤돌아 붉은색 이 층집 문을 살펴보았다. 새 주인이 늘 다니는 문이었다. 거쌍은 자신의 행동이 옳은지 알 수 없었고 또 다음은 어떻게 해야 할지 몰랐다. 초원이라면 단중이 천막에 나와서 목에 두른 목걸이를 쥐고 말뚝으로 끌고 가 쇠사슬에 매놓을 것이다.

문 열리는 소리가 들렸다. 늙은 화공은 손에 붓을 든 채 문앞에 서 있었다. 눈앞에 벌어진 일을 이해할 수 없었다. 그는 여러 가지 색깔의 캔버스에서 눈앞의 현실로 옮겨 오려고 애썼다. 자신이 기르던 개인지 생각해 보는 것 같았다.

"할아버지, 이 개를 쫓아 버려요!"

소녀가 골목에 선채 늙은 화공을 보고 소리쳤다.

늙은 화공은 입술을 실룩거리며 말했다.

"됐어."

내내 이때를 기다렸던 거쌍은 세웠던 목털을 거두고 천천히 정원 안의 구석으로 걸어갔다. 무뚝뚝한 화공의 얼굴에는 아무 표정도 없었지만 자신이 잘했음을 알았다.

거쌍은 편안한 마음으로 누웠다. 그러나 붉은 두 눈으로는 여전히 문밖에서 정원을 훔쳐보는 소녀를 보고 있었다.

"할아버지, 갑자기 웬 개예요?"

작은 백을 멘 소녀가 정원으로 들어섰다. 소녀는 늙은 화공 뒤에 숨어서 두려운 듯 거쌍을 바라보고 있었다.

“제 발로 들어온 거야.”

“세상에, 그럴 리가요. 근데 할아버지 말은 잘 듣네요.”

“제 발로 들어온 거야.”

늙은 화공의 손녀 쥐마는 일요일마다 할아버지에게 문안 드리러 찾아왔다. 거쌍은 냄새로 쥐마가 갖고 온 주머니에 식품과 물감이 들어 있다는 것을 알았다.

쥐마가 두 번째로 화공을 찾아왔을 때, 거쌍은 의례적으로 문 앞에 서서 몇 번 짖어댔다. 늙은 화공에게 알리는 것이었다. 쥐마를 정원으로 인도 해주고 나서 거쌍은 다시 구석에 가서 누웠다.

쥐마는 무표정한 늙은 화공보다 거쌍에게 마음이 더 끌리는 것 같았다.

쥐마는 마른고기를 손에 들고 거쌍이 그 고기를 손에서 물어갈지 보려고 했다. 그러나 그것은 거쌍이나 자신에게나 쓸데없는 일이었다. 거쌍은 비록 쥐마를 늙은 화공의 일부분으로 알고 있지만 타고난 경계심을 버리지는 않았다. 쥐마는 고기를 들고 조심스럽게 거쌍의 곁으로 다가섰다. 거쌍은 어떻게 해야 할지 망설였다. 그리고 안전거리를 지나 고기를 내미는 쥐마를 물끄러미 바라보았다.

고기는 거쌍의 코에 닿았다. 그러나 거쌍은 꼼짝하지 않았다. 조마조마한 마음에 코에 땀방울이 송골송골 돋아난 쥐마는 할 수 없이 고기를 접시에 놓았다.

"어이쿠, 무서워 죽겠네. 할아버지와 함께 지내면 개마저도 성질을 닮네요."

쥐마는 불평하며 방 안으로 들어갔다.

쥐마는 2층에 있는 베란다에 갔다. 화초를 빈틈없이 놓아서 발 디딜 틈도 없는 베란다에서 보니 접시의 고기는 없었다. 그런데 거쌍은 전혀 움직이지 않은 듯 그 자세대로 있었다.

"할아버지, 이 개는 매일 여기 누워 있으면서 나가지도 않나요?"

"움직이는 걸 못 봤어."

늙은 화공은 눈길을 캔버스에서 떼지 않고 대답했다. 새로 시작한 탕카였다.

거쌍은 당연히 밖에 나갔고 라싸에 온 뒤로 새로운 일상이 이루어지고 있었다.

낮에 늙은 화공이 피로한 눈을 쉬려고 베란다에 올라가 화초에 물을 주면서 포탈라 궁전의 금빛 지붕을 바라볼 때면 언제나 꼼짝 않고 누워 있는 거쌍이 눈에 띄었다. 거의 움직이지 않는 것 같았다. 가끔 늙은 화공이 흥이 나서 낮은 소리로 부르면 자는 줄로 알았던 거쌍이 소리와 함께 뛰어와서는 빤히 쳐다보는 것이었다. 호박 같은 눈은 햇빛 아래서 초롱초롱 빛났다. 늙은 화공은 그다음에 어떻게 해야 할지 몰랐다. 그래서 "됐어."라고 말하기 일쑤였고, 거쌍은 명령을 들은 듯 다시 구석에 가서 훌렁 드러누웠다.

늙은 화공은 거쌍에게 먹이를 주면서 그 자리에 낡은 깔개를 놓아주었다.

어둠이 깃들고 귀 따갑게 울리던 경적소리, 사람 떠드는 소리가 사라지고 나면 거쌍은 천천히 고개를 들었다. 두 눈은 밤중에 이글거리는 숯불처럼 번쩍번쩍 빛났다. 거쌍은 반쯤 열린 문을 나섰다(화공은 늘 문을 닫지 않았다). 조용하지만 신비한 느낌을 주는 라싸의 거리가 뻗어 있었다. 목장에서 양을 돌보는 일을 할 수 없게 된 거쌍은 하루 종일 쌓였던 왕성한 힘을 미친 듯이 달리는 것으로 풀었다.

거쌍의 달리기에는 간단한 규칙이 있었다. 늙은 화공의 정원은 무수한 원의 접점이 되어 한 바퀴 달릴 때마다 반드시 늙은 화공의 정원에 들리곤 했다. 정원을 지나면서 2층에서 밤새도록 그림을 그리는 늙은 화공의 조각 같은 그림자를 보고서야 모든 것이 정상임을 확인하고 다시 한 바퀴 달리는 것이다.

밤중에 거쌍과 우연히 마주친 순례자들에게는 먼 훗날 거쌍이 전설로 남을지도 모른다. 이 전설은 여름에 라싸로 왔던 순례자들에 의해 더 멀리 전해질 것이다.

먼 곳에서 라싸로 성지순례를 온 사람들이 대조사에서 마니차를 돌리거나 머리를 조아릴 때면 늘 어둠 속에서 자신들을 주시하고 있는 두 눈동자를 느낄 수 있었다. 그것이 뭔지 그들은 모른다. 경계심에서 고개를 쳐들면 그것은 그림자처럼 사라지고 없었다. 어두운 거리의 소리 없는 유령과 같았다. 그게 뭔지 누구도 몰랐고 가까이서 본 사람도 없었다.

거쌍은 먼 목장에서 두꺼운 가죽 두루마기를 입고 온 목축민들을 늘 멀리서 바라보았다. 어두운 구석에 숨어서 바라보다가도 목축민들이 알아채면 도망갔다.

거쌍은 어두운 라싸 거리를 헤매고 다니다가 무리가 별로 많지 않은 개떼와 만났다. 그러나 그들은 거쌍의 적수가 아니었다. 거쌍은 달리는 걸음을 조금도 늦추지 않고 광풍처럼 개떼들을 흩어지게 했다. 몇 번 안 되는 충돌이었지만 일부러 도전하는 개 둘을 물어 죽였다. 그리하여 이 떠돌이 개들은 거쌍을 멀리서 보아도 귀신을 본 듯 사방으로 도망갔다.

그러나 여기는 라싸였다. 무슨 일이든 일어날 수 있었다. 더 우수한 품종의 티베탄 마스티프가 어느 깊은 정원에 있을지도 모른다. 때문에 거쌍의 적수가 없다고는 누구도 말할 수 없었다.

어느 칠흑같이 어두운 밤에 거쌍은 라싸로 온 뒤 진정한 적수를 만났다.

그날 정원을 나온 거쌍이 잔걸음으로 한참 달리면서 몸에 열을 올렸다. 빨리 달리기 위한 준비였다.

좁은 골목 입구에서 멀리 어둠 속에서 푸른빛을 번쩍이는 셰퍼드를 보았다.

점점 거리가 좁혀지면서 거쌍은 속도를 늦추었다. 그 개는 독일 목양견과 티베탄 마스티프의 혼혈이 아니면 세인트 버나드와 같은 대형견의 피가 섞인 개가 틀림없었다. 갈수록 가까워지는 거쌍을 보고도 놈은 피하지 않고 오히려 노려보는 것이었다. 양떼 속에 뛰어든 늑대처럼 눈에서는 서늘한 빛이 번쩍였다. 이 한 달 사이에 본, 코만 쳐들고 짖어대는 잡종 개들과는 달랐다. 거쌍과 조금씩 가까워지면서 그놈은 가볍게 끙끙대며 고개를 좀 쳐들고 무겁고 침착한 걸음으로 움직였다. 그리고 어느 맹견에게서 물려받았을지 모를 새하얀 이빨을 드러내고 있었다. 꼬리는 마치 차에 깔렸다 일어선 작은 나무처럼 뻣뻣이 쳐들려 있고, 셰퍼드 혈통을 보여 주는 귀는 꺾여 있었다. 붉은 털 속에 박혀 있는 눈은 전혀 두려운 기색이 없이 노려보고 있었다.

키는 잡종이 갖고 있는 우세 때문인지 거쌍보다 더 커보였다.

거쌍은 목장에서 늑대와 맞붙어 보았고 또 라싸에서 셰퍼드 두 마리와 싸운 적이 있기에 셰퍼드에 대해 호감이 별로 없었다.

그렇지만 먼저 싸움을 걸지는 않았다. 거쌍은 그는 몸을 비스듬히 하면서 셰퍼드 곁을 지나갔다. 본능적으로 낮고 무거운 소리로 으르렁거리면서 낯선 개에게 접근하지 말라고 경고했다. 거쌍은 온몸의 근육을 팽팽하게 조이면서 맞설 준비를 했다.

험한 환경에서 자라면서 끊임없이 익힌 조건반사 때문이었을 것이다. 거쌍은 근육의 뛰어난 능력으로 몸을 홱 돌렸다. 자신의 목을 물려는 셰퍼드를 느꼈기 때문이었다.

거쌍과 셰퍼드는 서로 세차게 솟아오르면서 맞붙었다. 이빨이 부딪치고 발톱으로는 상대방의 튼튼한 가슴을 후벼 팠다.

거쌍은 발이 땅에 닿자 재빨리 물러섰다. 도시의 개들과 여러 번 맞붙어 보았지만 이처럼 강한 적수를 만나기는 처음이었다. 아무 준비도 없었던 거쌍은 세찬 충격에 하마터면 넘어질 뻔했다.

잠깐 대치하고 나서 다시 맞붙었다. 몸집이 비슷했기에 거쌍은 전술적으로 잽싸게 피하지 않고 서투르게 상대방을 밀어붙였다. 셰퍼드도 같은 마음으로 바위처럼 거쌍에게로 부딪쳐 왔다.

그들은 서로 심하게 부딪쳤다. 부딪쳐 아직 정신을 차리지 못하고 있으면서도 서로 상대방의 가장 가까운 부분을 물려고 했다. 거쌍은 셰퍼드의 오른쪽 다리 관절을 물었다. 셰퍼드도 대단히 민첩해서 어느새 거쌍의 어깨에 이빨이 닿았지만 그냥 물지 않고 재빨리 목으로 향했다. 다리뼈를 물어 끊으려던 거쌍은 주춤하면서 어깨로 셰퍼드를 쳤다.

그들은 다시 떨어져 조심스럽게 상대방을 눈여겨보았다. 거쌍과 같은 강한 적수를 만난 셰퍼드는 약간 놀란 것이 분명했다.

이때 요란한 소리가 나면서 공기를 포함한 주변의 모든 것이 진동했다. 천둥 같은 소리에 잠시 귀가 먹먹했다. 거쌍의 곁에 있던 청석이 부서지면서 돌조각이 거쌍 코를 때렸다.

이 소리를 처음 듣는 건 아니었다. 전에 길가여관에서 세퍼드 두 마리와 싸울 때 그는 죽어가는 셰퍼드에게 총 쏘는 것을 보았다. 그때는 크게 놀랐을 뿐 그 위력은 몰랐다.

그러나 지금은 알 수 있었다. 거쌍은 사납게 짖으면서 총소리가 나는 곳을 찾았다. 총소리가 난 곳을 알기도 전에 또다시 총소리가 나면서 청석을 쪼갰다. 저항할 수 없는 무서운 힘이었다. 그 셰퍼드는 총소리에 경험이 있는 게 분명했고 재빨리 가로등 불빛이 미치지 못하는 곳으로 들어가 버렸다. 거쌍도 따랐다. 그리고 어둠 속으로 피한 뒤 반대 방향의 골목으로 달렸다.

이어 또 총소리가 났다. 거쌍에게는 평생토록 기억될 끔직한 소리였다. 귀청 떨어지는 이처럼 처참한 소리를 들어본 적이 없었다. 죽음을 앞둔 개라면 몸에 있는 힘을 남김없이 빼서 이처럼 울부짖을 것이다. 매섭게 다가오는 죽음에 대한 공포였고 생명에 대한 미련이기도 하다.

어둠 속에 숨어 있는 거쌍은 목털이 다 곤두섰다. 총에 척추를 맞은 셰퍼드는 가로등 아래서 앞에 있지도 않는 적수를 독하게 물어뜯고 있었다. 이빨이 신경질적으로 마주치면서 철을 긁는 듯 껄끄러운 소리가 났다. 길 건너편으로 가려고 애써보지만 말을 듣지 않는 뒷다리가 그를 잡아끌었고 앞다리는 기운 없이 발악하고 있었다. 큰 벌레가 기어가듯 어쩔 수 없이 꿈틀거리고 있었다.

그러나 셰퍼드는 계속 무섭게 울부짖었고 그 소리에 주변 집들에서는 모두 불을 밝혔다. 거쌍에게는 그것이 지옥의 가장 깊은 곳에서 들려오는 구슬픈 울부짖음이었다. 거쌍은 구석에 웅크리고 앉아 꼼짝하지도 않았다. 이제 총소리가 다시 울리면 자신도 그 셰퍼드처럼 절망적으로 울부짖으리라 생각했다.

거쌍은 떨리는 몸을 어찌할 수 없었다. 속에서 우러나는 떨림이었다. 공포는 천천히 거쌍의 몸을 침식하고 있었다. 어서 도망쳐야 했다. 더 있다가는 자신도 티베트 북부 초원의 가장 추운 겨울보다 더 매서운 소리에 파묻힐 수 있었다. 심장이 그 공포를 이겨내지 못하고 찢어질 때까지 울부짖을지도 모른다.

거쌍은 도망쳤다. 전등이 비치지 않는 담장 밑을 따라 잔

걸음으로 달리다가 미친 듯이 달려갔다. 만일 누가 앞에 있기라도 하면 정신없이 달리는 거쌍과 부딪쳐 넘어질 것이고, 그 사람은 자신의 실수로 놀란 코뿔소를 만난 것이라고 생각할 것이다.

이미 거리를 두 개나 빠져나왔지만 그 소리는 계속 귓가에 들려왔고 거쌍으로서는 달릴 수밖에 없었다.

갑자기 울부짖던 셰퍼드가 물에 떨어졌는지 높고 날카로운 기침소리가 들리더니 그 뒤로는 잠잠해졌다.

정원으로 돌아와 자신의 냄새가 풍기는 깔개 위에 쓰러진 거쌍은 꼼짝하기도 싫었다.

거쌍은 가쁜 숨을 몰아쉬며 근심스러운 듯 열려 있는 문을 주의 깊게 쳐다보았다. 귓가에 맴도는 악마가 뒤따라오지는 않았다. 숨소리가 천천히 안정을 찾으면서 귀도 조용해져 아무 소리도 들리지 않았다. 문밖의 골목은 텅 비어 있었다.

고개를 쳐들고 창문을 바라보니 등불은 아직도 밝았다.

여관에서 일어난 모든 일과 금방 골목에서 본 것을 조합해 보며 거쌍은 총이라고 판단했다. 연기가 피어오르고 엄청난 소리가 울리는 철기보다 무서운 건 없고 그것은 사람이 쥐고 있었다.

총은 다른 개의 목숨을 빼앗아 갔다. 운 좋게도 총알이 거쌍에게 명중하지 않았다.

이튿날 라싸에 있는 어느 찻집에서 말이 헤픈 한 사람 이 친구들에게 어젯밤 개와 싸우는 검은 사자를 잡을 뻔했다고 허풍을 떨었다.

물론 그의 말을 믿는 사람은 없었다. 지난번에는 총으로 코끼리의 귀를 맞혔다고 하면서 심심풀이로 라싸의 밤을 다니던 코끼리였는데 코끼리가 귀걸이를 걸고 싶어 해서 귀를 맞힌 것이라고 허풍 떨던 사람이었다.

그 뒤로 거쌍은 이틀 동안 정원을 나가지 않았다. 그날 밤 있은 일로 속이 자꾸 두근거렸다. 그러나 사흘째 밤이 되자 갑갑해진 거쌍은 또 거리로 나갔다. 라싸 거리에는 보호해야 할 양떼가 없지만 밀물처럼 밀려오는 욕망을 풀어 주어야 했다. 그것은 달음박질이었다.

정원을 떠난 거쌍은 더욱 조심스럽게 담장에 바싹 붙어 걸었다. 그림자가 땅에 생기지 않도록 달빛은 피했다.

그리고 담장을 따라 조심스럽게 달렸다. 코를 벌름거리며 낮 동안 공기 중에 남아 있는 여러 가지 냄새들을 맡았다.

무의식적이었을지도 모르지만 거쌍은 귀신에 홀린 듯 그 세퍼드가 죽었던 그 골목으로 달려갔다.

아예 담장에 붙어 가면서 안으로 다가갔다. 경계심으로 가다가도 서고 섰다가도 가면서 주변에서 나는 냄새에 신경을 무척 썼고, 위험이 도사리고 있지 않나 귀를 기울였다.

마침내 가로등 아래에 이르렀다. 물론 아무도 없었다. 그 세퍼드는 없어진 지 오래지만 거쌍은 온갖 냄새 가운데서 아직 완전히 사라지지 않은 피 냄새를 가려냈다. 그 세퍼드의 것이었다. 거쌍은 담장 밑에서 피 냄새가 아직 배어 있는 탄알을 찾아냈다. 피 냄새가 배어 있지만 아직도 약해지지 않은 납 냄새를 단단히 기억해 두었다.

거쌍은 자신이 왜 이곳에 왔는지 몰랐다. 몹시 흥분하여 크게 벌어진 코를 벌름거리며 세퍼드의 피 냄새를 들이마셨다. 그리고 그 속에 섞여 있는 다른 냄새를 자세히 구분해냈다. 사람의 오줌 냄새도 있었고 또 향기로운 냄새도 있었는데, 그것은 양이 남기고 간 샴푸 냄새였다. 그것은 신의 사면을 받아 영원히 죽이지 않는 방생 양(티베트의 제사방식의 하나. 몸에 오색실을 감고 방생하는데, 영원히 죽이지 않고 채찍으로 때리지도 않는다.)으로서 깨끗이 목욕시킨 것이다.

거쌍은 가로등 뒤 그늘 속에 2분쯤 서 있었다. 자신이 불빛이 아닌 그늘에 몸을 잘 숨겼다고 확인하고 나서 자리를 떴다.

거쌍은 또다시 라싸 거리를 달리기 시작했고 세퍼드와 맞붙어 싸우던 모든 일들이 먼 옛일처럼 느껴졌다. 앞으로도 거리를 달리면서 더 조심해야 한다고 생각했다. 이런 경험을 바탕으로 더욱 성숙해질 것이다. 지금 일어난 모든 일은 거쌍이 도시생활에 적응해 가고 있으며 또한 살아갈 능력이 있음을 증명해 주고 있었다.

그날 꼬박 하룻밤을 달리고 난 거쌍은 동틀 무렵 어떤 익숙한 냄새에 끌렸다. 끌렸다기보다 유인되었다고 해야 할까, 거쌍은 도무지 자신을 통제할 수 없었고 눈을 반쯤 감은 채 냄새가 나는 곳으로 달려갔다.

그리 크지 않은 광장 앞 풀밭에서 거쌍은 방생한 양 두 마리를 보았다. 거쌍은 잡아끈 것은 양의 냄새였다. 그러나 거쌍이 전에 알고 있던 양의 냄새와는 전혀 달랐다. 두 양은 너무 깨끗해서 윤기가 자르르 흘렀고 달빛 아래에서 흰 고급 비단처럼 반짝였다. 방생할 때 벌써 양들을 깨끗이 씻었고 몸에는 붉은색과 푸른색이 뒤섞인 비단을 감고 있었다.

두 양은 고개를 숙이고 게걸스럽게 풀을 뜯고 있었다. 거쌍이 그들 앞에 나타나자 다른 양들처럼 별로 무서워하지 않았다. 그냥 서로 밀치면서 온순한 눈매로 거쌍을 바라보는 것이었다.

목축민이 없고 야영지도 없었으며 양떼도 없었다. 두 마리 양 앞으로 달려가서야 거쌍은 자신이 뭘 하러 왔는지 알 수 없었고 이들을 어디로 몰아가야 할지도 몰랐다. 양들은 목장에서 보아 온 양들이 아니었고 몸에서는 샴푸 냄새가 풍겼다.

고원의 목장과 멀리 떨어져 있는 라싸에서 양을 보니 몹시 낯설어 보였다.

거쌍은 멀리서 그들을 한참 바라보고는 달음박질하여 그곳을 떠났다.

그저 두 마리 양일 뿐 거쌍이 오랫동안 보고 싶던 양떼가 아니었다.

그 뒤로도 거쌍은 이처럼 방생한 양들을 여러 번 보았다. 그러나 그냥 멀리서 바라볼 뿐 흥분되거나 양들을 풀이 많은 목장으로 몰아가고 싶은 마음은 사라졌다. 여기는 도시로서 어딜 가나 콘크리트와 청석을 깐 길뿐이었다. 목장도

없고 양 치는 사람도 없었다. 거쌍은 자신처럼 외로운 양들을 어디로 몰아가야 할지 알 수 없었다.

거쌍은 이 도시가 점점 익숙해지기 시작했다. 물론 그것은 어둠에 휩싸인 라싸였다. 거쌍은 자신이 정해놓은 구역 안에서 눈에 잘 띄는 전봇대나 골목의 바위에 자신의 냄새를 남겼다. 이튿날 그곳을 지날 때면 꼼꼼하게 검사했다. 자신의 냄새를 덮어 버리는 개는 거의 없었다. 아직도 지워지지 않은 황야의 냄새는 뭘 해보려는 용기라도 남아 있는 개들로 하여금 겁을 먹고 주춤하게 만들었다. 가끔 마지못해 자신의 냄새를 남기는 개도 있기는 하지만 즉흥적으로 하는 짓궂은 장난으로서 다시는 가까이에 나타나지 않았다.

이 도시에 사는 떠돌이 개들 치고 그를 피하지 않는 개가 없었다. 홍수나 맹수처럼 무서워했다. 물론 거쌍은 세퍼드가 총에 맞아 죽은 그 골목에 다시는 가지 않았다. 이미 담장 밑 그늘을 달리는 데 습관 되어 있지만 그 총이 더 어두운 구석에 숨어 있으리라는 것을 알고 있었다. 그 위험한 곳을 다시는 가지 않을 것이다.

거쌍으로 말하면 이미 조용한 도시생활이 시작된 것이다.

설사 티베탄 마스티프라고 하더라도 거쌍은 역시 개였고

몸둘 곳과 주인이 필요했다. 늙은 화공은 둘도 없이 알맞은 인물이었다.

온종일 집 안에서 그림만 그리는 늙은 화공이었지만 햇빛 잘 드는 오후에는 가끔 정원으로 나왔다. 선글라스를 끼고 오후 내내 침대식 의자에 누워 있었다. 그러나 먼 담장 구석에 누워 있는 거쌍은 늙은 화공이 친절하다는 생각이 들지 않았다. 정원에 들어온 뒤로 지금까지 늙은 화공은 거쌍에게 한마디도 하지 않았고 다정한 눈길을 준 적도 없었다. 하지만 매일 제시간에 변함없이 우유와 수유차에 버무린 참파를 거쌍 앞에 가져다놓았다. 늙은 화공에게는 거쌍에게 먹이를 주는 일이 예쁜 꽃을 피우는 화초에 물을 주는 것과 다르지 않았다. 거쌍은 바람에 실려 이 정원에 떨어진 씨앗처럼 조용히 살았다.

티베탄 마스티프인 거쌍은 천성적으로 사람과 가까이 지낼 수 없다. 상징적으로나마 주인이 있다면 그것으로 만족이었다. 도시에서 생활하고 있는 거쌍으로서는 화공과 같은 주인이 있다는 것이 참으로 다행이었다.

라싸에서 이 티베트식의 작은 이층집에 이런 화공이 산다는 걸 아는 사람은 별로 없었다. 화공의 이름을 아는 사람도 없었다. 이웃도 친구도 없었고 먼 친척 되는 쥐마가 자주 그를 보러 올 따름이다. 그리고 한 달 간격으로 여러 가지 물감을 배달하는 사람이 있었다. 거쌍은 냄새로 그 물감들은 돌로 만들었다는 것을 알 수 있었다. 웬만해서는 집 밖으로 나가지 않는 늙은 화공은 외부와의 접촉이 거의 없었다.

늙은 화공에게는 값으로 매길 수 없이 귀중한 13세기 탕카 두 폭이 있었다. 세상에 둘도 없는 진품이었다. 사실은 노인이 포탈라 궁전을 포함한 여러 사원들에 그려 보낸 탕카 역시 귀중한 예술품이다. 그러나 이 세상의 모든 일처럼 멀리서 티베트로 온 관광객들은 연기가 감도는 대웅전 깊은 곳에 있는 탕카를 보고 그 색채나 구도에 이르기까지 감탄하지만, 그 그림을 그린 사람이 라싸 시내의 어느 깊은 골목에 있는 높다란 붉은 집에서 더 많은 그림을 그리고 있는 줄은 누구도 모른다. 세월은 이제 그의 얼굴에 주름을 파놓지는 못했다. 인디언 추장과 같은 얼굴에 공간이 더 없기 때문이기도 하다. 먼 곳에서 고원으로 왔던 젊은 화가들 가운데 늙은 화공의 정교한 탕카를 보고 놀라는 사람도 있었다. 반 고흐가 렘브란트의 그림을 대할 때처럼 "10년을 적게 살더라도 이 그림 앞에서 빵을 씹으며 두 주일만 앉아 있고 싶을" 것이다. 젊은 화가는 고원반응의 괴로움 때문에 얼굴이 창백했지만 늙은 화공의 탕카를 떠나기 아쉬워했다. 날이 저물어 사원에서 문을 닫을 때에야 비로소 가방을 메고 마지못해 떠났다.

이런 일들은 거쌍으로서는 알 수 없었고 주변 사람들도 몰랐다. 심지어 화공도 자신이 그린 탕카의 가치를 모를 수 있었다. 늙은 화공은 이젤 앞에 앉아서 시간 가는 줄 모르고 구상하고 있는 이야기를 그릴 뿐이다.

늙은 화공의 머릿속에는 이 색에 어떤 색이 더 어울릴까 하는 생각뿐이었다.

그러나 그를 아는 사람도 있기 마련이다.

여느 날과 마찬가지로 그날 밤은 달도 없는 조용한 밤이었다.

거쌍 때문에 밤이 되면 동네 골목에는 개 그림자도 얼씬하지 않았다. 덩치 큰 이 개는 유령처럼 밤에만 몰래 다니며 자신의 존재를 과시하기 때문에 낮에는 안전하다는 걸 알고 있었다. 하지만 낮에도 개들은 이 골목을 피해 다녔다. 황야의 냄새를 언제나 맡을 수 있었기 때문이다.

그러나 거쌍은 낯선 사람의 눈에는 띄지 않도록 자신을

숨겼다. 가까이 살고 있는 사람마저도 늙은 화공의 정원에 이런 거물이 살고 있다는 것을 몰랐다. 낮에 자고 밤에 활동하기 때문에 거쌍의 존재를 아는 사람은 거의 없었고 이 골목에 깊이 묻혀 있는 것이나 다름없었다.

거쌍은 거리를 한 바퀴 돌고 나서 천천히 화공이 살고 있는 골목으로 들어섰다. 정원 안에 모든 것이 정상적이고 2층 창문으로 부드러운 등불 빛이 흘러나오기만 하면 거쌍은 이 도시 전체 구역을 거의 다 갈 수 있는 원형 코스를 한 바퀴 돌았다. 그런데 골목에 거의 이르렀을 때 낯선 냄새를 맡았다. 싫은 술, 담배와 차 냄새가 뒤섞인 자극적인 냄새였다.

달음박질로 아직도 기분이 좋은 거쌍은 머리를 흔들어 그 싫은 냄새를 쫓아 버리려고 했다. 그러나 뜻대로 되지 않았다. 거쌍은 개였다. 세계에서 가장 깨끗한 지역에서 살아온 후각이 예민한 개로서 머리를 흔든다고 싫은 냄새가 사라질 리 없었다.

이때 이 냄새가 확실히 난다는 것을 증명해 주기라도 하듯이 어둠 속에서 낯선 목소리가 들려왔다. 거쌍은 이 골목을 늙은 화공의 재산으로 알고 있지만 도시에서 살아오면서 많은 것을 배웠다. 그래서 경솔하게 공격하지 않고 어둠 속에 자신을 숨기고 소리 나는 곳을 찾았다.

"정말 들키지 않을까?"

골목의 어두운 곳에서 마지막으로 자신감을 얻으려는 목소리였다. 나직이 말하는 소리였지만 거쌍의 귀를 속이지는 못했다.

"당연하지. 늙은이 혼자 사는 동네야. 내가 몇 번 몰래 살펴봤지만 다른 사람이라곤 없어. 계집애는 일주일에 한 번만 온단 말이야."

"정말?"

"물론이지."

"그래도 좀 무서워."

"무서워도 어쩔 수 없지. 이제는 화석이나 다름없는 늙은이라 칼만 꺼내면 고분고분 탕카를 내놓을 거야. 그 사람이 뭐랬더라? 탕카를 손에만 넣으면 크든 작든 만 위안(약 170만 원)이랬지."

"만 위안, 만 위안이라……."

겁먹었던 목소리는 그것이 말해 주는 확실한 의미를 상상해 보려고 애썼다.

이때 다른 목소리가 가벼운 욕을 했다. 부주의로 큰 돌에 부딪친 것이다. 작은 소리였지만 그들에게는 천둥소리처럼 들렸다.

제 소리에 놀라 꼼짝 않고 구석에 엎드려 있던 그들은 곁을 언뜻 지나 정원으로 들어가는 검은 그림자를 발견하지 못했다.

정원은 거쌍의 세력범위였고 이곳을 침범할 수 없었다. 정원 밖의 골목에서는 문제를 일으킬 수 없고 공격할 수 없다는 것을 상식적으로 알고 있었다.

불안한 것이 있다면 그것은 쇠 냄새였다. 여관 뜰에서 죽어 가는 세퍼드를 하늘나라로 보내던 총의 냄새였다. 무서운 총일 것이다.

그러나 두 검은 그림자가 반쯤 열린 문으로 들어섰을 때 총에 대한 공포감도 영지를 보호하려는 거쌍의 본능을 누르지는 못했다.

앞장선 사람은 신경이 온통 불 꺼진 어두운 이 층집에만 쏠려 있었다. 경고와 같은 몸서리치는 소리가 귓전을 울렸을 때 그는 머리가 새하얘졌다. 성난 맹수의 울부짖는 소리라고 그는 짐작했다.

그는 몸을 돌리며 본능적으로 손에 든 쇠몽둥이를 가슴에 갖다 댔다. 이 본능적인 동작이 그를 구했다. 거쌍은 쇠몽둥이를 물었고 쇠를 갉는 소리가 났다.

이어서 다시 공격이 시작되었다. 쇠몽둥이를 물었지만 연기 냄새는 없었고 기껏해야 쇠몽둥이일 뿐 죽음과는 멀다는 것을 검은 그림자는 발견했다. 그러면 무서울 것 없었다.

거쌍은 정확하게 덮쳤다.

이제는 거쌍의 일방적인 공격이었다.

처절한 아우성소리가 날카롭게 라싸의 조용한 밤하늘에 울려 퍼졌다. 이어 골목의 창문들에는 불이 밝혀졌고 어린애 울부짖는 소리와 같은 아우성소리가 갈수록 높아졌다. 어른이 내는 소리 치고는 더 비겁하고 초라하게 들렸다.

사람들이 하나둘 골목에 나왔다.

그러나 감히 정원의 문을 열고 기웃거리는 사람은 없었다. 몸서리쳐지는 아우성소리에 사람들은 재앙이 이 정원을 덮친 것이라고 생각했다.

늙은 화공이 천천히 등불을 켜고 라마가 입는 붉은색 장삼 같은 티베트 두루마기를 입고 나왔을 때는 동이 터오고 있었다.

이 무렵 굵은 소리와 가는 소리가 모두 잠잠해진 뒤였다.

그래도 문밖에 모여 있는 사람들이 숨을 죽이면 가느다란 신음소리는 들을 수 있었다.

늙은 화공은 문을 열고 정원으로 나섰다. 문밖에서 정원 안을 기웃거리던 이웃들은 마침내 전전긍긍하면서 들어왔다.

금방 문틈으로 땅에 누워 있는 검은색 티베탄 마스티프를 보았지만 지금은 더 똑똑히 볼 수 있었다. 그들은 이처럼 튼튼하고 큰 마스티프를 보고는 저도 모르게 감탄했다. 그러나 거쌍은 이런 것도 모르고 담장 아래의 석판 아래에서 눈길을 떼지 않았다. 석판 아래에서 살려 달라는 들릴락 말락 하는 소리가 들렸다.

정원 바닥에는 쇠몽둥이와 피가 묻은 티베트 칼이 흩어져 있고 또 찢어진 옷도 보였다.

거쌍은 석판 사이에 있는 놈들을 호시탐탐 감시하는 한편 가끔 자신의 어깨를 핥았다. 상처를 입은 것이다. 쇠몽둥이를 든 사람한테로 달려들 때 뒤에서 다가오는 그림자를 느꼈고, 허공에서 몸을 날려 몰래 습격하는 놈의 소매를 물었을 때 어깨가 찌르는 듯 아팠다. 거쌍이 약간 힘을 쓰자 옷이 몽땅 찢겨나갔고 옷을 팽개치면서 칼을 쥔 놈의 손목을 물었다.

칼끝에 어깨의 피부가 약간 벗겨졌을 뿐이었다.

늙은 화공은 정원에 많은 사람이 모여든 것을 보고 그만 멍해졌다. 마치 탕카에 그려놓은 중생들이 부활한 것 같았다. 물론 이웃들도 그 못지않게 놀랐다. 아마 나이가 훨씬 많은 사람이라야 이 늙은 화공을 기억하고 있을 것이다. 오랫동안 사람이 살지 않는 골목으로만 알고 있었던 사람들은 눈앞에 벌어진 일들을 보고 놀라며 감탄했다. 여기에 석상처럼 고풍스러운 늙은 화공이 살고 있을 뿐만 아니라 이처럼 용맹한 티베탄 마스티프가 있을 줄은 생각지도 못한 것이다. 골목에서 언제 개 짖는 소리를 들어보지 못했던 그들이라 도무지 이해할 수 없었다. 그러나 이해하지 못한다고 해서야 어찌 말이 되랴? 여기는 무슨 일이든 일어날 수 있는 라싸가 아닌가!

경찰이 달려왔을 때까지도 늙은 화공은 도대체 무슨 일이 생겼는지를 정확히 알 수 없었다. 하지만 그는 거쌍을 불렀고 거쌍은 마지못해 일어서서 다른 구석에 있는 자신의 자리에 가 엎드렸다. 하지만 경계의 눈길은 그 석판 사이를 떠나지 않았다.

참으로 우스우면서도 짜증나는 과정이었다.

좁은 틈에는 정말 두 사람이 숨어 있었다. 그런데 틈이 어찌나 좁은지 큰 고양이 한 마리가 겨우 들어갈 수 있을 정도였다. 사람 둘이 어떻게 그 틈에 들어갔는지 알 수 없었다. 흉악한 악마 같은 개의 공격으로 몸이 성한 데 없이 상하여 아우성치면서 정원을 헤매다가 하늘이 봐줘서 이와 같은 피신처라도 생겼으니 다행이었다. 사실 그 경우에는 쥐구멍에라도 비집고 들어갈 형편이었다. 제정신 없이 두 석판 사이에 기어들어갔지만 또 엉덩이를 물렸다. 마침내 마멋(다람쥣과의 동물)처럼 안전하게 그 틈새에 몸을 구겨 넣은 그들이 작은 돌로 출구를 막아놓으니 아주 안전한 곳이었다.

경찰이 구슬리고 으름장을 놓았지만 그들은 안전한 보루에서 좀처럼 나오려고 하지 않았다. 피해망상에 걸린 그들은 나가기만 하면 사람들이 그것을 풀어놓으리라 생각했다. 공포에 질린 그들이 말하는 '그것!'은 거쌍이었다.

마지막까지도 그들은 무엇의 습격을 당했는지 몰랐다. 경찰이 티베탄 마스티프라고 알려 주었으나 그들은 믿으려 하지 않았다. 마스티프라면 개인데 이럴 리가? 자신들을 공격한 것은 개일 수 없다고 생각했다. 악몽 같은 일을 당하고 난 그들이 무엇을 믿을 수 있으랴!

하지만 이번 행동이 탕카를 도둑질하기 위해서임을 숨기지 않았다. 증거가 확실한 사건이라고 단정한 경찰은 오히려 마음이 놓였다.

또 반 시간쯤 지났다. 밖에서 기다리고 있는 사람들과 마찬가지로 경찰도 짜증이 나서 견딜 수 없었다. 나오지 않으면 불을 지르겠다고 을러댔다.

놈들은 마지막으로 그것을 우리에 가두어 달라고 요구했다. 그래야 나오겠다는 것이다.

석판 사이에서 나는 소리를 듣고 낮게 으르렁거리는 거쌍을 건드릴 사람은 아무도 없었다. 일어섰다 누웠다 하는 목털을 보면 언제든 벌떡 일어나 공격할 태세였다.

늙은 화공은 거쌍의 목줄을 나무에 매놓았다. 정원 안이어서 조용해지기만 바랄 뿐이었다. 이제는 그림 그릴 시간이 됐는데 그것이 걱정이었다.

늙은 화공이 밧줄을 목에 걸 때 거쌍은 그대로 잠자코 있어야 할지 망설였다. 그러나 역시 개라 잠시나마 주인으로 모시는 노인의 뜻을 거스를 수 없었다. 그래서 늙은 화공이 목줄을 매도록 내버려 두었다.

뒤에 생긴 일은 초조하고 불안한 마음으로 기다렸던 사람들에게 보람이 있다는 생각이 들도록 만들었다.

놈들은 먼저 손을 내밀었다. 그런데 그 손을 보자 엎드려 있던 거쌍이 벌떡 일어섰다. 밧줄이 팽팽해지면서 나무가 흔들리고 잎이 떨어졌다. 분노한 거쌍은 울부짖으면서 나가려고 했다.

놀란 뱀처럼 그 손은 움츠러들었다.

또 한바탕 설득해서야 그들은 나오기로 마음먹었다. 먼저 나온 것은 무거운 가죽장화를 신은 발이었다. 다음 나오는 것을 본 사람들은 떠나갈 듯 웃음을 터뜨렸다. 무표정한 늙은 화공마저도 웃었다. 벌건 발톱자국이 찍혀 있는 하얗고 반들반들한 엉덩이였다.

웃음 속에서 뒤로 기어 나온 사람을 보니 두 신발을 내놓고는 몸에 실 한 오리 안 걸쳤다.

"이런! 어미 배속에서 아기가 나오는 것 같네."

그 말에 사람들은 더욱 요란하게 웃어댔다.

뒤따라 다른 놈도 나왔다. 체면이 동료보다 낫지 않았다. 둘 다 금방 목욕을 마치고 신만 신은 사람 같았다. 아니, 불이 난 목욕탕에서 목숨 살리려고 신만 신고 나온 놈들 같았다.

그러나 두 사람은 남들의 웃음에 개의치 않았다. 살아났다는 기쁨으로 빙그레 웃으며 경찰이 내미는 수갑에 손목을 걸었다.

그 뒤로 며칠 동안 늙은 화공은 거쌍에게 먹이 주는 것은 잊지 않았지만 목줄을 풀어 주는 것은 잊고 말았다. 아마 밧줄을 맨 식물에 지나지 않는다고 생각했나 보다. 그에게는 지금 몰두하고 있는 탕카 창작 외에는 세상 모든 것이 의미 없었다.

어둠이 깃들자 이틀 동안 묶여 있던 거쌍이 몸을 일으켰다. 어둠이 어서 오라고 재촉했다. 그러나 목줄이 거쌍을 자유롭지 못하게 했다. 단단한 밧줄이 아니어서 거쌍은 당겨서 끊으려고 했다. 그러나 늙은 화공이 풀매듭으로 맺기에 힘을 주면 매듭이 더 조여들었다. 그리고 한끝이 부드럽고 연한 작은 나무에 매어 있어서 부러지지는 않고 괜히 힘만 빼게 했다. 두 번 해보았으나 매번 숨만 찼다. 이제는 포기하는 수밖에 없었다.

사흘째 되는 날에는 화가 났다. 목양견으로서 충분히 운동해야 했다. 가장 불만스러운 것은 거리의 냄새에 점점 무디어 가고, 가까운 골목에 사는 개들이 도전적으로 짖어대고 있는 것이었다.

그러나 거쌍과 늙은 화공이 생활에 정말 변화가 생겼다고 느끼게 만든 것은 사람들의 호기심 때문이었다. 이틀 전 거구의 마스티프가 쇠몽둥이와 칼을 든 도둑과 싸워 그들을 고양이굴에 꼼짝 못하게 몰아넣음으로써 주인과 귀중한 탕카를 지켰다는 소문이 나돌았다. 이 극적인 소식을 점점 더 많은 사람들이 알게 되었다. 그래서 그 티베탄 마스티프를 한번 보고 싶어 하는 사람들이 갈수록 많아졌다. 골목에 많은 사람이 모여들었고 심지어 담장에 올라가는 바람에 낡은 담장에서 벽돌장이 떨어지기도 했다. 이와 같은 무례한 행동은 그렇잖아도 답답한 거쌍을 사납게 만들었다. 거쌍은 담장에 올라서거나, 문틈으로 기웃거리는 사람을 보고 울부짖었고 골목에서 들려오는 낯선 발자국소리에도 사납게 짖었다. 거쌍은 거품을 물고 미친 듯이 짖어댔고 높이 뛰어오르며 짖다가도 나무에 끌려 되돌아왔다.

그러나 거쌍은 더 많은 놀라움을 자아낼 뿐이었다. 멋져! 그야말로 웅장한 티베탄 마스티프군!

도둑질 사건이 터진 이틀날 늙은 화공은 유례없이 정원의 문을 꼭 닫았다. 그러나 소문을 듣고 찾아온 사람들이 괜히 문만 두드리게 만들었다. 사람들은 고풍스러운 구리 문고리를 감상하면서 늙은 화공이 나와 문을 열 때까지 문을 두드

려댔다. 그러면 사람들을 맞는 것은 미친 듯이 짖으며 달려
드는 거쌍이었다. 그런데 그 사람들은 하나같이 거쌍을 사
려는 게 목적이었다. 늙은 화공이 모르는 다른 이유도 있겠
지만 그들은 말주변이 없는 목석 같은 늙은 화공의 짧은 몇
마디에 돌아가곤 했다.

늙은 화공의 얼굴은 무뚝뚝했고 이런 목석과 상의할 필요
가 없다고 생각했다.

하지만 목석도 귀찮을 때가 있었다. 마침내 늙은 화공도
거쌍과 마찬가지로 이 번거로운 모든 것이 짜증나고 불안하
기 시작했다.

"날 탓하지 마, 강아지야."

늙은 화공은 구석에 누워 있는 거쌍을 보고 말했다. 지금
까지 거쌍을 보고 가장 길게 한 말이었다.

거쌍은 돌처럼 무표정한 늙은 화공의 얼굴에서 자신의 운
명에 변화가 있으리라는 것을 알았다. 고원의 햇빛을 혼자
뒤집어쓴 듯 얼굴이 쇳빛인 뚱보가 문 앞에 나타난 뒤로 거
쌍은 늙은 화공의 망설이는 눈빛에서 변화를 읽었다. 돌 같
이 딱딱했던 얼굴이 부드러워지는 듯하더니 거쌍을 힐끗 돌
아보는 것이었다. 그 눈빛에 거쌍은 저도 모르게 일어섰나.

무슨 일이 발생할지 알고 싶고 장차 어떻게 될지 궁금했다. 거쌍이 이 정원에 온 지도 한참 되었고 매일 늙은 화공이 보는 곳에 누워 있었지만, 화공은 거쌍을 화초보다 더 귀한 물건으로 본 적이 없었다.

"마음에 들면 끌고 가게."

늙은 화공이 노크를 하고 들어와서는 거쌍을 보여 달라고 사정하는 쇳빛 얼굴의 뚱보에게 말했다.

그런데 그는 늙은 화공의 말을 이해하지 못했다.

오늘 시장에 있는 작은 음식점에서 밥을 먹으며 이 동네에 아주 멋진 티베탄 마스티프를 기르는 사람이 있다는 말을 들었다. 물론 며칠 전에 있었던 멋진 장면들이 입에 올랐고, 그 이야기를 들으며 밥 먹던 사람들은 집이 떠나갈 듯 웃었다. 배꼽 잡고 웃으면서도 이야기를 들려주는 음식점 주인이 정말 보고 하는 말인지는 따지지 않았다.

쇳빛 얼굴의 뚱보는 흥미를 느껴 대뜸 작은 골목을 찾았다. 담장 아래 누워 있는 티베탄 마스티프의 몸집을 보자마자 둘도 없이 훌륭한 마스티프임을 알았다. 그는 흥분되어 몸을 부르르 떨었다. 그리고 미라처럼 마른 늙은이에게 그럴듯한 구실을 대며 더 자세히 볼 수 있도록 들어가게 해 달라고 사정했다.

"뭐라고요?"

쇳빛 얼굴의 뚱보는 귀를 의심했다. 그의 눈길은 온통 천천히 몸을 일으키는 마스티프에게로 쏠려 있었다. 정말 보기 드문 순종 티베탄 마스티프였다.

"자네한테 줄 테니 끌고 가게."

긴 세월을 혼자 지낸 늙은 화공에게는 말하는 것조차 사치라서 반드시 필요할 때만 한마디씩 했다. 그러나 이번에는 곱씹었다.

그제야 쇳빛 얼굴의 뚱보는 말뜻을 알아들었다. 티베탄 마스티프를 거저 준다는 뜻이었다.

끌고 가라면 이 마스티프가 내 것이라는 말이다!

라싸는 바로 이런 곳이었다. 세상에게 가장 푸른 하늘 아래 매일 어떤 일이 생길지 모른다. 길가 난전에서 무심코 산 동전이 세상에 둘도 없는 옛날 동전일 수 있고, 떠들썩한 사람들 속에서 사라진 아름다운 소녀가 바로 네팔 왕국의 후예일 수도 있다. 이것이 바로 햇빛의 도시 라싸이며, 내일 무슨 일이 일어날지 모르고 또 누구나 자신의 꿈을 시험해 볼 수 있는 곳이다. 저기 독일에서 온 청년을 보았는가? 내일 장비를 가지고 성스러운 호수 나무춰(티베트 중부에 있는, 중국에서 두 번째로 큰 담수호. 호수 면이 해발 4,718미터이다.)에 파도타기를 하러 간다.

쇳빛 얼굴의 뚱보는 온몸의 피가 몽땅 얼굴에 몰려드는 듯했다. 그는 자신이 고원에 온 지 여러 해 되어서 고원반응은 아니고 좀 흥분한 것뿐이라고 스스로 위로했다.

쇳빛 얼굴의 뚱보가 그냥 가만히 서 있는 걸 보고 늙은 화공은 나무 아래로 가서 밧줄을 풀어 그에게 쥐어 주었다. 그러고는 고개도 돌리지 않고 집으로 들어갔다. 그리고 있는 탕카가 거의 완성되어 가고 있었다.

거쌍은 몇 가지 어려운 선택을 해야 했다. 며칠 동안 묶여서 좁은 공간에서만 활동하다 보니 몸의 근육이 따라서 천천히 빠지는 것 같았다. 이렇게 살다간 어떻게 될지 몰라 야릇한 공포감에 휩싸였다. 사면이 담장으로 둘러 있고 네모난 하늘과 포탈라 궁전의 한 귀 퉁이만 보이는 이 작은 정원을 떠나는 것이 무엇보다 절박했다. 그렇잖으면 절대 이 낯선 사람이 자신을 데려가도록 내버려 두지 않았을 것이다. 늙은 화공은 거쌍에게 눈길도 돌리지 않았다. 한번 겪어 본 일이라 별로 불만스럽거나 슬프지는 않았다. 늙은 화공에게는 거쌍이 화초 한 그루보다 더 값지지 않았고, 이 정원을 지켜 주고 두 도둑을 물어놓은 것은 본능일 뿐이었다. 물론 거쌍이 반항한다면 더 이 정원에 계속 남아 있을 수도 있겠지만 앞으로 더 이상 바뀔 것은 없었다.

거쌍은 이 낯선 사람이 두려움에 싸여 있음을 느낄 수 있었다. 그 두려움은 밧줄을 가볍게 만지작거리는 그의 손에서 전달되어 왔다. 거쌍은 이것이 아마 두려움의 냄새라고 생각되었다. 거쌍은 두려움이 존재한다고 생각지 않았다. 아마 그가 손에 쥐고 있어서 그 어떤 불만도 느끼지 못할 수도 있었다. 모든 일이 이렇게 시작된다. 거쌍은 자신도 이상할 정도로 순종하고 있었다. 거쌍은 온몸에서 기름, 담배 냄새와 음식 냄새가 풍기는 쇳빛 얼굴의 뚱보를 따라 황혼이 깃든 골목을 나섰다.

라싸의 황혼을 구경할 틈도 없었다. 거쌍은 잔걸음으로 달리는 발이 청석을 깐 길바닥과 닿는 즐거움 때문에 너무 편안해서 떨리기까지 했다.

거리에 갑자기 나타난 거쌍은 사람들의 눈길을 끌었다. 거쌍은 항상 온갖 냄새가 사라진 밤에 나왔고 낮에 거리에 나선 적이 없었다. 이 시각 거쌍은 낯선 냄새들을 탐욕스럽게 맡고 있었고 그 냄새를 기억의 깊은 곳에 저장했다.

시장 뒤에 있는 빈터에 녹색 천을 두른 트럭이 있었다. 갑자기 시장에서 풍겨 오는 신선한 냄새가 엷어지더니 한 줄기 여운만 거쌍의 기억에 남겼다.

냄새가 이 모든 것에 대한 거쌍의 생각을 흐려놓았나 보다. 그래서 자신을 끌고 가던 쇳빛 얼굴의 뚱보가 끝이 벌어진 나무막대로 조심스럽게 거쌍의 목줄을 걸 때도 별다른 반응을 보이지 않았다. 거쌍은 여전히 그의 두려움을 느낄 수 있었고 두려움이 있는 사람은 무서워하지 말아야 했다. 그러나 막대기의 갈라진 곳에 목줄이 단단히 걸리자 공기 속에 감돌던 쇳빛 얼굴 뚱보의 공포감은 감쪽같이 사라졌다. 거쌍은 뭔가 깨달았으나 그의 웃음소리를 듣는 순간 모든 것이 늦었음을 깨달았다. 2미터 되는 막대기는 그와 거쌍 사이의 거리를 잘 유지해주고 있었다. 제아무리 짖으며 물려고 해도 접근할 수가 없었다.

거쌍은 모든 것이 헛짓임을 깨닫고 고분해졌다. 이제 무슨 일이 생길지 알고 싶었다. 그동안의 경험은 쓸데없는 발악으로 힘을 허비해서는 안 된다고 가르쳐 주었다.

거쌍은 끌려서 트럭에 올랐다. 막대기 다른 한끝은 밧줄로 차에 단단히 묶어놓았기 때문에 어두운 구석에서만 활동할 수 있었다. 엎드려도 목을 바닥에 내려놓을 수 없어서 차디찬 칸막이 판에 뻣뻣이 기댈 수밖에 없었다.

다른 공간에는 크고 작은 종이상자, 항아리와 캔들이 쌓여 있었다. 자잘하지만 어딜 가나 볼 수 있는 잡것들처럼 불쾌한 냄새들은 모두 그곳에서 나왔다. 거쌍은 그 냄새 때문에 연신 재채기를 해댔다. 재채기를 할 때마다 밧줄이 졸리면서 숨이 막혔다.

거쌍은 후회스러웠다. 밧줄에 매어 있는 며칠 동안 얼마든지 밧줄을 끊을 수 있었다. 그러나 그 정원에서는 개와 사람 사이에 맺은 계약을 받아들여야 했고 그것을 반드시 지켜야 했다. 그 골목을 떠날 때 밧줄을 끊어 버려야 했다. 그러나 지금은 그런 기회가 없었다. 지금은 아무리 애써도 목을 건 딱딱한 막대기를 어떻게 할 수가 없었다.

트럭은 밤새도록 달려 새벽에야 어느 마을에 이르렀다.

트럭에서 내려온 거쌍은 큰 집 뒤에 있는 작은 언덕으로 끌려갔다. 아침 햇빛 속에서 어느새 네다섯 사람이 그를 빙둘러쌌다. 거쌍은 무슨 일이 생길지를 알고 있었다. 공기 속에서 어떤 욕망의 냄새가 풍겼다. 거쌍은 자신을 잡아당기는 쇳빛 얼굴의 뚱보를 덮쳤다. 그러나 막대기의 다른 끝을 잡고 있던 그를 몇 걸음 물러서게 만들 뿐이었다. 올가미 몇 개가 날아왔다. 거쌍이 뛰면서 피했지만 막대기 끝을 그가 단단히 잡고 있어서 마음대로 움직일 수 없었다. 그래서 올가미가 계속 거쌍의 목과 몸에 걸렸고 재빨리 조여졌다. 당황한 거쌍이 이리저리 몸을 비틀며 발악했으나 도리어 땅에 있는 올가미를 밟았고 그 올가미가 조여지자 얼기설기 묶인 거쌍은 헐떡거리며 땅에 쓰러졌다.

이런 일에는 매우 익숙한 사람들이었다. 그들은 가장 짧은 시간에 거쌍의 목에 와이어로프로 싼 목걸이를 씌웠고 5미터 되는 쇠사슬을 나사로 고정시켰다. 그러고는 목에 맸던 밧줄을 잘라 버렸다.

매였던 밧줄은 풀어졌으나 거쌍은 여전히 막대기에 떠밀려 굵은 말뚝 앞으로 끌려갔다. 쇠사슬 끝은 말뚝에 걸어놓기 좋도록 된 강철 링이었다. 말뚝 꼭대기에는 쇠사슬이 벗겨지지 않도록 횡목이 박혀 있었다.

모든 것을 끝내자 마지막 사람이 천천히 뒤로 물러서더니 거쌍이 미치지 못하는 거리가 되자 갑자기 막대기를 풀고는 밖으로 도망쳤다. 거쌍은 막대기로부터 풀려나자 기회를 놓치려 하지 않았다. 밤새 뭉쳤던 분노가 극에 이른 거쌍은 울부짖으며 그 사람의 뒤를 덮쳤다.

땅에 엎어져 얼굴이 해쓱해진 그는 다른 사람들이 놀라 부르짖는 소리와 함께 일어섰다. 거쌍은 쇠사슬을 절그럭거리며 그의 몸에서 잡아챈 가죽잠바를 갈기갈기 찢었다.

2미터 안이라 거쌍은 그를 따라잡을 수 있었다.

"주인님, 제법 괜찮은 개예요. 전의 놈에 비하면 훨씬 세네요."

"당연하지. 가장 훌륭한 종자 마스티프야. 몇 년 가도 보기 드문데 여기 라싸에서 만날 줄이야. 이런 순종 마스티프는 허취 지역에서만 나오지."

쇳빛 얼굴의 뚱보는 지갑에서 돈을 한 뭉치 꺼내어 적삼만 입고 추워서 떠는지 무서워 떠는지 알 수 없는 사람에게 건넸다.

"한 마리 더 사와."

늙은 화공의 정원에서는 마음만 먹으면 얼마든지 밧줄을 물어 끊고 자유롭게 떠날 수 있었지만 이제는 영원히 그런 기회가 사라졌음을 거쌍은 슬프게 깨달았다.

이 사람들이 떠난 뒤 오랜만에 다시 풀을 밟게 된 거쌍은 차츰 안정을 찾았다. 여러 가지 번잡한 냄새 때문에 후각이 둔해졌던 코는 다시 정상으로 회복되었다. 그는 목에 걸려 있는 목걸이와 쇠사슬과 말뚝 냄새를 맡을 수 있었고 밟고 있는 풀밭에 남겨놓은 다른 티베탄 마스티프의 냄새도 맡았다. 다른 티베탄 마스티프라, 이날 거쌍의 머리에는 내내 이 문제가 맴돌았다.

와이어로프로 감싼 목걸이를 다시 목에 걸고 마찬가지로 무거운 쇠사슬을 끌고 다녀야 했지만 거쌍에게 무엇보다 중요한 것은 자신이 확실하게 풀밭에 서 있는 것이었다. 잊었나 싶었던 몸 날리는 동작을 다시 해보면서 쇠사슬을 두른 채 말뚝을 둘러싸고 미친 듯이 달리기 시작했다. 풀밭은 거쌍의 뒤에서 빙빙 돌아갔다. 쇠사슬 끝은 말뚝에 걸어놓은 헐거운 강철 링이기 때문에 반경 5미터 되는 원 안에서는 마음대로 달릴 수 있었다.

멀리서 바라보면 달리는 거쌍은 마치 산비탈에서 요동치는 검은 불길과 같았다. 목에 이어놓은 쇠사슬과 땅에 박힌 말뚝을 물어뜯지는 않았다. 의미 없는 발악임을 알고 있었기 때문이다.

쇳빛 얼굴의 뚱보는 마을 주변에 있는 사천 음식점 앞에 서서 뜻밖에 얻은 보물을 만족스럽게 바라보고 있었다.

오, 연화호의 보물이여!

그 말뚝에는 한동안 다른 티베탄 마스티프가 매어 있었다. 근처 목장에서 가져온 작은 마스티프로서 지금의 이 마스티프와는 비교도 되지 않았다. 그 마스티프를 한동안 매어 기르다가 청두에 사는 사람에게 3만 위안(약 500만 원)에 팔았다.

거쌍이 떠나간 그날 저녁 포탈라 궁전의 금빛 지붕에 고원의 석양이 내려앉았을 때, 늙은 화공은 우유에 버무린 참파를 들고 나왔다. 그러나 담장 구석에 누워 있던 거쌍이 보이지 않았다. 그는 정원에 서서 한참 생각하더니 땅에서 긴 털이 뭉쳐 있는 깔개를 집어 들었다. 늙은 화공은 한참이나 생각에 잠겼고 이런 생각은 그를 피곤하게 만들었다. 나중에 스스로 만족스러운 답을 찾았으니 그처럼 큰 마스티프는 있지도 않았다는 결론이었다. 늙은 화공의 세계에서는 그가 모든 것을 결정했고 그런 일을 계속 생각할 여유가 없었다. 그는 문어귀에 가서 우유에 버무린 참파를 골목에 과감하게 쏟아 버렸다. 밤이면 들개가 먹어 버릴 것이다. 그러고는 깔개를 담장 아래에 버리고 다시 집에 들어갔다.

밤에 깔개는 바람에 날려 갔다. 이튿날 늙은 화공은 여느 때처럼 정원에 나와서 꽃에 물을 주었다. 거쌍에 대해서는 아예 없었다고 믿었다. 설사 늙은 화공의 기억에 어렴풋한 이미지가 남아 있더라도 그가 그린 탕카처럼 이미 이곳을 떠나 사원의 대웅전에 걸려 있었다.

며칠 뒤 소문을 듣고 거쌍을 사러 온 사람이 있었다. 굉장한 인내심으로 문을 두드려 겨우 열었지만 고루하기 짝이 없는 노인은 그런 마스티프는 없었다고 못을 박았다. 정말 없었으니 제발 믿어 달라고 했다.

정말 어떤 일도 일어나지 않은 듯했다.

황야에서 만난 한마

날마다 거쌍에게 먹이를 주던 일꾼은 이 티베탄 마스티프가 점점 야수보다 더 무서운 짐승이 되고 있음을 느꼈다. 그가 양다리를 던지면 땅에 떨어지기도 전에 절그렁 소리와 함께 거쌍이 공중을 날며 물었고 땅에 떨어졌을 때는 이미 동강이 나 있었다. 이어서 벼락같이 물고 뜯고 나면 양다리는 순식간에 갈기갈기 찢어졌다. 굶주려서 이러는 것이 아니었다. 육체를 찢어 버리고 싶은 욕망일 뿐이었다. 거미 같은 얼굴을 쳐들고 털 사이에 뼛 조각이 달라붙은 큰 입을 드러내며 망연한 눈길로 바라보는 거쌍과 눈이 마주칠 때마다 일꾼은 저도 모르게 뒷걸음질 쳤다. 거쌍이 뭘 생각하고 있는지 누가 알랴! 영원히 잠들지 않을 듯한 호박 같은 두 눈은 털 속에서 고집스럽게 불타고 있었다.

날마다 오후가 되면 일꾼 하나가 집에서 나와 양다리나 갈비뼈 반쪽을 산비탈에 매어 있는 거쌍에게 던져 주었다. 그러고는 녹이 슨 쇠대야에 맑은 물을 가득 부어 주었다.

그러나 거쌍에게 접근하는 사람은 없었다. 주인의 분부이기도 하지만 지금 거쌍이 갈수록 야수에 가깝게 변하고 있기 때문이었다. 증오에 찬 눈에서는 차가운 붉은빛이 쏟아져 나왔다. 그 눈빛을 보면 틈만 보이면 달려들어 사람을 쓰러뜨리고 다리를 물어 부러뜨리리라고 믿지 않을 수 없었다. 쇠사슬이 허용하는 5미터 반경의 풀밭은 쟁기로 갈아놓은 듯 풀 한 포기 없었다. 매일 배불리 먹고 남아도는 왕성한 힘을 미친 듯이 달리는 것으로 풀기 때문이었다. 위에는 거쌍이 뜯어 먹고 버린 흰 양뼈들만 널려 있어 마치 오래 버려둔 도살장 같았다. 초가을이라 비와 싸라기눈이 자주 오기도 하지만 이제 곧 닥쳐올 겨울에 대비하느라 거쌍의 몸을 뒤덮은 털은 먼지가 묻고 비바람에 젖어 전처럼 산뜻하지는 않지만 더 두툼해지고 되는대로 자라 마치 큰 모전과도 같았다. 그래서 멀리서 보면 부풀어 오른 털 뭉치처럼 원래 웅장한 몸이 배로 커진 것 같았다. 처음 보는 사람이라면 두말없이 곰을 봤다고 할 것이다.

거쌍이 매일 할 수 있는 일이 말뚝을 돌며 달리는 것이라 반경 5미터 되는 땅에는 발자국이 무수히 찍혀 있었다. 가끔 말뚝 아래에 앉아서 마을을 내려다보기도 했다. 거쌍은 사천 음식점에 차가 오기만 하면 오랫동안 짖어댔다. 왜 짖는지 자신도 알 수 없지만 어쨌든 새로운 것만 보면 흥분하며 온몸을 떨었고 끝없이 짖으며 달려들어 물려고 했다. 모든 것을 씹어 삼키고 거물이 되려는 욕망이 젊은 가슴을 태웠다.

하루 종일 힘들게 차를 운전하고 나서 원조 사천 음식을 먹은 기사들은 트림을 꺽꺽 하면서 떼로 마스티프를 구경하러 왔다. 장사가 잘되는 이 사천 음식점에서 기사들에게 보여 주는 인기 종목이었다.

그들은 가까이 가지는 못하고 멀리서 털이 부스스한 거미와 같은 이 괴수를 바라보았다. 흥정하는 사람은 많았지만 매번 쇳빛 얼굴의 뚱보가 터무니없이 비싸게 부르는 바람에 흥정이 깨지곤 했다. 이런 차들이 방방곡곡을 다니다 보면 더 많은 사람들이 소문을 듣고 흥정하러 오리라는 것을 잘 알고 있었다. 그는 서두르지 않았다. 반드시 자신이 바라는 값을 받아야 이 귀한 티베탄 마스티프를 팔 것이다.

목장에서는 큰 눈이 오는 날에도 천막 뒤나 양털더미 곁에서 바람을 피할 수 있었다. 그러나 이 산비탈은 비바람을 피할 곳이 없었다. 사나운 눈바람은 거쌍의 몸 깊숙이 숨어 있던 야성과 고원생활에 적응된 천성을 더욱 드러내게 했다. 바람과 추위는 인내력과 체력을 더욱 강하게 해줄 뿐이었다. 어느 눈 내리는 아침, 사천 음식점 대문은 눈에 막혀 버렸다. 일꾼은 창문으로 나와서 1미터 되는 눈을 칠 수밖에 없었다. 그런데 놀라운 것은 햇빛 밝은 산비탈에서 검은빛 마스티프가 여전히 눈부신 불길처럼 눈 위를 달리면서 눈 보라를 날리고 있었다.

사람을 멀리하고 지내는 마스티프라지만 거쌍에게는 산비탈의 생활이 너무 쓸쓸했다. 속에 부글거리는 분노대로라면 모든 것을 물어뜯어 버리고 싶었다. 그러나 주변에서 물어뜯을 만한 것을 찾을 수 없었다. 큼직한 양다리 뼈들은 벌써 물어뜯어 조각내어 버렸다.

날마다 거쌍에게 먹이를 주던 일꾼은 이 티베탄 마스티프가 점점 야수보다 더 무서운 짐승이 되고 있음을 느꼈다. 그가 양다리를 던지면 땅에 떨어지기도 전에 절그렁 소리와 함께 거쌍이 공중을 날며 물었고, 땅에 떨어졌을 때는 이미 동강이 나 있었다. 이어서 벼락같이 물고 뜯고 나면 양다리는 순식간에 갈기갈기 찢어졌다. 굶주려서 이러는 것이 아니었다. 육체를 찢어 버리고 싶은 욕망일 뿐이었다. 거미 같은 얼굴을 쳐들고 털 사이에 뼛 조각이 달라붙은 큰 입을 드러내며 망연한 눈길로 바라보는 거쌍과 눈이 마주칠 때마다 일꾼은 저도 모르게 뒷걸음질 쳤다. 거쌍이 뭘 생각하고 있는지 누가 알랴! 영원히 잠들지 않을 듯한 호박 같은 두 눈은 털 속에서 고집스럽게 불타고 있었다.

거쌍은 더는 이곳을 떠나기를 바라지 않았다. 차츰 산비탈의 모든 것에 익숙해져 갔다.

오랫동안 속박된 삶을 살아오며 쇠사슬, 그리고 이제는 닳아서 속에 있는 와이어로프가 드러난 목걸이를 자신의 신체 일부분으로 믿고 있었다.

조용한 밤이 되어 달빛이 평평한 이 골짜기를 비출 때면 거쌍은 오랫동안 가슴속 깊은 곳에서 솟아오르 갈망을 끝내 억누르지 못하고 머리를 쳐들고 달을 향해 목이 터져라 울부짖었다. 이런 울부짖음이 시작되기만 하면 끊어지고 이어지기를 되풀이하면서 밤새도록 울었다.

불원천리하고 티베트에 개를 사러 온 사람이 정말로 사고 싶은 것은 바로 이처럼 거칠고 사나운 티베탄 마스티프였다. 목숨과 재산이 항상 위협받고 있다고 생각하는 사람에게는 이처럼 두려움을 모르고 절대 물러서는 법이 없이 달려드는 개가 필요했다. 물론 보통 개가 아니라 진정한 티베탄 마스티프가 필요했다. 티베탄 마스티프는 자신의 목숨보다 주인의 안전을 더 중요시한다. 인정이 없고 사나우며 맹수보다 더 용맹한 그들은 주인의 안전을 위협하는 모든 것을 찢어 버릴 준비가 되어 있었다.

부자들의 재산을 빼앗으려는 사람은 많으며, 많은 재산을 갖고 있다는 것 자체가 자신의 목숨을 귀중히 여기게 만든다. 물론 그들은 돈으로 진짜 맹수를 얼마든지 살 수 있지만 맹수는 황야를 떠나서는 살 수 없다. 맹수들에게는 사람이 적이며, 맹수는 주인과 적을 구별하지 못한다. 그들은 단순하다. 자신의 자유를 속박하는 자가 바로 적이다. 적을 죽이는 것은 가장 절실한 소원이다. 새끼 때부터 사람이 기른 야수를 선택할 수도 있겠지만 그것을 야수라고 부르기는 억지스러우며, 황야와 자유가 없는 짐승을 더는 야수라 할 수 없다. 아직 야수로 살 때 갖고 있던 힘이 얼마쯤 남아 있다고 해도 알맹이는 사라지고 없는 것이다. 그들은 이미 가축이 되어 버렸고, 가축이 되어 버린 짐승은 가축보다 못할 때가 있다. 그렇다면 이 사람들에게는 주인에게 충성스럽고, 야수이면서도 가축이기도 하며, 야수보다는 사람과 친하고, 개처럼 의존성이 있으면서도 개보다 더 사나운 것이 필요했다. 그래서 사람들은 눈으로 뒤덮인 고원에서 티베탄 마스티프를 발견한 것이다. 칭짱 고원에서 오랜 세월을 끈질기게 살아남은 생물이었다. 티베탄 마스티프는 개지만 고원이 갖고 있는 열악한 환경 때문에 사나운 성질과 충성심을 타고났다.

사람들이 문득 티베탄 마스티프의 중요성을 알고 난 뒤로 짧은 몇 년 사이에 각양각색의 사람들이 티베탄 마스티프를 찾으려고 전 세계에 마지막 남은 고원을 찾아오기 시작했다. 품종이 매우 순수하고 평범한 평원에서 살지 않은 진정한 맹견을 얻기 위해서였다. 티베탄 마스티프야말로 원시적이고 자연에 가까운 훌륭한 개라고 그들은 믿고 있었다.

거쌍은 전혀 모르는 상황에서 이런 일에 말려들었다. 목장을 떠나 바깥세상에 왔고 그것은 거쌍으로서는 이해할 수 없는 세계였다. 어느 하나 자신이 선택한 것은 없다. 만일 그날 목장의 야영지에 지프차가 오지 않았다면 고원의 목장을 떠날 리 없었고 다른 목장의 마스티프처럼 푸른 목장과 푸른 하늘, 그리고 양떼와 더불어 자랄 것이며 가끔 양떼를 지키기 위해 야수와 싸울 것이다. 야수를 죽이거나 실수로(이런 확률이 아주 적기는 하지만) 야수에게 죽을 수도 있지만, 계속 살아 있다면 고원에서 이 혈통을 자자손손 이어 나갈 것이다.

하지만 지금 모든 것이 변했다. 거쌍은 목장을 떠났고 더는 목양견이 아니었다. 심지어 매일 라싸의 밤거리를 달리던 자유로운 생활마저 빼앗겨 버렸다.

만일 다른 티베탄 마스티프가 나타나지 않았다면 거쌍의 생활은 이렇게 정해져 계속 이 산비탈에 묶인 채 쇳빛 얼굴 뚱보의 돈벌이 꿈과 더불어 늙어 가거나 부자한테 팔려 큰 저택에서 사나운 개로 살 것이다.

그 붉은빛 티베탄 마스티프 역시 거쌍처럼 막대기에 목걸이가 걸린 채 트럭에서 내려왔다. 이미 늙은 티가 나고 털빛이 어두운 마스티프였다. 다른 개와 다른 점이 있다면 두 눈 위에 활짝 터져 있는 빽빽한 황색 털이었다. 트럭에서 끌려 내려올 때 보니 일꾼 두 사람의 팔은 피로 질퍽했고 소매는 보이지 않았다.

거쌍을 다루던 순서가 반복되었다. 그런데 이 마스티프는 믿을 수 없을 정도로 조용했다. 올가미가 날아와 몸을 걸었으나 반응을 거의 보이지 않았다. 밧줄이 이 마스티프를 땅에 쓰러뜨렸고 소가죽으로 싼 와이어로프 목걸이를 씌우고 나서 쇠사슬을 걸었다.

산비탈엔 말뚝 하나가 더 늘었다.

사람들이 밧줄을 풀어 버린 뒤에도 이 마스티프는 그 자리에 엎드려 묶인 자세대로 꼼짝하지 않았다. 낯선 환경에 분노하고 발악하면서 짖어대기를 바랐던 음식점 일꾼들은 몹시 실망했다. 쇳빛 얼굴의 뚱보도 손해 보는 장사라고 생각지는 않았지만 좀 불안했다. 그가 손해 보는 일은 없었다. 언제나 놀랍게 싼 가격으로 목장에서 마스티프를 사들이곤 했기 때문이다. 티베트에는 아직도 보물이 얼마나 많이 있는지 모른다. 언젠가 그는 목축민의 집에서 겨우 휘발유 두 통을 주고 옥석으로 만든 가지를 얻었다고 한다. 그 가지는 나중에 차 두 대의 호송을 받으며 청두로 가져다 팔았고, 어여쁜 자줏빛을 띠는 '채소'를 어느 정도의 거액에 팔았는지 아무도 모른다.

실망한 사람들이 시무룩해서 돌아간 뒤 거쌍은 목을 뻗어 가까운 거리에 있는 낯선 마스티프를 보고 한바탕 짖어댔지만 아무 반응도 얻지 못했다. 거쌍을 완전히 무시하는 태도였지만 거쌍은 이미 버릇이 되었다. 일단 짖기 시작하면 그치지 않고 오래도록 짖었고 구슬픈 느낌이 들어서야 그쳤다. 그러나 이번에는 절망에 싸여 짖고 나서 느끼는 즐거움은 맛볼 수 없었다.

거쌍은 어쩔 수 없이 조용해졌고 새침해서 땅에 엎드렸다.

저녁 무렵에 일꾼 하나가 양 뒷다리 두 개를 메고 와서 그들에게 주었다.

붉은빛 마스티프는 엎드려 있기만 할 뿐 양 뒷다리를 건드리지도 않았다.

어찌 된 일인지 거쌍도 처음으로 식욕이 없었다. 금방 이곳에 끌려온 늙은 녀석에게 신경이 쓰인 것이다.

뼈와 살을 아주 갈기갈기 찢어 버리는 거쌍을 보아 온 일꾼은 실망하여 뭐라 욕하며 돌아갔다.

붉은빛 마스티프는 과연 나이 들어 보였다. 어두운 붉은 털에는 뻣뻣한 갈색 털이 섞여 있었고 건강을 잃은 개들에게서만 볼 수 있는 그런 빛깔이 났다. 거쌍은 그 고루한 냄새를 맡았다. 저장되어 있는 냄새 가운데 내버려둔 지 오래된 가죽에서 나는 그런 냄새였다. 그러나 이 늙은 마스티프에게는 끌리는 데가 있었다. 거쌍은 그것이 뭔지 몰랐다. 가끔 고개를 쳐들고 보면 반짝이는 눈으로 거쌍을 보는 것이 아니라 더 먼 곳을 바라보는 것이었다. 거쌍은 이런 무관심 때문에 야릇한 무서움을 느꼈다. 매여 지낸 지 한참 되는 거쌍으로서는 이런 느낌을 인정하고 싶지 않았다. 미칠 듯이 화가 난 거쌍은 쇠사슬을 절렁거리며 몇 번 날뛰면서 전혀 느껴본 적이 없던 당황스러운 마음을 쫓아내려고 했다. 그러나 끝내 짖지는 않았다. 누가 못 하게 한 것이 아니라 갑자기 흥이 나지 않았다.

거쌍은 다시 엎드려 붉은빛 마스티프가 지켜보는 방향을 따라 눈길을 돌렸다. 거쌍도 물끄러미 바라볼 때가 있었지만 보통 산비탈 아래의 마을이 아니면 많은 차들이 주차해 있는 사천 음식점이었다. 오랫동안 쳐다보고 나면 언제나 야릇한 환영이 나타나곤 한다. 여름의 푸른 목장이나 기억이 새로운 첫눈, 그리고 라싸의 어두운 거리를 마음껏 달리는 장면들이었다. 난폭한 거쌍이 이렇게 환영에 빠져 조용해지려고 하면 길 가는 기사나 여행객들이 깨 버린다. 라싸 관광을 가면서 하루 종일 차에서 시달린 여행객들은 사천 음식점에서 배불리 먹은 뒤 매운 음식을 먹어 혈액순환이 잘되는지 쉬지도 않고 삼삼오오 떼를 지어 산비탈로 왔다. 식사 후의 심심풀이로는 몸집이 매우 크고 긴 털을 가진 이 괴물이 제격이었다.

환상에 잠겨 있던 거쌍은 날아오는 흙덩이에 놀라 깨곤 했다. 평소에는 쇳빛 얼굴의 뚱보나 음식점 일꾼들이 흙덩이를 던졌다. 흙덩이는 도화선이 되어 눈 깜짝할 사이에 거쌍을 짖어대게 했고 방금까지 우람한 몸집에 감탄하던 사람들은 혼비백산하여 도망쳤다. 그러고는 음식점 주인의 안전하다는 다짐을 받은 뒤에야 다시 어슬렁어슬렁 모여들었다. 그러나 여전히 10여 미터 멀찍이 떨어져 구경했다. 사람들을 향해 길길이 날뛰는 개에게 접근할 엄두가 나지 않았다. 사진기나 비디오카메라를 든 관광객들은 풍차를 향해 용감하게 돌진하는 돈키호테처럼 사납게 날뛰는 거쌍을 놓치지 않고 사진을 찍었다. 거쌍은 반공중에서 항상 쇠사슬 때문에 중심을 잃고 떨어졌지만 땅에 내리기 바쁘게 다시 뛰어오르곤 했다.

쇳빛 얼굴의 뚱보는 사람들 뒤에서 이를 지켜보면서 탐욕스러운 웃음을 짓고 있었다. 대부분의 장사가 이렇게 시작된다. 거쌍의 이미지가 유람객들의 사진이나 영상을 통해 더 많은 곳에 전파되면 사람들은 라싸에서 멀지 않은 작은 도시에 이처럼 훌륭한 티베탄 마스티프가 있다는 것을 알게 될 것이다. 그러면 언젠가는 바라는 가격에 거쌍을 사가는 사람이 있게 된다.

그러나 붉은빛 마스티프는 꼼짝하지 않고 먼 곳을 바라보고 있었고, 눈길은 찬란한 석양에 물든 저 멀리 지평선을 향해 있었다. 그곳은 자갈이 뒤덮인 끝없는 황무지였고 하늘가에는 구름이 뭉게뭉게 떠 있었다.

거쌍에게는 더 특별한 것은 보이지 않았다.

사흘째 되는 날, 붉은빛 마스티프 주변의 고기들이 썩기 시작했고 나쁜 냄새가 풍겼다. 그 냄새에 거쌍도 식욕이 떨어져 그날 주는 양고기를 반만 먹었다. 붉은빛 마스티프는 고기를 거들떠보지도 않았다. 신선하든 썩든 상관이 없었다. 그 자리에 박힌 듯 엎드려 있었지만 밤에는 가끔 일어나기도 했다. 절그렁거리는 소리가 요란한 쇠사슬을 끌고 어둠속에서 유령처럼 말뚝을 돌았다. 그러고는 다시 땅에 벌렁 누워 버렸다. 닷새째 되는 날 더는 일어서지 못했다. 땅에 붙은 듯 납작 엎드려 있는 몸을 보니 무서웠다. 다 자란 티베탄 마스티프가 이 정도로 얇아질 수 있다는 것이 믿어지지 않았다.

일꾼이 우유 한 대야를 가져다 곁에 놓아 주었다. 그들은 붉은빛 마스티프가 닿을 수 있는 거리인데도 마음 놓고 드나들었다. 붉은 빛 마스티프는 눈을 휘둥그렇게 뜨고 곁에 있는 사람과 우유에는 관심이 없이 먼 곳만 바라보고 있었다.

여드레 되는 날 저녁, 붉은빛 마스티프가 갑자기 몸을 일으켰다. 건너편에 내내 엎드려 있던 거쌍에게는 뜻밖이었다. 사실은 그쪽에서 실려 오는 바람 속에서 거쌍은 이미 죽음의 냄새를 맡고 있었다. 라싸 거리에서 총에 맞아 죽은 세퍼드 몸에서 풍기던 냄새와 같았다. 그리고 하루 종일 땅에 누워 있는 붉은빛 마스티프한테서 생명의 기운을 전혀 느낄수 없었다. 나비의 날개처럼 가볍게 오르내리던 양 옆구리가 움직이지 않았다. 거쌍은 심지어 죽었을 것이라고 생각했다.

붉은빛 마스티프는 휘청거리며 마른 몸을 일으켰다. 비틀거리며 몇 걸음 걸었지만 발바닥에 살덩이가 붙어 있는 고양이처럼 아무 소리도 나지 않았다.

나중엔 말뚝에 비스듬히 기댔는데, 무거운 쇠사슬 때문에 머리도 쳐들지 못한 채 두 다리 사이로 오줌이 줄줄 흘렀다.

붉은빛 마스티프는 어둡고 윤기 없는 눈으로 주변을 둘러보면서 보이는 것이 참말로 존재하는지를 증명이라도 하듯이 마른 코로 공기 냄새를 맡았다.

죽기 전에 살아 있는 생명이 더 보고 싶었던지 거쌍을 한참 쳐다보았다.

붉은빛 마스티프는 죽었다.

거쌍의 슬픈 울음소리를 듣고 음식점에서 사람들이 나왔다. 그들도 거쌍이 평소에 무턱대고 짖던 울음소리와는 다르다는 것을 느꼈다.

붉은빛 마스티프를 들고 간 뒤 거쌍은 또 한참을 울었다. 그다음 철통을 두드리는 듯 무거운 소리가 뚝 그쳤다.

이튿날 먹이를 주러 온 일꾼은 거쌍도 붉은빛 마스티프처럼 던져 준 고기를 건드리지 않는 것을 발견했다.

"야단났어!"

쇳빛 얼굴의 뚱보는 일꾼을 따라 산비탈에 와서 거쌍을 본 뒤 급히 차를 몰고 수의사를 찾아 마을로 내려갔다.

수의사가 처방해 준 대로 고기에 약을 넣어 거쌍에게 던져주었다. 고기에서 구수한 냄새가 풍겼지만 거쌍은 건드리지도 않았다.

거쌍은 지쳤을 뿐이다. 붉은빛 마스티프가 죽은 뒤 한바탕 미친 듯이 짖었고 그러고는 몸이 몹시 허전함을 느꼈다. 굶주림보다 더 무서운 느낌이었다. 거쌍은 자신의 생명 속에서 뭔가 재빨리 사라지고 있음을 느꼈고 모든 일에 흥미를 잃었다. 지친 것이다.

거쌍은 음식을 먹지 않았다.

사흘째 되는 날, 몸을 일으켜 보니 조금 어지러웠다. 이대로 가다가는 얼마 가지 않아 붉은빛 마스티프처럼 쓰러져 다시는 일어서지 못할 것이다. 그러나 거쌍은 그처럼 하찮은 방식으로 죽지 않으리라는 운명인가 보다. 거쌍의 단식은 오래가지 못하고 마을의 야크 한 마리 때문에 끝을 보게 되었다.

저녁 무렵 들판에서 돌아오는 소떼가 사천 음식점을 지나가고 있을 때, 야크 한 마리가 갑자기 곁에 있는 티베트 편우(야크와 황소의 잡종)를 밀쳐 버리고 마구 차고 날뛰면서 허둥지둥 거쌍이 있는 산비탈로 달려왔다.

마을의 양떼와 야크들은 가물가물해져 가는 여름 목장의 기억을 되살려 주곤 했다. 거쌍은 늘 그들에게 정신이 팔려 주인의 뜻대로 그들을 풀이 많은 풀밭으로 몰아가고 싶은 충동을 받았다. 그래서 벌떡 일어섰다가는 쇠사슬 소리에 제정신이 들어 산비탈에 있는 자신을 깨닫곤 했다.

이 산비탈은 몹시 거칠고 메말라서 풀이 별로 없었다. 그래서 양과 야크들이 이곳을 찾아오는 일이 드물었다.

뒤에 따라오던 소가 그 야크의 엉덩이를 찔렀거나 콧구멍에 말파리가 들어가서 발광할 수도 있고 또 발정기가 되어 미쳐 날뛸 수도 있다.

아무튼 야크는 천천히 마을로 향하는 소떼를 벗어나 먼지를 날리며 장갑차처럼 산비탈로 돌진했다.

졸려서 엎드려 있던 거쌍도 이 요란한 발굽소리를 들었다. 거쌍은 잽싸게 일어섰다. 사흘을 굶어도 순발력에는 별로 영향이 없나 보다.

　그런데 이 야크가 왜 사납게 달려오는지 알 수 없었다. 거쌍은 본능적으로 달려오는 야크를 향해 날카롭게 짖어댔다. 양이든 야크든 무리를 떠난 가축을 무리로 다시 몰아가는 것은 목양견의 본능이었다.

　야크는 원래 한참 달리다가 기운이 빠지면 스스로 무리로 돌아가기 마련이지만, 거쌍이 짖는 소리에 끌려 아무 생각 없이 방향을 돌려 거쌍을 향해 달려왔다.

　다 자란 야크는 600킬로는 되며 전속력으로 달리면 그 기세를 막을 수 없다. 이미 달아 오른 야크는 자신을 보고 계속 짖어대는 티베탄 마스티프를 짓밟아 찢어 버릴 기세였다.

　거쌍은 물러서지 않았다. 목에 걸어놓은 쇠사슬만 아니라면 벌써 맞받아 나가면서 야크의 느린 약점을 이용하여 몸 뒤로 돌아가 뒷다리를 꽉 물거나, 야크가 돌아서면 다른 쪽으로 가서 또 물어 버릴 것이다. 시간을 별로 들이지 않고 야크를 지치게 하여 입에 흰 거품을 물고 머리가 아찔하게 만들 것이며, 사나운 기세를 완전히 꺾어 버리고 무리로 돌아가게 할 것이다.

　그러나 쇠사슬 때문에 몸을 자유롭게 움직일 수 없는 거쌍으로서는 멀리서 야크를 향해 짖어대기만 할 뿐 어쩔 수 없었다.

탱크처럼 미친 듯이 달려오는 야크를 향해 허리를 쭉 펴고 마구 짖어댔지만 닥치는 대로 밟아 죽일 듯이 달려드는 야크는 속력을 늦추지 않았다. 몸집이 매우 큰 티베탄 마스티프지만 미친 야크 앞에서는 너무 약해 보였다.

야크가 나는 듯이 달려와 조각달처럼 휜 뿔로 거쌍을 찌르려고 할 때 거쌍은 잽싸게 옆으로 피했다. 관성 때문에 야크는 거쌍을 지나갔다. 그때 거쌍은 야크의 뒷다리를 힘껏 물었다. 오랜만에 물어보는 산 짐승이라 사정없이 물었다. 날카로운 이빨은 긴 털을 헤치고 질긴 가죽을 파고들었다. 그러고는 재빨리 입을 놓아 버렸다. 이만하면 됐다. 이 정도 아픔이면 이성을 잃은 야크를 얼마든지 제정신이 들게 할 수 있었다. 그리고 이빨을 가죽에 그냥 박고 있다가는 야크가 앞으로 뛸 때 부러질 수도 있었다.

이것은 우수한 목양견이라면 반드시 갖춰야 할 기본적인 소질이었다.

야크가 먼지를 날리며 거쌍의 곁을 스쳐 지나갈 때 비바람 속에서도 변함없이 튼튼하던 말뚝이 야크의 발굽에 차여 성냥개비처럼 부러져 나갔다.

이 돌발사건이 자신에게 무엇을 의미하는지 거쌍은 몰랐다. 거쌍은 야크를 피하기 위해 바싹 잡아챘던 쇠사슬이 갑자기 느슨해졌음을 느꼈다.

순간적으로 생긴 일이었고 야크는 정신이 들었다. 있는 힘을 다해 달려오던 야크는 그만 중심을 잃고 쓰러졌고, 흙을 뒤집어쓰고 일어선 야크는 헐떡이면서 도대체 어찌 된 영문인지 돌아보았다.

거쌍은 야크에게 아무런 관심이 없었다. 앞으로 몇 발자국 걸어 나갔더니 새로운 풀밭이 밟혔고 5미터 반경을 벗어나 발자국이 찍히지 않은 풀밭에 설 수도 있었다. 목에는 아직 쇠사슬이 걸려 있었지만 완전히 자유로운 몸이 되었음을 알았다.

거쌍은 쇠사슬을 끌고 산비탈을 달렸다. 붉은빛 티베탄 마스티프와 함께 바라보던 그 황야를 향해 달라졌다.

거쌍이 급히 산마루를 넘을 때 앞에서 쇳빛 얼굴의 뚱보와 마주쳤다.

거쌍은 갑자기 걸음을 멈췄다. 순간적으로 얼떨떨해진 것이다.

더욱 놀란 것은 그였다. 1년 내내 묶어두었던 티베탄 마스티프를 풀어놓으면 얼마나 무서운 일인지 그는 알고 있었다. 전에 개집에 가두고 반년 동안 기르던 티베탄 마스티프를 팔면서 보니, 미친 표범처럼 울부짖으면서 개집을 치받으며 커다란 아가리를 쫙 벌리고 철근을 마구 물어대는 것이었다. 용접해 붙여놓은 철근이 금방이라도 떨어져 나갈 듯 개집이 흔들렸다. 개집을 들던 일꾼들은 멀리 피했고 그가 몇 번을 야단치고 나서야 다시 접근했다. 하지만 개집의 손잡이를 잡을 엄두도 내지 못했고 나무 몽둥이를 얻어 개집에 꽂고는 메고 갔다. 그 마스티프의 발톱에 얻어맞거나 손이 물릴까 두려워 가까이에는 얼씬하지도 않았다.

공포는 홍수처럼 밀려왔다. 쇳빛 얼굴의 뚱보는 금방 힘없이 쓰러지더니 두 손으로 머리를 감싸고 몸을 옹크렸다. 무서워서 그런 것이 아니고 가장 약한 부분을 보호하기 위해서일 수도 있었다. 보기에는 궁색하지만 목이나 얼굴 같은 중요한 곳은 다치지 않을 수 있었다. 그래서 사냥개에게 쫓겨 궁지에 빠진 꿩처럼 머리를 틀어박고 옴짝하지도 않았다.

거쌍은 죽은 듯이 쓰러져 있는 그를 보고 어리둥절했다. 이런 사람은 처음 보기 때문이다. 드디어 복수를 할 수 있게 되었지만 어디서부터 손을 봐야 할지 몰랐다.

쇳빛 얼굴의 뚱보가 엎드린 자세가 굴복의 뜻으로 보였기 때문일 수도 있었다. 그 자세 때문에 그의 몸에서 풍기는 싫은 냄새가 깨끗이 사라졌고 무서운 냄새를 느낄 수 없었다.

순간 거쌍은 공격할 마음이 사라졌다. 오랜 시간이 지난 것일 수도 있다. 만일 이 산비탈에 금방 끌려왔을 때 이런 기회가 생겼다면 그는 순식간에 갈기갈기 찢어졌을 것이다.

밧줄과 몽둥이를 든 일꾼 몇 사람이 소리를 지르며 이쪽으로 달려오고 있었다.

멀리서 그들에게는 주인이 거쌍에게 물려 쓰러진 걸로 보였다.

"저건 개가 아니라고 내가 전에 말했잖아. 저런 개를 본 적 있어?"

"개가 아니면? 티베탄 마스티프도 개잖아."

"어쨌든 보통 개는 아냐!"

"금방 물 길러 갔다가 좀 늦게 왔다고 주인에게 욕 먹었어. 주인은 천지의 정기와 해와 달의 영기를 받겠다며 산비탈에 가서 소변을 보겠다고 하더니……"

그들은 불만으로 속으로는 고소해하면서 멀리서 달려왔다. 그러나 거쌍과 가까워지자 고함을 지르면서도 다가오지는 못하고 발만 동동 굴렸다.

이때쯤 거쌍은 목에 걸린 쇠사슬을 끌면서 달리기 시작했다. 거쌍은 붉은빛 티베탄 마스티프가 계속 바라보던 초원을 향해 달려갔다. 목장으로 되돌아가려는 욕망은 그다지 강하지 않았으나 그곳이 바로 목장이 있는 방향이었다.

일꾼들은 주인의 목은 벌써 찢어졌으리라 생각하고 천천히 다가갔다. 주인은 함지만한 엉덩이를 쳐들고 죽은 듯이 땅에 찰싹 붙어 있었다.

일꾼 하나가 대담하게 몽둥이로 주인의 엉덩이를 찔러보았다.

주인은 움씰하더니 비명을 질렀다.

티베탄 마스티프에게 물린 줄만 알았던 쇳빛 얼굴의 뚱보는 부들부들 떨면서 얼굴을 감쌌다. 그런데 손가락 틈으로 보니 자신의 일꾼들이었다. 그는 흙 범벅이 된 얼굴을 쳐들고 사방을 둘러보았다. 그리고 거쌍이 가까이 없다는 것을 확인하고 나자 벌떡 일어섰다.

"뭘 하고 있어? 어서 쫓지 않고!"

그는 허둥대며 좀 실망스러워 하는 일꾼들을 야단쳤다. 일꾼들이 체면이 깎인 것 빼고는 다친 곳이 전혀 없는 주인에 대해 실망감을 보이지 말았어야 했나 보다.

평탄한 초원에는 거의 숨을 만한 곳이 없었다. 심지어 잠시라도 몸을 숨길 수 있는 얕은 구덩이도 보이지 않았다.

만일 오랫동안 보수를 하지 않은 트럭에 탈이 생겨 멈춰서지만 않았더라도 거쌍은 오래 버티지 못했을 것이다.

바싹 뒤따르는 트럭 바퀴에 뒤로 길게 늘어진 쇠사슬이 몇 번이나 깔릴 뻔했는지 모른다. 울퉁불퉁한 땅을 전속력으로 달릴 수 없는 것이 다행이었다. 젖 먹던 힘을 다해 달리는 거쌍은 숨이 막 넘어갈 것 같았다. 심장은 둥둥 부푼 북처럼 가슴을 요란하게 두드려댔다. 아주 잠깐이지만 눈앞이 아찔한 적도 있었다. 거쌍은 쇠사슬을 끌고 계속 달렸다. 일 년 내내 날마다 쇠사슬을 목에 걸고 초원을 달렸기에 목 근육은 무게에 적응되어 더욱 단단해졌고 6킬로쯤 되는 쇠사슬은 이미 신체의 일부분이 되었다.

트럭을 탄 일꾼들은 높은 곳에서 고함을 질렀다. 트럭에 시동을 걸고 10분쯤 달려 거쌍을 따라잡았다. 그러나 주인의 보물을 깔아 죽일까 봐 마구 지나가지는 못했다. 바로 꽁무니까지 따라잡자 트럭에서 모두 내렸다. 서로 누가 가서 거쌍의 쇠사슬을 잡을지를 두고 옥신각신할 때 거쌍은 벌써 그들의 시야에서 사라졌다. 그래서 그들은 다시 트럭에 올라 추격할 수밖에 없었다.

이러기를 서너 번 되풀이하자 거쌍은 한 가지 법칙을 발견했다. 트럭이 쇠사슬을 막 깔려고 하면 거쌍은 슬쩍 옆으로 피해 반대방향으로 달렸다. 트럭이 방향을 돌리면 거쌍이 벌써 멀리 도망간 뒤였다.

이러는 사이에 날이 저물었다. 거쌍은 이미 지쳐서 혀를 빼물고 세차게 헐떡거렸다.

바로 이때 고맙게도 트럭이 무너지는 듯 요란한 소리를 내면서 멈춰 섰다.

거쌍은 어둠 속으로 사라졌다.

트럭에서 내린 일꾼들은 조용한 가운데 어딘가 모를 먼 곳에서 쇠사슬이 끌리는 소리를 들었다. 쇳빛 얼굴의 뚱보가 욕을 해댔으나 고장 나서 서 있는 트럭을 두고 감히 혼자서 황야에 갈 사람은 아무도 없었다.

그것은 마지막으로 듣는 쇳빛 얼굴 뚱보의 목소리였다.

날은 까맣게 어두워졌다.

나무와 야생 야크 똥을 주워 모닥불을 피운 두 사람이 있었다. 그들의 그림자는 어둠에 짓눌린 납작한 거인처럼 미풍에 가물거리는 불길을 따라 멋대로 흔들거리면서 들판 깊은 곳으로 뻗어 갔다.

그들은 지금 지프차 트렁크에서 꺼낸 천막을 치고 있었다. 그런데 밖에서 겨우 천을 펼쳐놓고 안에서 틀을 세우려면 갑자기 쓰러지곤 했다.

그들이 웃고 떠드는 소리가 먼 들판으로 실려 갔다. 그러나 그 소리는 작은 물방울처럼 넓은 들판에 금방 흡수되었다.

그들이 마침내 천막을 다 쳤을 때, 그중 한 사람이 공기 속에 실려 오는 냄새에 놀라 고함을 지르며 모닥불로 달려가 걸어놓은 솥을 내려놓았다.

그는 솥을 땅에 내려놓고 나서야 소리 지르며 두 손을 불어댔다. 놀라운 인내력으로 따가움을 참으면서 타기 시작하는 밥을 불에서 내려놓은 것이다. 도로도 없는 황야에서 하루 종일 달리고 난 뒤 밥은 그들에게 유일한 향수였다.

"괜찮아, 괜찮아. 약간 탔나 보네."

다른 한 사람이 솥뚜껑을 열고 냄새를 맡으며 말했다.

"하마터면 델 뻔했어. 자, 한마, 차에서 주걱을 가져오게."

그들이 오렌지색 천막 안에 앉아서 뜨거운 고기죽을 먹고 있을 때쯤 별이 뜨기 시작했다. 배가 몹시 고팠지만 아름다운 밤하늘에서 눈을 떼지 못했다.

"여기서 곰 별자리를 볼 수 있으니 특별한 곳이군."

한마는 입에 죽을 물고 있었기에 말을 얼버무렸다.

"곰 별자리? 어느 게 곰 별자린데?"

고개를 숙이고 밥만 먹고 있던 양옌이 고개를 들면서 물었다.

"그래, 여기 하늘은 정말 좀 특별한 데가 있어. 별이 쏟아질듯 많고 하늘이 몹시 밝아."

"물론 몹시 밝겠지. 여기는 해발 3, 4천 미터 되는 고원이라서 별들과 거리가 가까우니까. 세계에서 가장 높은 곳이잖아!"

"여기가 세계에서 가장 높아? 정말이야?"

양옌은 의심스러운 듯 한마를 바라보았다.

"물론이지. 이곳은 세계에서 가장 높은 고원인 칭짱 고원이야……."

"됐네. 그런 지리 상식은 이제 그만 말하게. 오면서 질리게 들었네."

양옌이 한마의 말을 잘랐다.

"곰 별자리가 어느 건지나 알려 주게."

“저기 보이지. 저 밝은 별이 바로 곰의 꼬리인데 바로 그 별이야.”

한마는 숟가락으로 드넓은 하늘을 가리켰다.

“어디? 어딘데?”

“바로 저기야.”

“하지만 그곳에는 별이 많잖아!”

“자네 저기서 가장 밝은 별들을 이어보게. 바로 귀여운 곰이 되지.”

“허튼소리, 엉망진창으로 박혀 있는 별들을 암만 봐도 곰 같지 않구면.”

“자네는 상상력이 부족하다고 내가 말한 적이 있지. 그래서 자네는 장사 말고는 할 수 있는 일이 없어.”

“나는 정말 보이지 않는데.”

양옌은 고개를 숙이고 한마 등 뒤의 하늘을 바라보면서 곰 별자리를 찾으려 애썼다.

한마는 양옌이 하늘에서 곰 별자리를 찾아내기를 바라면서 하루 종일 운전하느라 시큰거리는 팔을 죽 폈다.

“자네는 느낌이 안 오나?”

한마는 천천히 팔을 내리면서 아직도 곰 별자리를 찾느라 땅에 옆으로 엎드려 있는 양옌에게 물었다.

"무슨 느낌 말인가?"

"뭔가 우리를 쳐다보고 있다는 느낌."

양옌은 눈을 휘둥그렇게 뜨면서 몸을 천천히 일으켰다. 무서웠던지 한마에게로 슬금슬금 다가왔다.

"금방 무슨 소리가 들렸어."

한마는 소리를 죽이며 말했다.

"나도 들었네. 은박지 구기는 소리 같았어."

두 사람은 말을 끊고 주변의 동정에 귀를 기울였다. 소리가 나기를 바라면서도 한편으로는 무서웠다. 그러나 아무 소리도 없었다. 사방은 물 뿌린 듯 조용했다. 새 우는 소리도, 풀벌레 소리도 없었다.

한마가 마음을 조이며 침묵을 깼다.

"우리가 예민했나 봐. 아무 소리도 없네."

"잘못 들은 거겠지."

고원에 처음 오는 사람은 고원반응 때문에 귀울림과 환청이 생기기도 한다.

팽팽하던 분위기가 풀리고 두 사람은 더 피곤했다.

"차에서 침낭을 가져오세."

그런데 한마가 몸을 막 일으키자 마음을 불안하게 하던 소리가 갑자기 어둠 속에서 분명히 들려왔다.

두 사람은 꼼짝 않고 서서 다시 귀를 기울이면서 숨도 감히 크게 쉬지 못했다. 이번에는 소리가 확실히 들렸고 천막 바로 앞쪽의 어둠 속에서 났다. 그들은 눈 하나 깜짝하지 않고 그곳을 지켜보았다. 어둠은 늘 끝없는 상상의 공간을 마련해 준다. 몇 초밖에 안 되는 사이에 어둠속에서 몸서리치는 이미지를 떠올렸다.

1분이 지났거나 10분이 지났을 수도 있었다. 양옌은 무서워 더는 참지 못하고 바싹 말라 버린 입을 열었다.

"늑대가 아닐까?"

"몰라. 늑대일 수도 있지."

오랜 침묵을 깨고 마침내 용기를 내어 조심스럽게 말을 나누는 걸 증명이라도 하듯 눈을 떼지 않고 지켜보던 어둠 속에서 철기가 부딪치는 소리를 들었고, 뒤이어 부스스한 털을 가진 얼굴이 나타났다.

요괴로 보였다.

양옌은 높고 날카로운 소리를 지르면서 곁에 놓아둔 배낭에서 칼을 꺼냈다.

“개야.”

한마가 말했다. 양옌은 칼을 꽉 잡고 어둠 속의 형태가 분명하지 않은 커다란 머리를 겨누었다.

두 귀를 늘어뜨린 걸 보면 늑대는 아니었다. 그리고 목에는 쇠사슬을 건 목걸이가 씌워져 있으니 어느 집에서 기르는 개였다.

개는 천천히 어둠 속에서 나와 불빛 가까이로 왔다. 시뿌연 털을 보면 먼지가 앉은 듯 원래의 색이 뭔지 알 수 없었다. 긴 털 속의 두 눈동자도 어둠 속에서 번쩍이면서 그들을 지켜보고 있었다. 양옌이 쥐고 있는 칼 때문인지 낮은 소리로 으르렁거리며 더는 앞으로 다가오지 않았다.

“칼을 치우게. 개가 칼을 알아.”

한마는 개인 줄을 알면서도 긴장을 풀지 못하고 있는 양옌에게 말했다.

양옌이 칼을 배낭에 넣자 개는 으르렁거리지 않고 눈길을 솥으로 돌렸다.

“굶주렸나 봐.”

한마는 솥을 들고 몇 걸음 나갔다. 거무칙칙한 개가 경계하면서 뒤로 물러설 때 슬며시 솥을 놓고 돌아왔다.

"먹을까?"

제자리에 서 있던 양옌이 뒷걸음으로 돌아오는 한마에게
물었다.

"먹겠지."

잿빛 나는 개는 머리를 천천히 돌리면서 코로 냄새를 맡
았다. 주변에 무슨 위험이라도 있지 않나 생각해보는 것 같
았다. 그러고는 슬슬 움직였다. 그제야 그들은 무슨 소리인
지를 알 수 있었다. 목걸이의 쇠사슬에서 나는 소리였다. 움
직일 때마다 절그렁거리는 소리가 났다.

"가까이 있는 목축민 야영지에서 뛰쳐나왔을 거야."

"하지만 이리로 오면서 목축민 야영지를 보지 못했잖아!"

"보지는 못했지만 이건 분명 집에서 기르는 개야. 난데없
이 이리로 올 리가 없지."

거쌍은 이 낯선 환경에 다시 잡힐 위험이 없다는 것을 확
인하고 나서 솥을 향해 걸어왔다.

거쌍은 불빛 가까이로 걸어와서 고개를 숙이고 게걸스럽
게 고기죽을 먹기 시작했다. 한마와 양옌은 어둠 속에서 갑
자기 나타난 무서운 개를 멀리서 지켜보고 있었다.

거쌍은 도망친 지 이틀이 지났지만 먹이를 제대로 먹어보지 못했다.

뒤를 바싹 따라오던 트럭을 뿌리치고 나서 천천히 오랜 시간을 달렸다. 동이 틀 무렵에야 굴을 찾아 깊은 잠을 잤다. 점심에 깨어났을 때는 무엇보다 절박한 것이 먹이였다. 쇳빛 얼굴의 뚱보에게 잡혀 있던 동안에 한 가지는 좋았다. 매일 제때에 양고기를 배불리 먹을 수 있는 것이었다.

얼마를 달렸는지 몰랐다. 하지만 내내 목장이 있는 방향으로 달려왔다고 믿었다.

초원에 작은 습지가 나타났다. 멀리서 보니 물새가 몇 마리 있었다. 새를 잘 잡지 못하는 목양견이지만 굶주린 거쌍은 쇠사슬을 달고 달려갔다. 물가에 이르기도 전에 흰 물새 몇 마리가 놀라 울면서 공중으로 날아올랐다. 습지에서 맛이 없는 짠 물을 마시고는 앞으로 계속 달렸다. 뒤에서 끌려오는 쇠사슬이 정말 귀찮았다. 목에 긴 털이 두껍게 자랐지만 이제는 목 근육도 아프고 경련이 일어났다.

오후에 굶어서 다리가 휘청거리던 거쌍은 마멋을 발견했다. 바싹 쫓았더니 굴로 들어가는 것이었다. 거쌍은 끈질기게 굴을 파헤쳤다. 그런데 땅이 목장에서 팠던 것처럼 무르지 않고 작은 자갈들이 섞여 있어서 발톱이 아팠다.

날이 저물 무렵 마침내 바닥까지 팠다. 그런데 그만 소홀한 바람에 숨을 죽이고 굴에 숨어 있던 마멋이 한발 앞서 후닥닥 뛰쳐나갔다. 거쌍이 바싹 쫓았으나 쇠사슬 때문에 마멋이 다른 굴로 들어가기 전에 등뼈를 물어 끊지 못했다.

작지는 않지만 들어가기에는 무리인 굴을 보면서 팔 수 없음을 알았다. 굴 밑까지 파려면 너무 힘들 것 같았다. 화가 난 거쌍은 고개를 돌려 뱀처럼 영원히 따라다니는 쇠사슬을 물었다.

굶어서 이제는 막 미칠 것 같을 때 멀지 않은 곳에서 엔진 소리가 들려왔다. 처음에는 쇳빛 얼굴의 뚱보와 일꾼들이 또 쫓아온 줄로 알았다.

거쌍은 서둘러 도망가지 않았다. 굶주려 경련을 일으키는 위에 음식이 필요했지만 아무것도 없었다. 이때 만일 누가 잡으려 한다면 절망에 싸인 개에게 물릴 수도 있었다. 진저리가 나는 걸 어쩔 수 없었다. 분노는 끈질긴 작은 불씨처럼 거쌍의 가슴을 태웠다.

거쌍은 쇠사슬을 끌고 비탈로 올라갔다. 처음 보는 지프차가 작은 언덕에 서 있고 낯선 사람들이 불을 피울 나무를

줍고 있었다.

얼마 후 모닥불로부터 두 사람이 떠드는 소리가 났고 고기죽의 향기로운 냄새가 풍겨 왔다. 사람의 보호를 받지 못하고 있는 개에게 불은 그처럼 매력이 있었다. 그 불의 끌어당기는 힘을 당해낼 수 없었다. 머나먼 상고시대에 야수 무리가 불에 대한 공포를 누르고 한 발자국 앞으로 내디뎠고, 그로써 황야를 벗어나 인간의 벗이 될 수 있었다. 불은 따뜻해서 모르는 척 할 수 없었다.

거쌍은 주변을 오래 둘러보며 쇳빛 얼굴의 뚱보와 일꾼들의 냄새가 나지 않는다는 것을 확신하고 나서야 조금씩 불빛 가까이로 다가갔다.

거쌍이 솥을 깨끗하게 핥아먹고 고개를 쳐들자 한마는 깡통에 물을 가득 부어 천천히 거쌍 앞에 놓아주었다. 그러고는 조심스럽게 물러섰다. 거쌍은 좀 주저하다가 그냥 앞으로 다가가 고개를 숙이고 물을 먹기 시작했다. 좋은 물이었다. 습지에서 먹었던 냄새가 코를 찌르는 그런 물이 아니었다.

"괜찮은 개인데. 우리 사육해볼까?"

양옌이 제의했다.

"이곳 사람들이 말하는 티베탄 마스티프 같은데 훌륭한

개지.”

“내일 사람이 와서 찾아갈 수도 있어.”

한마는 이미 천막에 침낭을 깔았다.

잠을 자기 전에 양옌은 배불리 먹고 지프차 앞에서 자고 있는 개에게 다가가 뒤에 딸린 쇠사슬을 잡으려 했다. 그러나 자는 줄로 알았던 개가 어찌나 예민한지 쇠사슬을 막 잡으려 하자 털 속에 지그시 감고 있던 눈이 갑자기 무서운 암녹색 형광등처럼 번쩍이며 사납게 짖어댔다. 그 소리는 마치 시동을 막 건 고성능 오토바이처럼 귀가 멍멍하여 내밀었던 손을 움츠릴 수밖에 없었다.

여러 번 해보았으나 울부짖는 소리는 얼마나 가까이 가느냐에 따라 높아지거나 낮아지기도 했다. 양옌은 쇠사슬을 잡아보지도 못하고 땀을 뻘뻘 흘리다가 다시 천막으로 돌아왔다.

“대단히 영리한 개야. 아예 접근할 수도 없어.”

“건드리지 않는 게 좋아.”

헤드램프의 빛으로 일기를 쓰고 있던 한마가 고개를 쳐들었다.

“밤에 여기를 떠날 거야.”

"그건 몰라. 내일 아침에 봐야지."

밤에 그들은 잠결에 천막 주변에서 규칙적으로 움직이는 무거운 발자국 소리와 쇠사슬 끌리는 소리를 들었다. 나가 보려고 했지만 너무 피곤했다.

이튿날 아침 일어나 보니 거쌍은 그냥 있었다. 하지만 그들이 천막을 나가도 달려오지는 않았고, 10여 미터 떨어진 이슬이 가득 내린 풀밭에서 그들을 찬 눈길로 바라보고 있었다.

이번에는 똑똑히 볼 수 있었다. 뭐랄까, 개는 틀림이 없다. 목에 목걸이를 씌웠고 쇠사슬을 걸었기 때문이다. 그런데 이런 개를 누가 본 적이 있겠는가! 겨울이 지나면서 거쌍의 몸에 난 겨울털은 점점 벗겨졌지만 아직 완전히 없어지지는 않았고, 마른 긴 털들이 몸에 모전 조각처럼 서로 엉겨 붙어서 원래 큰 몸집을 더욱 크고 거칠어 보이게 했다. 마치 황야에서 온 괴수 같았다.

아침을 대충 먹고 나서 한마는 거쌍을 불러보았다.

지금 거쌍은 어제처럼 배고프지는 않았다. 이들 두 사람은 쇳빛 얼굴의 뚱보와 일꾼들과는 크게 달랐다. 먹이를 주면서도 곁에서 구경만 할 뿐 억지로 뭘 시키지는 않았다. 그래서 밤새 천막 주변을 순찰하면서 공기 속에 자신의 냄새를 남겨놓고는 떠나지 않았다.

"정말 오네."

양옌은 놀라 천천히 일어서면서 이리로 오는 거쌍을 바라보았다.

거쌍은 한마와 몇 걸음 떨어진 곳에 섰다. 이제는 그의 냄새를 구별할 수 있었다. 그 일꾼들의 몸에서 풍기던 코를 찌르는 술 담배가 뒤섞인 냄새와는 완전히 달랐다. 낯설면서도 새로운 냄새였다. 거쌍은 자신의 냄새 저장고를 더 풍부히 하였다.

한마는 땅에 앉은 채 포장된 소시지를 손으로 벗기고 있었다.

거쌍은 사람 손에서 먹이를 직접 받아먹는 습관을 이미 잊고 있었다. 자신한테 소시지를 내밀고 있는 이 작은 손에 버릇을 가르쳐 줘야 할지 망설이고 있었다.

"조심하게. 저 큰 입으로 자네 손을 가볍게 물어 끊어 버릴걸."

양옌이 한마에게 경고했다.

"말하지 마."

한마는 손을 좀 더 내밀었다.

이 동작이 한계를 넘었나 보다. 거쌍은 마구 짖으면서 온몸의 털들을 곤두세웠다. 마치 놀란 바다표범처럼 새하얀 이빨을 드러냈다.

"조심하라니까!"

양옌은 칼을 꺼내려고 배낭에 손을 넣었다.

"움직이지 마."

한마가 조심스럽게 내민 손을 펴자 손바닥에는 소시지만 댕그라니 놓여 있었다.

"도살장에서 막 도망쳐 나온 개인 것 같아. 자네를 아예 믿질 않아."

양옌은 절망적으로 부르짖으며 한마의 비명소리를 기다렸다.

그 어떤 힘이 한마의 손을 찢어 버리려는 거쌍의 욕망을 막았다. 거쌍은 발작하지 않았고 물지도 않았다. 산비탈에서 살았던 야만적인 생활이 거쌍의 이성을 다 빼앗아 가지는 않았다. 그렇지만 자신의 목에 달려 있는 쇠사슬을 쥘까 두려워 여전히 한마와 곁에 있는 동료에게서 눈을 떼지 않았다. 다시는 갇혀 사는 생활을 하기 싫었다.

그들은 거쌍에게 소시지를 주느라 아침나절을 다 허비했다. 어제 같으면 길을 떠난 지 한 시간은 되었을 것이다.

마침내 무표정하던 거쌍의 눈길이 따뜻하게 변했다. 거의 이 시각에 내내 거쌍과 말을 끊지 않던 한마는 놀라운 변화를 보았다. 관목처럼 서 있던 털들이 서서히 누그러든 것이다. 거쌍은 드디어 앞으로 한 걸음 나가 한마의 손에서 소시지를 가볍게 물었다. 이빨 자국도 내지 않고 소시지만 물었다. 이어 거쌍은 소시지를 땅에 내려놓았다. 그러고는 멍하니 한마를 바라보는 것이었다.

그러자 한마는 대담하게 손을 펴 보이면서 앞으로 내밀었다.

"이해할 수 없어."

강한 햇빛에 눈을 게슴츠레 뜬 양옌이 부러운 듯 중얼거렸다.

한마는 가을 관목림과 전혀 다르지 않은 거쌍의 갈색 털에 손을 얹었다. 털의 감촉도 관목과 별로 다르지 않았다.

거쌍은 계속 짖고 있었지만 그 짖는 소리에도 미묘한 변화가 생기고 있었다. 따라서 한마의 작은 손동작에 따라 제법 잘 어울리는 변화가 나타났다. 마치 어린 고양이를 어루만지

듯 그의 손은 거쌍의 목 아래로 미끄러져 내려갔고, 거쌍은 드디어 어미 품 안에 안길 때와 비슷한 부드러운 소리를 냈다. 거쌍은 몸을 떨었고 떨리는 몸을 어찌할 수 없었다.

단증도 거쌍의 이 부위를 어루만지지는 않았다.

한마는 거쌍의 몸에 겨울털이 모전처럼 두껍게 뒤덮여 있는 것을 발견했다. 그는 겨울털을 조금씩 벗겨내기 시작했다. 털이 빠진 지는 오래지만 그냥 몸에 엉겨 있는 묵은 털은 벗겨낼 때 사르륵 소리가 났고 먼지가 약간 일었다. 한마는 자신이 출토된 유물을 복구하고 있는 느낌이 들었다.

묵은 털들을 다 벗겨내니 꽤나 큰 더미가 되었다. 거쌍의 몸에 이렇게 많은 털이 자란다는 것이 너무 놀라웠다. 이처럼 두툼한 털이 있었기에 바람을 전혀 피할 수 없는 산비탈에서 영하 4, 50도의 추위를 이겨낼 수 있었던 것이다.

걸레 같은 묵은 털을 벗겨 버리자 튼튼하고 멋진 거쌍의 몸매가 드러났다. 한마와 양옌은 너무 놀라웠다. 먼지투성이인 묵은 털이 없어지니 파란빛이 감도는 새까만 긴 털이 드러났고 윤기가 흐르며 한결 기품이 있어 보였다. 그야말로 희귀한 보물이었다.

한마는 거쌍의 목걸이에 엉겨 붙은 털들을 정리해 주려고 했다. 그런데 씌운 뒤로 벗은 적이 없는 목걸이의 와이어로프가 거쌍의 살갗을 파고들어 갔고 이음새의 나사도 녹이 슬어 붙어 버렸다.

한마가 양옌이 건네는 칼을 받는 순간 번쩍이는 칼이 거쌍의 공포심을 자아냈다. 그러나 한마가 가볍게 어루만지자 거쌍은 잔뜩 긴장했던 머리를 수그렸다.

한마가 스위스 군용 칼의 강철 톱으로 거쌍의 목털 깊숙이 패어 들어간 와이어로프를 잘라내자 거쌍은 아파서인지 아니면 무서움 때문인지 야릇하게 울부짖었다.

약 10분쯤 조심스럽게 톱질을 하니 목걸이가 잘려 나갔다.

한마가 손을 놓았지만 거쌍은 무슨 일이 생겼는지 모르고 있었다. 한마가 일어서면서 쇠사슬이 달린 목걸이를 버리자 그제야 그 까닭을 알아차린 것 같았다.

거쌍은 천천히 몇 걸음 뒷걸음질했다. 머리를 흔들어 보지 않아도 목에 1년 내내 달려 있던 물건이 없음을 느낄 수 있었다. 환각이었다. 생명을 가진 듯 차고 무거운 쇠사슬이 그냥 목에 걸려 있는 것 같았다. 그러나 정말로 머리를 흔들어 봤더니 귀찮고 성가시던 목걸이는 없었고 갑자기 가벼워진 머리가 어딘가 어색했다.

거쌍은 서툴게 몸을 돌려 초원을 멀리 달려갔다. 정말 오랜만에 이처럼 홀가분하게 달려본다. 어느새 거쌍은 작은 언덕을 넘어 사라졌다.

"가 버렸군."

양옌은 거쌍이 사라진 곳에서 눈길을 떼지 못하면서 아쉬운 듯 말했다.

"가라지. 그냥 쇠사슬을 달고 있었다면 며칠 견디지 못할 걸."

그들은 천막을 거두어 다른 물건들과 함께 지프차에 모두 실은 뒤 찬란한 햇빛을 듬뿍 받고 있는 초원을 다시 바라보았다. 그러나 실망이었다. 거쌍은 그림자도 보이지 않았다.

마침내 차는 길을 떠났다. 어제는 물을 얻기 위해 도로를 벗어났던 터라 이제는 진짜 길을 확인하기 위해 많은 바퀴자국 가운데서 가장 뚜렷한 것을 찾아 자주 서면서 살펴볼 수밖에 없었다.

약 10분쯤 달려 도로에 들어섰다.

속도를 막 내려는데 검은 그림자 하나가 갑자기 차 앞으로 뛰어들었다.

천이 찢어지는 소리가 나면서 지프차가 멈춰 섰다.

차 안에 고정해 놓지 않았던 물건들은 모두 원래 자리를 떠났고, 한마와 양옌은 하마터면 얼굴이 차창에 부딪칠 뻔했다.

쇠사슬을 맨 흉악하던 잿빛 개와는 완전히 다른 생기발랄한 검은 티베탄 마스티프가 앞에 있었다. 고원의 아침바람을 맞으며 검고 윤기 나는 긴 털들이 나부꼈다.

"돌아왔네!"

양옌이 놀랍고 기뻐서 소리쳤다.

한바탕 달리고 난 거쌍은 오랫동안 몸에 쌓여 있던 먼지들이 씻은 듯 사라지고 긴 털은 반짝반짝 윤기가 흘렀다. 거쌍은 지프차에 깔릴 뻔했지만 아무 일도 없었던 듯이 천천히 앉더니 여전히 아무렇지도 않은 듯 눈을 반쯤 감는 것이었다. 피할 생각이 없었다.

"왜 이럴까?"

양옌이 나팔을 울렸으나 그 소리를 들은 듯 만 듯 움직이지 않았다.

"차에 올라타려나 봐."

한마가 차에서 내려 뒷문을 열어 주었다. 거쌍은 기다렸다는 듯이 일어서더니 차에 뛰어올라 천막 위에 엎드렸다.

양옌은 점심을 먹으려고 차를 운전하여 한 작은 도시로

갔다. 한마가 문을 열자 오는 내내 엎드려 움직이지 않고 잠을 자던 거쌍이 뛰어내리더니 차 앞에 가서 누웠다.

음식점에서 밥을 먹던 기사들이 웅장한 개를 보더니 흠잡을 데 없이 멋진 티베탄 마스티프라며 칭찬했다.

"됐어."

한마가 이번에는 문을 잠그지 않았다.

"이제는 보디가드가 생겼군."

티베트 영양 수호대

거쌍은 앞발로 조심스럽게 한마의 허리를 덮쳤다. 덮치는 순간 달릴 때 생기는 관성의 무서운 힘을 완화시켰다. 이렇게 힘을 완화시키면 한마가 균형을 잃고 땅에 쓰러져도 전혀다치지 않는다는 걸 거쌍은 알고 있었다. 그냥 그러고 싶어서 한 일이라 그러면 어떻게 될지 몰랐다. 그러나 강한 사랑에 불타 자신을 통제할 수 없었고 마음에서 우러나서 하는 행동이었다. 전에는 모든 행동이 본능이나 경험에서 나왔지만 이번에는 정 때문이었고 앞에 있는 이 사람에 대한 사랑 때문이었다.

이 모든 것은 20세기 80년대 중후반에 시작되었다고 해
야 할 것이다. 조물주가 언제나 이처럼 공평하리라곤 누구
도 상상하지 못했다. 거칠고 메마른 황야 같지만 땅 속에는
사람이 이성을 잃을 정도로 많은 금속이 묻혀 있었다. 당연
히 예상하지 못했던 일로서 당시 제정 러시아가 알래스카라
는 불모지를 1킬로미터에 몇 달러 가격으로 미국에 팔아 버
린 뒤 그 땅이 갑자기 황금과 석유의 중요 생산지로 되고 미
국의 가장 중요한 군사기지가 되었다. 그러나 참으로 예상
할 수 없는 것은 역시 만족을 모르는 사람의 욕망이다. 사람
은 과학기술로 지진을 예측하고 화산 폭발을 예측할 수 있
지만, 욕망에 눈먼 사람이 무슨 일을 저지를지에 대해서는
예측하지 못한다.

땅속에 숨어 있는 노란빛이 반짝이는 귀중한 황금은 사람

을 가장 기본적인 도덕규범마저 무시할 정도로 미치게 만든다. 사람은 이 도덕규범을 얻기까지 상상할 수 없는 노력을 해왔지만 황금 앞에서는 그 노력이 순식간에 무너지고 만다. 고원에서는 아주 하찮은 감기에 걸려도 폐수종에 걸려 목숨을 잃을 수 있지만, 수천수만을 헤아리는 사람들이 욕망의 지배 아래 까맣게 잊어버리고 예로부터 조용하고 깨끗했던 땅으로 몰려들었다.

금 캐러 온 사람들은 굶주린 개미떼와 같이 땅을 뒤덮었고 비싼 금속을 찾기 위해 땅을 파헤쳤다. 황금, 그것은 샛노란 금이었다.

모든 것은 이렇게 시작되었다. 고원에 살던 모든 동물들은 어느 날 아침 갑자기 재난이 들이닥쳤음을 발견했다. 헤아릴 수 없는 사람들이 황야로 몰려들었고 먹을 음식이 부족한 것이 가장 큰 일이었다. 음식은 사람의 목숨을 좌우하는 중요한 것이다. 물론 산소가 평원의 절반도 안 되는 고원에서 사람은 영원히 야생동물을 따라잡을 수 없다. 조물주는 이 점에서는 공평해서 사람에게 동물보다 더 강한 심장을 주지는 않았다. 하지만 동물보다 환경에 적응을 잘하는 사람의 능력은 바로 여기에 있었다. 사람은 다른 생명을 죽이는 도구를 만들 수 있었다. 화약의 힘으로 총알을 나가게 하는 무기인 총을 만들었다. 총은 화약을 사용하지 않는 도끼나 창 또는 활과는 다르다. 사람은 멸종의 재난이 닥쳤음을 모르고 있는 어리석은 동물에게 총을 쏜다. 고원에서 가장 빨리 달리는 동물마저도 초속 천 미터 이상의 속도를 가진 총알의 적수가 못된다.

총알은 어떤 생명들을 빼앗아 가는가? 야생 야크, 티베트 야생 나귀, 눈표범, 티베트 영양, 티베트 큰뿔양, 바위비둘기, 검은목두루미…… 달리거나 날 수 있고 고기를 제공할 수 있는 살아 있는 모든 동물이었다.

물론 모든 육류가 음식이 될 수 있다. 세상에 있는 모든 것 치고 사람의 목구멍으로 넘어가지 않는 것은 없다. 이 몇 년 사이에 얼마나 많은 동물들이 총알에 맞아 죽었는지 모른다. 사람에게 더럽혀진 땅에 쓰러졌지만 그들의 몸에서 흐르는 피는 이 땅을 별로 깨끗하게 하지 못하고 있다.

어느새 색다른 황금을 발견한 사람들이 있었다. 그것을 '황금'이라고 부르는 것은 절대 분수에 넘치지 않다. 티베트 영양을 영하 4, 50도의 추위도 두려워하지 않고 뛰놀게 하는 원인이 뭔지 깊이 따져보지 않아도 사람은 알고 있다. 사람 머리털의 5분의 1 또는 7분의 1밖에 되지 않는 영양들 몸에 자라는 가는 털 때문이었다. 세상에서는 가장 가볍고 온도를 가장 잘 유지해 주는 솜털이었다. 바로 이 털 때문에 영양들은 전처럼 조용히 살 수 없게 되었고 심지어 씨를 말리는 재난을 당할 뻔하였다.

사람은 이성을 가진 고등 동물이다. 어느 날 동굴을 나온 그들은 부끄러운 곳을 가리고 추위를 이기기 위해 가렸던 옷이 더 많은 기능이 있다는 걸 발견했다. 그래서 보석을 가득 박은 통치마가 생기고 윤기와 화려한 빛이 흐르는 담비 털외투가 생겨난 것이다. 물론 티베트 영양 털로 짠 더 고급스러운 샤투슈라고 부르는 부인용 숄도 있다. 이것은 신기한 모직물로서 가볍기로는 기러기털 같았고, 길이가 2미터 되는 숄이 반지 구멍을 지나갈 수도 있었다. 그러나 이런 숄을 하나 만들려면 티베트 영양 3마리를 잡아야 한다. 만일 새끼에게 젖을 먹이는 어미 영양이 잡혔다면 새끼들도 살 수 없다.

많은 목숨의 죽음으로 만들어진 화려하고 귀한 숄을 걸치고 파티에 나타나면 그 여성은 사람들의 눈길을 한 몸에 받는다.

많은 이익을 남기기 위하여 사람의 총구멍은 고원에서 자유롭게 수만 년 살아온 아름다운 생명들을 겨누고 있다.

"만약 이윤이 백분의 삼백이 난다면 그들은 인간의 모든 법률을 짓밟아 버릴 것이다."(《마르크스 전집》 제1권, 536페이지)

수천 년 동안 목축민들은 티베트 영양을 하늘과 구름처럼 없어서는 안 되는 존재로 알아 왔다. 그런데 어느 싸늘한 아침 문득 구름처럼 달리는 수천 마리의 영양들을 다시는 볼 수 없음을 발견했다.

티베트 영양들이 대지를 휩쓸고 가는 홍수처럼 산비탈을 넘는 빛나는 기억이 이제는 후세의 추억으로 남을 것이고, 성대한 일이 끝나고 나면 역사로 될 것이다.

사람이 와서 이 모든 것을 바꾸었다. 어찌 아니라 하랴? 사람이 이 마지막 남은 에덴동산에 들이닥쳤으니 말이다.

해마다 2만 마리의 티베트 영양이 죽는다. 그 가운데는 수많은 어미양과 새끼양이 있고 껍질을 벗겨내고는 그대로 들판에 버려졌다. 이들의 껍질은 이손 저손을 거쳐 네팔, 인도에 이르렀고 백분의 육백이라는 이윤은 밀수입자들을 목숨을 걸고 위험을 기꺼이 받아 들이게 만들었다. 뛰어난 장인들이 피로 물든 이 털들을 화려한 숄로 짠 다음 세계에서 문명이 가장 발달한 나라에 실려가 2만 달러에 팔린다. 그러면 어느 호화스러운 파티에서 화려한 여성이 치장하는 물건으로 되는 것이다.

피로 물든 이 무역으로 영양의 수는 놀라운 속도로 줄어들었다. 1900년 전후만 해도 100만 마리에 이르는 티베트 영양이 칭짱 고원에서 자유롭게 살고 있었지만 지금은 약 7만 5천 마리에 미치지 못한다고 보도하고 있다.

이리하여 밀렵자들에게는 무서운 이름인 야생야크 팀이 생겨났다. 칭하이 성 위수 티베트자치주 서부공작위원회에 소속되어 있는 야생야크 팀은 정의로운 사람으로 구성된 환경보호 단체이다.

사람들은 이들을 티베트 영양의 수호신이라고 불렀다.

두 주일 사이에 자원봉사자 한마와 양옌, 그리고 거쌍이 이 팀의 구성원이 되었다.

한마와 양옌은 거쌍과 만나서 이틀 후 환경보호 열성팬들이 기증한 지프차를 몰고 소난다 자연보호관리소에 이르렀다. 인도의식은 아주 간단했다. 관리소 사람들이 대규모 야산 순찰을 떠나야 했기 때문이다.

이튿날 한마와 양옌은 올해의 첫 자원봉사자 신분으로 야

산 순찰 대오에 가담했다. 이제는 야생야크 팀에 소속되어 '
서부공작위원회 야생야크 팀'이라는 붉은 글자가 찍힌 지프
차를 몰고 떠났다.

차에는 한마와 양옌을 제외한 두 팀원이 함께 탔다. 거쌍은
뒷좌석과 창문 사이의 작은 공간에 매놓을 수밖에 없었다.

지프차 석 대가 끝없이 넓은 커커시리 황야로 들어갔다.
수만 평방킬로미터 되는 커커시리 황야는 야생동물들의 천
국이었다.

산소가 부족한 고원에 들어서면서 야생 야크처럼 견뎌 내
는 순찰대원들은 서로 말을 아꼈다. 한 달일지, 아니면 두
달일지 모른다. 이제 그들은 세상과 단절되어 산을 넘고 물
을 건너며 힘들고 어려운 순찰을 해야 한다. 이들의 적수는
나쁜 밀렵자들이었다.

앞으로 무슨 일이 발생할지 누구도 모른다.

한마와 양옌은 처음 참가하는 활동이었다. 전에는 신문이
나 텔레비전에서 야생야크 팀의 야산 순찰활동에 대해 좀
알고 있을 뿐이었다. 지금 이 활동에 참가하게 된 그들은 몹
시 흥분되었다. 그래서 황야에 들어서면서부터 흥분을 누르
지 못하고 아는 노래는 다 불러대기 시작했다. 나중에 노래

가 없어서 유치원에서 부르는 〈손수건 놓기〉라는 노래까지 불렀다.

"이 손수건 누구 뒤에 놓을까? 몰래 놓아야 하는데. 누구 뒤에 놓을까. ……"

뒤에 누워 있던 거쌍도 덩달아 흥이 나는지 가볍게 짖으면서 산소부족으로 곡조가 잘 맞지 않는 노래에 맞장구쳤다.

"뭘 하는 사람들인데 저렇게 힘이 넘쳐나나?"

뒤차를 타고 오던 순찰대원이 이해할 수 없어 물었다.

"한 사람은 복지센터에서 일하는 대학생이고 다른 한 사람은 대형 마트를 여러 개 갖고 있는 사장이래. 이번에 보호구에 차 한 대와 경비 3만 위안(약 500만 원)을 기증했지."

"보기와는 다른데, 새파란 젊은이가 사장이라니. 그런데 왜 개를 갖고 다녀?"

"길에서 주운 거래."

"아주 훌륭한 개 같은데."

커커시리에 들어선 첫 며칠은 순찰대원들이 별로 하는 일 없이 한가했다. 사람의 발길이 닿아본 적이 없는 황야를 마음대로 달렸고 고장으로 멈추는 일은 아예 없었다. 무인구역에 들어선 뒤로 가끔 놀란 티베트 야생 나귀가 나타나기도 했다. 멀리서 보면 꼭 말과 같은 야생동물은 먼지를 뽀얗게 일으키며 놀라운 속도로 황야의 먼 곳으로 사라졌다.

사흘째 되는 날 저녁 무렵, 한마와 양옌은 처음으로 티베트 영양 세 마리를 보았다. 차가 작은 산비탈을 지날 때 날씬한 그림자가 바람처럼 반대방향으로 달아났다. 사람은 걷기도 숨이 차고 어지러워지는 고원이지만 이 멋진 동물들은 날렵하고 거침이 없었다. 그들은 사람들의 부러운 눈길을 받으며 언덕 너머로 사라졌다.

창밖에서 눈을 떼지 못하는 한마와 양옌과는 달리 거쌍은 이 모든 것에 관심이 없었다. 티베트 영양을 전에 거쌍이 살던 목장에서 본 적이 있었고 지금 눈앞의 영양들은 먼 기억을 불러일으킬 따름이었다. 벌써 고원을 떠난 지 2년이 된다. 그동안에 무슨 일이 일어났을지 거쌍은 모른다. 하지만 이곳은 거쌍이 살던 목장보다 더 황량했고 평평한 땅은 기복이 없었다. 아득히 먼 곳은 넓은 지평선이었다. 이제는 고원의 목장과 단증이 어쩌다 생각날 뿐이다. 출생지의 생활을 라싸나 그 작은 도시의 생활과 비교할 필요가 없다. 달음박질로 외로운 마음의 갈망을 풀 뿐이었다. 그런데 지금은 마음속으로 간절히 바라던 모든 것을 찾았다. 주인을 찾은 것이다.

앞에 앉아 있는 한마였다. 몸에서 겨울털을 벗겨 주고 쇠사슬을 떼어 준 한마가 바로 그의 주인이었다. 머나먼 상고 시대에 사람의 세계에 들어서는 그 위대한 첫걸음을 어느 늑대가 내디뎠는지 모른다. 그때부터 늑대는 야생동물과 가는 길이 달랐다. 그들이 가끔 황야를 그리워할지도 모르지만 정말로 필요한 것은 주인이었다. 모든 사랑과 충성을 바칠 수 있는 주인과 자신만 속하는 신이 필요했다.

개의 마음속에 이런 생각이 들면 그것은 평생 변하지 않는다.

거쌍은 한마를 자신의 시선에서 벗어나게 하고 싶지 않았다. 몹시 흔들리는 지프차 뒤에 앉아 가면서도 한마가 있으면 만족했고 불편하든 말든 전혀 신경 쓰지 않았다. 가끔 고개를 들고 앞에 앉아 지평선을 바라보는 한마를 확인하고 나서야 마음 놓고 고개를 떨어뜨렸고, 심하게 흔들려 불편했지만 잠을 잘 수 있었다.

하늘이 내린 이 주인을 잃고 싶지 않았다.

매일 정한 야영지에 이르러 한마가 문을 열면 거쌍은 뛰어내려 한마의 주변을 맴돌고 나서는 사냥감을 추격하는 아

프리카 치타처럼 들판을 달렸다. 거인의 옷 주름처럼 기복이 심한 황야를 달리는 거쌍의 긴 검은 털은 깃발처럼 바람에 나부꼈다.

야생야크 팀의 대원들은 대부분 티베트족으로서 전에는 목축민이었기에 티베탄 마스티프의 가치를 잘 알고 있었다.

그들은 지평선 멀리 사라졌다가 다시 바람같이 달려와 천막을 치고 있는 한마에게 안기는 마스티프를 대견하게 바라보았다.

거쌍은 앞발로 조심스럽게 한마의 허리를 덮쳤다. 덮치는 순간 달릴 때 생기는 관성의 무서운 힘을 완화시켰다. 이렇게 힘을 완화시키면 한마가 균형을 잃고 땅에 쓰러져도 전혀 다치지 않는다는 걸 거쌍은 알고 있었다. 그냥 그러고 싶어서 한 일이라 그러면 어떻게 될지 몰랐다. 그러나 강한 사랑에 불타 자신을 통제할 수 없었고 마음에서 우러나서 하는 행동이었다. 전에는 모든 행동이 본능이나 경험에서 나왔지만 이번에는 정 때문이었고 앞에 있는 이 사람에 대한 사랑 때문이었다.

한마는 마구 구겨진 천막 위에 쓰러졌다. 다른 쪽에서 천막 귀를 잡아당기던 양옌은 이 모든 것을 놀랍게 바라보면서 자신의 눈을 믿지 않았다.

거쌍은 제자리에 서서 다음에 일어날 일을 기다렸다. 주인이 일어나면 어쩔지 거쌍은 몰랐다. 만일 욕하거나 쫓는다면 거쌍에게는 세계의 종말이었다.

한마는 누가 자신과 장난을 치는 줄로 알았다. 그러나 양옌은 건너편에 있었고 다른 사람과는 아직 이렇게 허물없는 사이가 아니었다. 그리고 과묵한 팀원들은 이런 장난을 몰랐다.

한마는 너무 놀랍고 이상해서 고개를 돌렸다. 거쌍이 뒤에 서서 꼼짝 않고 자신을 지켜보고 있었다. 영원히 잠에 취해 있는 듯한 눈빛은 온데간데 없고 기대가 어린 뜨거운 눈으로 자신을 바라보고 있었다. 어린 강아지가 새 사물을 보았을 때에만 있을 수 있는 멍청한 눈빛이었다.

침묵이 1초 동안 흘렀을까.

한마는 커다랗게 웃으며 거쌍을 덮치면서 목을 끌어안고 땅에 쓰러뜨렸다.

햇빛 밝은 푸른 초원에 산들바람이 불어온다.

새로운 세상이 거쌍에게 문을 활짝 열었다. 거쌍은 웃음을 알고 있었다. 사람은 즐거울 때에만 이처럼 명쾌하게 웃는다. 목장에서는 이런 웃음 소리 뒤에는 고기가 생겼다. 그러나 지금은 다르다. 엄청난 정 때문에 온몸이 떨렸고 자신을 조절할 수 없었다. 전에는 전혀 느껴보지 못했던 힘이었다.

거쌍은 몹시 흥분되어 울부짖었다. 몸을 힘껏 뒤쳐 자신을 누르고 있는 한마를 뿌리치고 뛰어 일어나서는 다시 덮쳤다. 그 사나운 동작은 목장에 침입한 야수를 덮치는 듯했다. 한마를 눈표범이나 검은 늑대로 상상하고 있는 것이다.

곁에서 보고 있던 양옌은 거쌍이 갑자기 미친 줄 알고 어쩔 줄 몰라 소리를 질렀다. 벌써 어깨에서 총을 벗어 든 팀원도 있었다.

그러나 한마의 소리는 공격받을 때의 당황한 소리가 아니었다.

한마의 한 손을 물고 있는 거쌍의 기세와 울부짖음은 그야말로 진짜 같았다. 마치 물어 찢을 듯이 보였다. 그러나 거쌍은 한마의 손을 가볍게 물고 있을 뿐이었다. 검불 같은 긴 털 속의 눈에서는 해질 무렵의 호수처럼 그윽하고 조용한 눈빛이 흘렀다.

사람과 티베탄 마스티프는 이렇게 천막에서 뒹굴며 엉겨 붙었다. 거쌍은 총명하게 몸을 빼어 일어나서는 다시 한마를 덮치곤 했다.

곁에 있는 사람들도 장난질임을 알았다. 한참 구경하다가 그냥 멀쩡히 구경만 할 수 없어서 하던 일을 계속했다. 밥을 짓기도 하고 힘든 여정에 탈이 생긴 차를 수리하기도 하고 천막을 치기도 했다.

"됐네, 됐어."

양옌이 천막 밧줄을 들고 곁에서 소리쳤다.

"나는 정말 누가 다치는 줄 알았네. 괜한 걱정을 했군."

"잠깐!"

한마는 농구경기에서 스톱을 시키는 동작을 했다. 그러자 거쌍도 헐떡거리며 동작을 멈추고는 한마의 앞에 곱게 엎드렸다. 그러나 눈에서는 사랑의 빛이 사라지지 않았다.

거쌍에게는 유희가 자신의 마음을 표현하는 새로운 방식이었다. 목장에서 단증의 아들과 하는 장난도 유희이기는 했지만 그것은 주인에 대한 순종과 본능에서 나온 것이고 거쌍은 이를 목장의 일부분으로 보았다. 매일 양떼를 보호하는 것과 차이가 없었다. 그러나 지금은 다르다. 지금 하고 있는 모든 것은 속에서 우러나온 강한 욕구였다. 한마에게 달려들어 그를 넘어뜨리고 몸을 가볍게 물어 주고 싶었다.

"자네 보았겠지?"

양옌은 금방 헝클어졌던 밧줄을 다듬으면서 한마에게 물었다.

"뭘?"

"자네 뒤에 있는 개를 보게. 정에 넘치는 그 눈길에 마음이 다 짠해지는데.”

한마는 천막을 치고 나서 거쌍의 목에서 붕대를 풀어냈다. 목걸이에 씌운 와이어로프 때문에 생긴 상처가 거의 아물고 있었다. 한마는 새 붕대로 거쌍의 상처를 싸매 주었다.

지금 거쌍은 이루 말할 수 없는 행복을 느꼈다. 몸과 마음이 완전히 풀려 강아지처럼 한마 곁에 누워서 가볍게 흐느꼈다.

그 뒤로 그들은 매일 야영지에 들어서기 전에 어김없이 서로 장난질을 하곤 했다.

어느 날 차의 행렬은 거의 지나갈 수 없는 구간에 들어섰다. 대원들은 중간에 멈춰 선 차를 자주 내려서 밀어야 했고 몸에는 진흙탕이 갑옷처럼 무겁게 들어붙어 있었다. 저녁 무렵 야영지에 이르렀을 때 지쳐서 녹초가 된 한마는 자고 싶은 생각밖에 없었다. 이때 차에 있는 거쌍을 보니 뭘 기대하는 눈치였다. 매일 야영지에 이르면 의례 하던 장난을 하고 싶은 모양이었다. 한마는 차에서 내리지 않았다. 그런데 거쌍은 저녁을 먹을 때까지도 지프차 문 앞에 앉아서 기다리고 있었다.

한마는 어쩔 수 없어 싫은데도 차에서 내렸다. 몸을 가누

기조차 힘든 한마는 억지로 기운을 차리면서 민망하게 거쌍과 장난질을 했고, 밥을 막 먹던 팀원들은 그런 한마를 보면서 와그르르 웃음을 터뜨렸다.

거쌍에게는 새로운 생활이었다.

그러나 거쌍은 이 사람들이 무슨 일을 하는지는 몰랐고 황야로 깊이 들어가면 갈수록 주인을 포함한 모든 사람들의 얼굴 표정이 절박해지는 것을 보았다. 그들의 눈길은 먼 지평선에 머물러 있었고 틀림없이 뭔가를 열심히 찾고 있었다. 그러나 모든 생명이 잦아든 듯 아무것도 없었다. 길을 떠나 이틀 사이에 야생 나귀와 티베트 영양 세 마리를 봤을 뿐 그 뒤로 살아 있는 생물은 보지도 못했다. 저 앞은 끝없이 넓은 황야였고 약간 기복을 이룬 지평선이었다. 그리고 오래 보면 눈이 시리는 푸른 하늘이었다.

거쌍은 조급해하지 않았다. 마을의 산비탈에 매어 있을 때도 그 생활에 금방 적응되었고 눈곱만한 변화가 없어도 습관이 되어 괜찮았다. 지금은 한마를 찾은 것이 가장 만족스러웠고 이제는 더 기적을 바라지 않았다.

거쌍은 한마게게 사로잡혀 행동 하나하나를 지켜보았다. 한마는 매일 저녁을 먹고 나서 기계를 들고 야영지를 빠져

나가 먼 곳을 살펴보고는 그 기계를 들고 찰칵 맑은 소리를 냈다. 그러고는 만족스러운 듯 머리를 끄덕이며 다시 눈길을 다른 곳으로 돌렸다. 사람이 갖고 있는 기계에 경외를 느끼는 거쌍이지만 지금은 그 기계를 한마가 갖고 있는 것이다. 거쌍은 한마의 뒤를 따라다니며 그가 지금 세상에서 가장 위대한 일을 하고 있다고 생각했다.

마침내 어느 날 한마가 그 기계로 거쌍을 겨누었다.

"자, 움직이지 마."

거쌍은 움직이지 않으면서 막 움직이는 듯한 생기발랄한 자세를 취했다.

귀에 익숙한 찰칵 소리가 나자 한마는 기계를 내렸고 웃으면서 거쌍에게 다가와 머리를 두드려 주었다.

"멋졌어."

그 뒤로 야영지에 이르러 산책을 나가게 되면 거쌍은 언제나 주인이 다시 그 기계를 들고 자신을 겨누기를 기대했다. 그것을 신임과 포상으로 믿고 있었다. 그러나 한마는 다시는 그 기계를 자신에게 겨누지 않았다. 좀 실망스러웠다. 한마가 먼 곳을 겨눌 때 거쌍의 눈에는 아무것도 보이지 않았지만 여전히 가슴속에서는 질투심이 일었다.

그날 아침 길을 떠나 얼마 가지 않았을 때였다. 갑자기 거쌍은 평소와는 전혀 다른 분위기를 느꼈다. 경찰모를 쓴 그 사람이 큰 소리로 외치자 사람들의 눈길에는 갈망의 열정이 빛났다. 이어 침묵이 흘렀고 엔진 소리 외에는 누구도 말이 없었다. 차 안의 사람들은 하나같이 앞을 주의 깊게 쳐다보았다.

거쌍도 그 분위기에 젖어 줄곧 기대하던 때가 왔다고 생각했다.

차 세 대가 작은 골짜기에 들어섰다. 앞에는 더 이상 길이 없었다. 사람들은 차에서 내렸고 걸어서 산비탈을 올라갔다. 대장은 한마에게 아무 소리도 내서는 안 된다고 경고했다. 그러자 한마는 유일하게 소리 낼 가능성이 있는 거쌍을 밧줄로 차에 매놓았다.

총을 든 야생야크 팀 대원들은 오른쪽으로 뻗은 산비탈을 능숙하게 오르고 있었다. 한마와 양옌도 뒤를 따랐다. 한마는 길에서 주운 절반짜리 영양 뿔을 꽉 잡았고 양옌은 야영용 칼을 뽑아들었다.

사람들은 부채처럼 흩어져 산을 올랐고 한마와 양옌은 뒤에 처졌다. 그들이 산비탈에 올랐을 때 총소리가 났고 모든

사람들이 뛰쳐나갔다. 한마는 산을 오르느라 이미 지쳐서 눈앞이 새까매졌고, 헐떡거리면서 산비탈에 올라서 보니 평지에 차 두 대가 서 있고 다섯 사람이 흩어져서 사방으로 도망치고 있었다.

"추격해?"

팀원의 뒷모습을 바라보던 양옌이 겨우 숨을 이으며 물었다.

"추격하세!"

한마도 달려갔다.

너무 겁이 난 밀렵꾼들이 차에 시동을 걸 새도 없었나 보다. 나중에 안 일이지만 차 하나는 고장 나서 움직일 수 없었다. 그들은 어디로 도망가야 할지 몰랐고, 이 황야에서는 걸어서 도망쳐 봤자 아무 의미도 없다는 걸 전혀 모르고 있었다.

한마와 양옌은 검은 다운재킷을 입은 놈을 죽 갈라진 대지의 벼랑 쪽으로 몰아갔다. 고원의 지질운동으로 생긴 상처로서 대지에는 주름 하나에 지나지 않지만 10미터 가까운 너비를 사람이 뛰어넘기는 어려웠다.

그놈은 아마 발이 변변찮았나 보다. 그렇잖으면 한마와

양옌이 이처럼 빨리 따라잡을 수 없었을 것이다.

한마와 양옌은 눈앞이 아찔했고 부풀대로 부푼 심장은 가슴에서 당장 튀어나올 것 같았다. 그럼에도 비틀거리면서 추격했다.

벼랑가에 이르러 더는 도망칠 수 없게 된 놈이 돌아보았다. 황야를 며칠 헤매면서 얼굴은 시커메졌고 손에 뭔가 들고 있었다.

"총이야!"

뒤에서 달리는 양옌에게는 더 똑똑히 보였다.

양옌이 뭐라는지 알아듣지도 못했는데 한마는 벌써 앞에 이르렀다. 새까만 총구멍이 그의 머리를 겨누고 있었다. 이제는 피할 새도 없었다. 한마는 그 자리에 박힌 듯 서서 시커먼 총구멍만 멍하니 바라볼 뿐이었다.

막다른 골목에 빠진 고양이처럼 그놈의 얼굴은 일그러져 있었다.

총소리가 울리며 고원의 무거운 대기를 찢었고 오랫동안 메아리쳤다.

한마는 이대로 죽는 줄 알았다. 그러나 총알은 그의 어깨를 스치고 지나갔을 뿐이다.

한마가 정신을 차리고 보니 거쌍은 어느새 밀렵자의 오른
손을 물고 내동댕이쳤고 거대한 몸으로 놈의 몸을 덮고 있
었다. 분노한 거쌍은 울부짖으며 야수처럼 놈을 마구 물어
뜯었고 뼈가 우두둑하는 소리가 났다.

양옌이 거쌍의 머리를 부둥켜안았고 한마는 있는 힘을 다
해 거쌍의 입을 벌려 머리를 감싸 신음하는 밀렵자의 피범
벅이 된 손목을 빼냈다.

"자칫하면 끊어질 뻔했네."

양옌이 추악한 얼굴을 보면서 말했다.

"정말 아슬아슬했어. 총알이 자네 어깨를 스쳐 지나가는
데 솜털 날리는 것까지 보이지 않겠나! 거쌍이 제때에 달려
들었기에 망정이지 하마터면 총알이 자네 몸에 구멍을 낼
뻔했어."

양옌은 땅에 떨어진 총을 주웠다.

"이놈을 매놓았는데."

한마는 아직도 떨고 있는 거쌍을 어루만졌다. 거쌍은 아
직 분이 가라앉지 않아 목을 실룩거렸고, 분노로 빨갛게 된
눈으로 땅에 늘어진 밀렵자를 쏘아보고 있었다.

"자네 저 끊어진 밧줄이 안 보이나? 밧줄 하나로는 어림

도 없나 봐."

거쌍의 목에는 동강 난 밧줄이 달려 있었다.

한마가 사람들을 따라 떠난 뒤 거쌍은 버림받은 느낌이 들었다. 지금까지 한마는 거쌍의 시선에서 벗어난 적이 없었고, 그가 잘 때도 천막 문어귀에 엎드려 지키면서 그 누구도 천막에 접근하지 못하게 했다. 거쌍은 별로 힘들이지 않고 밧줄을 끊어 버렸고 반쯤 열린 창문으로 빠져나가 다짜고짜 산비탈로 달려갔다.

산비탈에 올라간 거쌍은 혼잡한 장면을 보았고 금방 한마의 그림자를 찾아냈다. 그리고 한마를 향해 달려갔다. 한마의 곁에 막 이르렀는데, 주인의 머리에 총을 겨눈 밀렵자를 발견했다. 무슨 일이 생겼는지는 모르나 총이 뭘 말하는지는 알고 있었다. 한밤의 라싸 거리에서 죽어 가는 셰퍼드의 울음소리가 귓전에 들렸다. 한마를 잃는다는 공포감에 휩싸인 거쌍은 총알처럼 달려 나갔다.

거쌍은 허공에서 밀렵자의 손목을 정확하게 물었고 그래서 총알이 빗나간 것이다.

다른 밀렵자들을 추격했던 팀원들이 이리로 모여들고 있었고 그들은 금방 벌어진 아찔한 장면을 목격했다.

멀리서 온 두 자원봉사자가 아무 부상도 입지 않았음을
확인한 대장은 안도의 한 숨을 쉬었다.

눈이 시뻘건 거쌍은 두 팀원에게 호송되어 가는 밀렵자에
게서 눈을 떼지 않았고 당장이라도 덮쳐들 기세였다.

"얼마나 위험했나."

대장은 칭찬하는 눈길로 거쌍을 보았다.

"정말 훌륭한 개로군. 야생야크 팀에는 절대적으로 필요
한 마스코트야!"

그러나 거쌍은 야생야크 팀의 마스코트가 되지 못했다.
일주일 뒤 거쌍은 한마와 양옌을 따라 커커시리의 야영지를
떠나야 했다. 한마와 양옌은 당장 주저앉을 것만 같은 지프
차를 몰고 칭하이 거얼무에 가서 그곳의 정비공장에서 수리
를 해야 했다. 그들이 야생야크 팀을 위해 할 수 있는 마지
막 일이었다.

북쪽으로, 북쪽으로

어둠 속에서 거쌍은 찻간을 연결한 틈새로 들어오는 빛으로 낮인지 밤인지를 분간했다. 암흑 속에서 코는 더욱 예민해져 빛처럼 스며들어오는 냄새를 분명히 느꼈다. 가끔 축축한 공기를 통해 열차가 지금 강을 건너고 있는지, 숲을 지나고 있는지를 판단했다. 열차가 역에 도착하여 멈출 때면 몹시 흥분되었다. 뒤섞이고 낯설고 복잡한 냄새가 스며들어왔고, 거쌍은 재빨리 기억 속에 저장되어 있는 이미 알고 있는 냄새와 비교했다. 그러면 열차가 다시 떠난 뒤에 심심하지 않게 보낼 수 있었다.

지프차는 큰비로 엉망이 된 간이도로에서 비틀거리며 하루 종일 달렸고 겨우 100킬로밖에 가지 못했다. 거의 모든 도로가 물사태로 끊어졌고 가끔 길 한가운데를 가로막고 있는 바위를 피하려면 천천히 갈 수밖에 없었다. 차바퀴에서 5센티미터 밖은 깊은 낭떠러지였다. 한마와 양옌은 10킬로를 가고는 서로 바꾸어 운전했다. 이런 길에서 운전을 하면 매우 긴장된 상태여서 어느새 온몸이 땀투성이가 된다.

뒷좌석에 앉아 있는 거쌍도 편안하지 못했다. 깊은 구덩이를 지날 때마다 길바닥에 밑판이 닿아 긁히는 소리와 함께 차가 들썩이면서 바닥에 떨어지곤 했다. 그러면 거쌍은 발악에 가까운 엔진 소리를 들으면서 다시 자리로 올라갔다.

길이 아무리 험하다 해도 지금 막 커커시리에서 나오는 두 젊은이를 움츠러들게 하지는 못했다. 한마와 양옌은 아직도 황야에서 떠돌던 흥분에서 벗어나지 못하고 있는 것 같았다. 둘은 오면서 차가 밀리는 틈에도 서로 장난을 쳤다. 그러다가 너무 흥분했던지 양옌은 저도 모르게 거쌍의 머리를 만졌다. 거쌍이 사납게 짖는 것은 당연한 일이었다. 그는 하마터면 물릴 뻔했던 손을 급히 거쌍의 날카로운 이빨 앞에서 움츠러뜨렸다.

"자넬 정말 물려고 한 건 아니야. 경고일 따름이지."

한마가 웃으면서 털까지 곤두세운 거쌍을 어루만졌다.

깜짝 놀라 얼굴이 새파랗게 질린 양옌은 흥분을 가라앉혔다. 그는 거쌍이 자신이 갖고 있는 애완견과는 완전히 다르다는 것을 알았다. 애완견은 시간이 흐르면서 사람과 가까워지지만 거쌍은 아니었다.

"이놈은 늑대의 변종인가 봐. 늑대는 영원히 길들일 수 없거든. 곡마단에 길들여진 호랑이나 사자는 있지만 늑대는 없잖아. 왜 그런지 알아? 늑대는 길들일 수 없어. 거쌍에게 준 쇠고기 통조림은 모두 늑대 배를 채운 셈이지."

양옌은 툴툴거리면서도 거쌍과는 일정한 거리를 두고 있었다.

"당연히 늑대는 아니지. 거쌍보다 더 좋은 개는 없어. 아니야? 지금 우리를 주인으로 섬기려고 한창 노력하고 있잖아."

"나를 주인으로 섬기려는 눈치는 전혀 없고 자네야말로 거쌍의 주인이지."

양옌은 부러운 듯 말하면서 물을 가지러 갔다.

한마는 조심스럽게 거쌍의 목털을 헤쳐 보니 상처가 완전히 아물어 있었다.

거쌍은 조용히 엎드려 목을 어루만지는 한마를 내버려 두었다. 목은 티베탄 마스티프의 생명과 이어진 곳이었다. 단증도 목을 다치지는 않았다. 거쌍은 한마의 차를 타면서부터 사람과 많이 접촉하게 되었다. 목장에 있을 때 자신을 목장의 일부분으로 알았고 태어나면서부터 목장에 속한다고 생각했다. 세월과 더불어 묵묵히 자라면서 비가오나 바람부나 주인을 따라 목장에 갔고 야영지를 지켰다. 거쌍은 천만 년을 물려받은 본능에 따라 이 모든 것을 자연스럽게 완성했다. 티베탄 마스티프로서 고원에서 태어나 자랐고 일을 했다. 목장에서는 이렇게 살았다. 주인은 거쌍과 가깝게 지내지는 않았다. 일에만 매달리다 보니 거쌍도 이런 것을 생각할 틈이 없었다. 그리고 티베탄 마스티프는 천성적으로 사람과 잘 가까워지는 편이 아니다. 그러나 한마를 만나고 나서부터 자신의 삶에 변화가 생기는 것을 알았다. 주인으로서의 한마는 단증이나 늙은 화공과는 완전히 달랐다(자신을 야수처럼 매놓고 사육하는 쇳빛 얼굴의 뚱보는 주인으로 생각한 적이 없었다). 심지어 거쌍은 자신을 한마와 양옌으로 이루어진 소그룹의 구성원이라는 생각까지 했다. 한마가 웃으면서 자신을 부르거나 어루만질 때면 속에 쌓여 있던 충동이 고개를 쳐드는 것을 느꼈다. 거쌍 자신도 놀랍고 이상한 감정이었다. 그것을 사랑이라고 해야 했다.

저녁 무렵 진흙이 가득 들러붙은 지프차가 길가의 조그만 여관 앞에 멈춰 섰다. 오늘밤 쉴 곳이었다.

커커시리를 떠난 뒤로 그들은 거의 매일 천막에서 잠을 잤다. 날이 저물기 전에 길가의 벼랑 아래에 있는 작은 여관을 찾은 것은 그야말로 기쁜 일이었다.

평소와 마찬가지로 한마와 양옌이 여관에 들어가고 거쌍은 내려와 차 밑에 엎드려 있었다. 연옥처럼 사람을 괴롭히는 길을 달리고 나면 피곤해서 남의 차 안의 물건을 기웃거리는 사람이 없다. 하지만 거쌍은 이미 습관이 되었다. 새로

운 일이었다. 이 차에 접근할 사람은 없어도 거쌍은 주인의
재산을 보호했다.

한마가 주는 물과 빵을 먹고 나니 날이 저물었다. 산 밑에
자리 잡은 작은 여관의 등불도 모두 꺼졌다. 빨래판처럼 울
퉁불퉁한 길에서 하루 종일 시달리고 난 사람들은 벌써 꿈
나라로 갔다. 거쌍도 피곤했다. 그래서 머리를 배에 틀어박
고 잠이 막 들려는데 갑자기 이상한 초조감이 마음을 휩쌌
고 귀가 따끔따끔했다.

거쌍은 어쩔 줄 몰라 어둠에 묻힌 여관을 살펴보았다. 조
용했다. 누군가의 잠꼬대를 빼고는 이상한 소리는 없었다.
그런데 초조감은 점점 심해졌다. 이런 이상한 압박에 무너
질 것만 같았다. 거쌍은 차츰 정신이 들었다. 이것은 무슨
초조감 같은 건 아니었다. 거쌍을 허무하게 만드는 것은 그
림자처럼 항상 따라다니는 공포감이었다. 서서히 다가오는
커다란 공포 때문에 숨이 막혔다.

거쌍은 목에 대충 매놓은 밧줄을 힘주어 당겨 보았다. 그
러고는 꼼짝 않고 서서 요란한 코고는 소리와 잠꼬대 가운
데서 한마를 분간하려고 했다. 그러나 소리들이 너무 뒤섞
여서 어느 것이 한마의 소리인지 알 수 없었다. 그래서 먹구

름처럼 압박해 오는 공포를 더 절실하게 느꼈고 숨이 막혔다. 고원에서 살아온 경험이라기보다 핏속 깊숙이 있는 뛰어난 본능이 어떤 재난을 경고하고 있었다. 순식간에 나타났다 사라지는 경고였지만 잠을 자려던 거쌍의 마음을 흩뜨려 놓았다. 그 공포감이 공기 속의 가벼운 변화나 미묘한 소리 때문에 생길 수도 있었다. 이 모든 것을 스스로 해석할 수 없는 거쌍으로서는 자신의 본능에 따라 움직일 뿐이다. 거쌍은 큰 눈이 오던 겨울밤이 생각났다. 어둠 속에서 거쌍은 갑자기 천막을 돌면서 짖어댔고 거듭 천막에 부딪쳤다. 주인 단증은 목양견이 까닭 없이 짖는 것은 좋지 않은 일이 일어난 조짐이라고 믿었다. 그래서 온 식구가 천막을 나왔고 그들이 나오자 큰 눈에 짓눌려 있던 천막이 우지끈 무너졌다.

이것은 신비한 계시였다. 거쌍의 몸에 깊숙이 저장되어 있는 위험을 미리 아는 본능이 작용한 것이다. 거쌍은 지금 눈 오는 그날 밤의 위험보다 더 무서운 재난을 느끼고 있었다.

거쌍이 미친 듯이 짖어대는 소리에 놀란 한마가 잠에서 깼을 때는 거쌍이 필요한 일을 다 한 뒤였다. 먼저 양옌의 허리띠로 만든 목걸이를 끊어 버리고 여관 주변을 돌면서

높은 소리로 짖어댔다. 어느 누구도 깨어나지 않자 이번에
는 여관 문을 들이받기 시작했다. 얇은 널빤지로 만든 문은
그 충격을 이겨내지 못하고 몇 번 부딪치자 열렸다. 거쌍은
재빨리 한마를 찾아냈다.

이 여관은 길가에 지은 계절성 판잣집으로서 반년만 문을
열고 겨울에 교통이 불편해지면 문을 닫았다. 여관에는 방이
둘뿐이었는데, 앞방에는 여럿이 자는 큰 침대 하나와 큰 탁
자가 있고 뒷방은 주방이었다. 여기를 지나는 길손들과 여관
일꾼들은 모두 앞방의 큰 침대에서 잤다. 일꾼 몇 명은 피곤
한 길손들처럼 깊은 잠에 곯아떨어지지 않았기에 거쌍이 짖
으며 달려왔을 때 이미 램프를 켜놓았다. 사나운 검은 그림
자가 부서진 나뭇조각과 함께 달려 들어오더니 한마에게로
갔다. 옆 사람을 밟은 채 한마를 당기며 깨우고 있는 거쌍을
본 일꾼들은 이불 속에 몸을 움츠리고 크게 놀랐다. 젖 먹던
힘까지 다해 짖어대는 소리에 판잣집이 드렁드렁 울렸다.

한마는 무슨 일이 생겼는지 알 수 없었지만 따뜻한 이불
속에서 단꿈을 설쳤기에 불쾌한 기분이 들었다. 하지만 자
신의 팔소매를 물고 한사코 뒤로 당기는 거쌍을 보고 무슨
일이 생겼음을 알았다. 이렇게 초조해하는 거쌍을 처음 보

기 때문이다.

"잠 좀 잡시다! 그놈을 먼저 데리고 나가 줘요."

한 기사가 눈을 겨우 뜨면서 말했다.

한마는 그 기사에게 미안하다고 하면서 신을 신고는 팔소매를 물고 당기는 거쌍을 따라 이미 망가진 여관 문을 나섰다.

"이보게, 내일 그 문값을 물어 줘야 하네."

일꾼 하나가 집 안에서 소리쳤다.

"개가 미쳤나 봐."

침대 안쪽에서 잠을 자던 한 기사가 잠꼬대하듯이 말했다. 놀라 잠을 깼던 사람들은 다시 잠이 들었다. 참 피곤한 밤이었다.

한마를 지프차 앞까지 끌고 간 거쌍은 물었던 팔소매를 놓아주었지만 여전히 가만 있질 못하고 들뛰면서 짖어댔다. 한마가 주변을 살펴보아도 이상한 점은 발견하지 못했다. 비 온 뒤의 검푸른 밤하늘에는 별무리들이 하얗게 빛을 뿌리고 있고 삼라만상은 조용했다. 지프차도 누가 다친 흔적이 없고 낯선 사람이 보이지도 않았다.

한마는 왜 그러냐는 듯이 거쌍을 물끄러미 쳐다보았다.

갑자기 거쌍은 뚝 그쳤고 거세게 짖던 여운은 한마의 귓
전을 맴돌았다. 그는 거쌍의 눈길을 따라 바라보았다. 여관
위 벼랑 꼭대기에 있는 작은 나무가 달빛 아래서 약하게 부
는 바람에 흔들리듯 가볍게 떨고 있었다. 그런데 지금은 바
람이 없는 조용한 밤이었다.

벼랑 꼭대기에서 졸졸졸 가는 물줄기 흐르는 소리가 들
렸다.

"산사태다!"

한마가 소리치면서 여관으로 달려들어갔다. 그는 아직도
자고 있는 양옌의 엉덩이를 걷어찼고 단잠을 자고 있는 다
른 기사들을 깨웠다. 자정이 넘은 시간의 여관은 갑자기 소
란에 빠졌다. 옷도 제대로 입지 못한 사람들은 서로 욕지거
리를 해대면서 여관에서 허둥지둥 달려 나왔다. 뒤에는 눈
보라 속에서 흩어진 양떼를 몰듯 맡은 일에 충실한 거쌍이
따랐다. 그는 맨 뒤에 있는 기사의 뚱뚱한 허리를 들이받았
다. 기사는 고통스럽게 신음하면서 쫓기는 거위처럼 엉기적
거리며 앞으로 몇 걸음 나갔다.

도대체 무슨 일이 생겼는지는 모르지만 사람들에게는 무
서운 밤이었다. 미친 것이나 다름없는 큰 개와 마찬가지로

미친 듯싶은 개의 주인이 다짜고짜 사람들의 단꿈을 깨버린 것이다.

여관 앞의 주차장으로 쓰는 빈터에 아홉 사람이 늘어섰다. 신도 못 신고 끌려나오다시피 한 기사 몇 명은 언 땅에서 두 발을 번갈아 들었다 놓으면서 욕을 해댔다. 장기간 칭짱도로를 달리는 기사들이라 거칠기로 유명하지만 한마의 곁에 있는 거쌍의 위엄에 주눅이 들어 과격한 행동은 없었다. 자칫 경거망동했다가 이 사나운 개가 덮치는 날에는 뼈도 못 추린다는 것을 잘 알고 있었다.

제멋대로 던지는 질문이 귀에 잘 들어오지 않았고 자신이 잘못 판단하지나 않았나 하는 의문이 들었다.

"자네 꿈꾼 거 아니야?"

달려 나오면서도 침낭을 몸에 두드고 나온 양옌은 땅에 앉아서 눈을 비비며 한마에게 물었다.

한마가 자신을 변명할 새도 없이 천지가 진동하는 요란한 소리가 모든 것을 대답해 주었다.

땅바닥이 꺼지는 소리가 들리는 듯하더니 우지끈 큰 나무가 부러지는 소리가 들리고 뒤이어 요란하게 울리는 소리에 귀가 먹먹해졌다.

사방이 조용해졌을 때 기사들에게는 달콤한 잠자리였던 여관은 자취 없이 사라졌고 함께 없어진 것은 여관 뒤의 높은 절벽이었다. 수만 톤 되는 돌과 흙이 방금 전까지만 해도 그들이 잠자던 곳을 묻어 버렸다.

한마는 이번 사태에 침낭을 잃어버렸다.

"이보게, 문값은 물어 줄 필요가 없구먼."

이젠 완전히 제정신이 든 일꾼이 한마를 보고 말했다.

그 뒤로 거쌍은 며칠 동안 기사들이 고맙다는 표시로 준 통조림을 먹으며 지냈다. 기사 네 사람과 일꾼 세 사람이 거쌍에게 준 소고기 통조림은 모두 18개였다.

거얼무에 이르러 한마와 양옌은 인수인계를 마쳤다.

거쌍은 벌써 뭔가 눈치챘다. 자신의 운명을 미리 아는 능력이 있는 것 같았다. 거쌍은 악수하고 작별하는 한마의 모습을 눈 박아 보았다.

그들은 뒤도 돌아보지 않고 떠났고 거쌍에게는 눈길도 주지 않았다.

거쌍은 무언가에 맞은 듯 멍한 기분이었다. 이럴 수 없었다. 무엇보다 근심하던 일이었다.

한마는 집 안으로 들어가기 전에 이미 거쌍을 정원 한 가운데 있는 나무에 매놓았다.

한마와 양옌은 이미 거리에 들어섰고 요란한 경적소리에 거쌍의 울부짖는 소리가 묻혀 버렸다.

"아직도 생각하고 있나? 두고 온 거쌍도 우리 생각을 하는지 모르겠네."

제 키만큼 높은 배낭을 진 양옌이 앞에서 걸어가는 한마에게 말했다.

"음?"

한마는 대답하기 싫은 듯 얼버무리고는 발걸음을 재촉했다.

그들은 말없이 거리를 지났다.

좀 번화한 거리에 들어서자 길 양쪽에는 양꼬치 파는 노점들에서 풍기는 연기가 자욱했다. 그런데 걸으면서 보니 사람들의 눈치가 이상했다. 시선들이 다 자신들에게 쏠리고 있었다. 처음에는 이번에 서부로 오면서 오만 가지 필요한 물건을 넣은 큰 배낭이 눈길을 끄는 것이라고 생각했다. 그러나 그 가능성을 금방 제외시켜 버렸다. 거얼무는 티베트를 갈 때 반드시 거치는 곳이기에 이처럼 큰 배낭을 멘 사람은 어딜 가나 볼 수 있었고 낯선 물건이 아니었다.

그들은 차츰 사람들의 눈길이 그들이 아니라 그들 뒤로

쏠리고 있다는 것을 발견했다.

"거쌍!"

고개를 돌려보던 한마가 소리쳤다.

정말 거쌍이었다. 목에 잘린 나무가 달린 밧줄을 지닌 채 뒤를 따르고 있었다.

지금 거쌍은 조용히 서 있었고 미친 듯이 달려오느라 숨이 차서 헐떡거렸다. 그리고 서서 한마를 바라보았다. 거쌍은 꼼짝 않고 서서 한마의 눈을 빤히 쳐다보면서 대답을 기다렸다.

방금 전 거쌍은 한마가 눈앞에서 사라지자 어쩔 줄 몰라 마구 짖어대다가 갑자기 뚝 그치고는 앞으로 달리려 했다. 매번마다 밧줄에 끌려 되돌아왔지만 아랑곳하지 않았다. 거쌍은 기를 쓰고 달렸고 나무가 심하게 흔들리면서 나뭇잎들이 우수수 떨어졌다.

문밖에서 이를 보고 있는 사람들에게는 생명 없는 기계가 같은 동작을 반복하는 것으로만 보였다.

고집스럽고 끈질긴 거쌍의 눈에는 보이는 것이 없었다. 밧줄을 끊고 한마를 찾아가려는 생각뿐이었다.

사람들에게는 이 마스티프가 너무 절박해 보였다. 절망적으로 발악하는 것이 애처로워서 다가가 밧줄을 풀어 주려는 사람이 있었으나 너무 위험한 일이라며 곁에서 말렸다.

밧줄이 그 나무보다 더 질겼던지 나무는 마침내 끊어졌고 거쌍은 하마터면 넘어질 뻔했다. 하지만 거쌍은 멈추지 않고 정원을 빠져나갔다.

모두들 안도의 한 숨을 쉬었다. 기뻐하는 사람도 몇 있었다.

거리에서 한마의 냄새를 찾는 거쌍에게는 아무것도 보이지 않았다. 그 냄새를 찾아 나는 듯이 달렸고 몇 번이나 그 냄새가 사라지지 않았나 의심했다. 거쌍은 절망 속에서 자신의 생명을 발견했다. 한마의 냄새를 아주 약하게 찾은 것이다.

거쌍은 모든 것을 생각하지 않았고 놀라 부르짖는 사람들을 헤치고 달렸다.

잘린 나무를 멘 채 커다란 개가 거얼무 거리를 달리고 있는 것이다.

마침내 눈에 익은 그림자를 발견한 거쌍은 마음이 놓였다. 그리고 아무 일도 없었던 듯이 한마의 뒤를 따랐다.

한마가 쪼그리고 앉아서 거쌍을 불렀다.

"거쌍아, 이리 와."

거쌍은 천천히 그의 앞으로 걸어가 화끈 달아오른 머리를 한마의 가슴에 대고 혀로 그의 손가락을 핥았다.

지금 거쌍이 할 수 있는 일은 이뿐이었다.

거쌍은 나직이 흐느끼면서 강아지처럼 떨었다.

"내가 괜찮을 거라고 했잖아. 열차편으로 티베탄 마스티프를 부쳐 보낼 수 있다고 말이야."

양옌이 이때라고 곁에서 말했다. "어서 가세. 기차가 떠나기 전에 부치는 절차를 끝낼 수 있을 거야."

양옌은 어딘가 초조했다. 구경꾼들이 많이 모여들었기 때문이다. 거얼무의 유명음식인 양꼬치를 먹으면서 구경하는 사람도 있었다. 이렇게 둘러싸고 구경하는 사람들이 껄끄러웠다.

그들은 거쌍을 데리고 부랴부랴 역으로 갔다.

"자네 일부러 튼튼하지 않은 나무에 매놓은 거지?"

"거야……아니지."

양옌이 말했다.

그들은 거얼무에서 열차를 탔다.

한마는 거쌍을 열차의 짐칸에 있는 장에 가둬 놓았다. 겨우 몸이나 돌릴 수 있는 장이 거부감이 들었지만 반드시 한마를 믿어야 했다. 자신은 이미 고원에서 멀리 떨어져 있고 전에 생활했던 목장은 상상할 수 없이 멀다는 것을 알고 있었다. 그런데 이상하게 당황하지도 않고 슬프지도 않았다. 지금은 한마만 믿고 있었다. 고원의 목장보다 더 필요한 젊은이를 믿고 있었다.

거쌍은 좁은 장에서 참을성 있게 누워 있었다.

찻간 문이 닫히자 캄캄해졌고 한마는 더 이상 나타나지 않았다. 매일 거쌍에게 먹이와 물을 주러 오는 승무원은 언제나 불쌍해 보였다. 마치 거쌍이 당장이라도 뛰쳐나오기라도 하듯이 벌벌 떨면서 먹이와 물을 장의 미닫이문으로 밀어 넣었다. 그러고는 자물쇠를 잠그고 부랴부랴 떠났다.

어둠 속에서 거쌍은 찻간을 연결한 틈새로 들어오는 빛으로 낮인지 밤인지를 분간했다. 어둠 속에서 코는 더욱 예민해져 빛처럼 스며들어오는 냄새를 분명히 느꼈다. 가끔 축축한 공기를 통해 열차가 지금 강을 건너고 있는지, 숲을 지나고 있는지를 판단했다. 열차가 역에 도착하여 멈출 때면 몹시 흥분되었다. 뒤섞이고 낯설고 복잡한 냄새가 스며들어왔고 거쌍은 재빨리 기억 속에 저장되어 있는 이미 알고 있는 냄새와 비교했다. 그러면 열차가 다시 떠난 뒤에 심심하지 않게 보낼 수 있었다.

비록 밖을 볼 수 없었지만 지금 유달리 새로운 세계로 가고 있다는 것만은 냄새로 알 수 있었다.

도중에 차를 두 번 갈아탔다. 분주한 역에서 급하게 차를 갈아타는 사람들이건만 역시 거쌍을 바라보았고 감탄이 터져 나왔다. 그리고 그 감탄을 잊지 못하고 맞은편에 앉은 사람을 보고 말했다.

"엄청 큰 개를 봤다오."

밤에 거쌍은 태어난 고원으로 돌아가는 꿈을 꾸기도 했다. 한번은 양털더미를 올라가면서 큰 발톱으로 부드러운 양털을 잡고 막 올라서려다가 그만 굴러떨어지고 말았다.

눈부신 손전등 불빛이 찻간을 비췄다.

큰 장이 들려와 거쌍 곁에 놓였다.

악몽이 시작되었다.

틈새로 비쳐 들어오는 아침 햇살을 통해 곁에 있는 장을 보니 생전 처음 보는 개 일곱 마리가 비좁게 끼어 있었다. 그 개들은 몸이 가늘고 길었으며 털은 아주 짧아서 분홍색 살결이 비칠 정도였고, 매끈한 흰색 바탕의 털에 검은 반점들이 고르게 찍혀 있었다. 그들은 반짝이는 검은 눈을 슴뻑이며 거쌍을 훑어보았다. 그 눈은 몸에 찍혀 있는 반점과 별로 다르지 않았다. 정신을 집중해 보아야 비로소 머리에 있는 반점과 눈을 분간할 수 있었다.

거쌍은 물론 알 리 없었다. 〈101마리의 달마시안 개〉라는 영화가 상영된 뒤 달마티안 개의 가격이 껑충 치솟았다. 갑자기 사람들은 짧은 털에 반점이 찍혀 있는 이 개가 너무 귀엽고 애완견으로는 최고임을 발견했다. 사랑스럽고 마음에 흠뻑 드는 개였다. 그래서 이 개들은 어느 날 갑자기 장에 갇히고 열차에 실려서 돈을 더 많이 받을 수 있는 도시로 운반되었다.

거쌍은 이 개들에게 관심을 느끼지 못했다.

이 개들은 제대로 짖지도 못했다. 너무 비좁거나 다른 개에게 짓눌려서 그럴 수도 있었다. 어쨌든 생김새가 다 비슷한 개들 가운데 한 마리가 괴로운지 눈을 감은 채 목을 죽 빼들고는 머리를 철창에 붙이고 낑낑 슬픈 울음을 터뜨렸다. 그런데 이것은 시작에 불과했다. 뒤이어 다른 개들도 감상에 젖어 자신의 처지를 불안해하더니 찻간에는 순식간에 버려진 외로운 강아지와 같은 울음소리가 대합창으로 번졌다.

일단 이런 합창이 시작되면 한 시간 안에는 끝나지 않는다. 개들은 놀란 마귀처럼 목을 빼들고 짖어대기 시작했다.

모르는 사람들이 들으면 개들이 달리는 열차에서 독한 술로 신년 파티를 열고 있는 줄 알 것이다.

개들이 이처럼 대합창을 하는 원인은 문이 닫힌 차안이 너무 캄캄해서 공포를 느끼기 때문이었다. 그러나 거쌍이 사납게 짖는 소리에 합창이 뚝 그쳤다. 거쌍은 눈물이 글썽한 일곱 쌍의 눈이 애처롭게 자신을 쳐다보고 있는 것을 보고 좀 당황했다.

그러나 거쌍의 영향력도 여기까지였다. 그 뒤로 아무리 목이 터져라 소리 지르고 당장 뛰쳐나갈 듯이 을러대도 합창을 그치지 않았다. 그야말로 참기 힘든 괴로움이었고 거쌍도 그들에게 영향을 받았다. 거쌍도 끝없는 어둠이 참기 힘들었고 자신을 가두고 있는 장에 참을 수 없이 화가 났다. 그래서 튼튼한 장에 몸을 부딪쳤고 많은 동물들의 냄새가 남아 있는 쇠난간을 물어뜯었다.

다행히 이들과 같이 있었던 시간이 하루밖에 되지 않았다. 열차는 이미 종착역인 하얼빈에 이른 것이다. 만일 계속 그들과 함께 있었다면 얼마 가지 않아 정말 미쳐 버릴 것이다.

찻간을 나선 뒤 한마를 만난 기쁨도 잠깐이고 그 흥분은 눈앞의 풍경에 의해 바로 사라졌다. 역에는 어딜 가나 사람

천지였다. 남자, 여자, 어린이들이 각양각색의 냄새를 풍기고 있었다. 한마와 양옌은 이처럼 번창한 모습이 커커시리 황야에도 나타나기를 바랐다. 다만 번창한 모습의 주체가 사람이 아니라 멸종 위기에 몰린 티베트 영양일 뿐이다.

거쌍은 이처럼 많은 사람을 본 적이 없었다. 지금까지 본 사람들을 다 합쳐도 역에서 본 사람의 절반도 되지 않을 것이다. 그리고 이 사람들에게서 풍기는 냄새에 머리가 아찔해졌다. 한마는 밧줄을 바싹 당겼고 거쌍은 저도 모르게 한마의 다리에 꼭 붙어 다녔다. 한마를 만나면서부터 모든 것을 찢어 버리고 싶은 마음이 사라졌다.

거쌍은 고원에서 설산과 풀밭, 그리고 넓고 웅대한 경치들을 보아 왔지만 사람들로 북적거리는 눈앞의 모든 것을 보면서 두려운 마음이 생겨났다. 하늘을 찌르는 고층 건물 표면에 붙어 있는 푸른 유리들은 마치 영원히 녹지 않는 설산처럼 석양빛에 눈부시게 반짝였다. 눈에 익다 싶은 경치라면 이것뿐이었다.

"하얼빈에 티베탄 마스티프가 오기는 처음일 거야?"

큰 등산배낭을 멘 양옌이 한마를 보고 물었다.

"아마 그렇겠지."

　그들은 사람들을 피해 짐차가 드나드는 문으로 역을 나섰다. 사람들과 함께 출구를 나선다면 양떼처럼 밀치는 사람들 속에서 거쌍이 어떻게 나올지 몰랐다.

　열차에서 이미 거쌍의 갈 곳이 정해졌다. 덩치 크고 힘이 넘치는 거쌍에게는 넓은 활동공간이 필요했다. 양옌의 집은 엄청 큰 풀밭이 딸린 별장이었기에 그 조건을 만족시킬 수 있었다.

한마가 없는 나날에

거쌍의 생활에는 수없는 처음이 나타났다. 처음으로 대문 밖에서 자전거를 봤고, 처음으로 공중버스를 봤으며, 또 처음으로 비행기를 보았다. 거쌍의 새로운 생활 속에는 복잡한 냄새가 너무 많아서 그것을 저장하고 분석하는 데 엄청난 힘이 들었다. 거쌍은 이 모든 것을, 자신을 별장에 데려 왔지만 한밤중에나 차를 몰고 돌아올 뿐 보기도 힘든 양옌과 연결시켜 보려고 무척 애를 썼다. 이제는 양옌이 주인이고 술 냄새가 확확 풍기는 이 사람의 명령에 반드시 복종해야 한다고 자신을 설득했다.

몸과 마음이 다 피곤한 여행을 하고 난 거쌍은 별장의 산뜻한 잔디를 보자 막 흥분되었다. 풀밭을 발로 밟는 순간 너무 편안해서 다리가 떨릴 정도였다. 먼지로 뒤덮인 짐칸의 고무장판과 뜨거운 콘크리트 바닥과는 완전히 다른 생명력이 넘치는 풀밭이었다.

주의력이 온통 풀밭에 쏠려 있었던지 아니면 너무 피곤했던지 양옌이 새 목걸이를 갈아 줄 때도 걱정했던 껄끄러움은 없었다. 거쌍은 이렇게 하얼빈의 쑹화 강가에 있는 고급 주택단지의 별장에서 살게 되었다. 거쌍은 자신을 위해 마련한 커다란 집 냄새를 잘 기억했고 멀리서 풍겨오는 다른 개 냄새도 저장했다.

이곳은 모든 것이 신기했다. 강을 가로지른 다리는 오래도록 거쌍의 눈길을 끌었고 열차에서 내려서는 목장에서 평생 보지도 못할 멋진 것들이 너무 많았다. 별장에 온 첫날 거쌍은 요란한 소리를 내면서 멀리서 달려오던 열차가 다리를 지날 때 당황한 나머지 마구 짖어댔다. 열차는 이미 본 적이 있었다. 그러나 화물칸에 실릴 때는 열차가 멈춰 서 있었고 자신이 보기에는 화물을 가득 실은 긴 방에 지나지 않았다.

"이놈이 새로운 것을 제법 빨리 받아들이는데."

양옌이 새 집에 들어 있는 거쌍을 보면서 혼잣말로 중얼거렸다.

그러나 해질 무렵 거쌍이 생각지도 못한 이상한 일이 일어났다. 유람선이 경적을 울리며 강을 지나고 있었다. 거쌍은 낯설고 알 수 없는 긴 물체를 보자 훌쩍 뛰었고, 많은 사람들을 태우고 조용히 미끄러져 가는 커다란 물체를 긴장해서 바라보았다. 낯선 물체를 처음 보면 신기해하고 무서워하고 어쩔 줄 모르던 본능을 겨우 누르면서 이번에는 짖지 않았다. 거쌍은 열차와 유람선의 비슷한 점을 발견했으니 그것은 똑같이 방대하고 커다란 소리를 내는 것이다. 모든 것이 고원의 목장보다 훨씬 복잡했기에 스스로 잘 생각해 보아야 했다.

그래서 기선을 처음 보면서도 낯선 물건을 보면 끝없이 짖어대는 모든 개들과 달리 짖지 않았다. 거쌍은 검은 연기를 뿜으면서 석양으로 붉게 물든 물 위로 사라지는 기선을 물끄러미 바라보았다. 거쌍으로 말하면 대단한 발전이었다. 변화된 외부세계에 적당히 반응하고 적응해야만 살아 나갈 수 있는 것이다. 이 역시 티베탄 마스티프가 세계 제3극이라고 일컫는 눈 덮인 고원에서 살아남을 수 있으며, 춥고 산소가 부족한 환경에서도 퇴화하지 않고 고원의 목장에서 없어서는 안 될 품종이 될 수 있었던 원인이다.

거쌍의 생활에는 수없는 처음이 나타났다. 처음으로 대문 밖에서 자전거를 봤고, 처음으로 공중버스를 봤으며, 또 처음으로 비행기를 보았다. 거쌍의 새로운 생활 속에는 복잡한 냄새가 너무 많아서 그것을 저장하고 분석하는 데 엄청난 힘이 들었다. 거쌍은 이 모든 것을, 자신을 별장에 데려왔지만 한밤중에나 차를 몰고 돌아올 뿐 보기도 힘든 양옌과 연결시켜 보려고 무척 애를 썼다. 이제는 양옌이 주인이고 술 냄새가 확확 풍기는 이 사람의 명령에 반드시 복종해야 한다고 자신을 설득했다.

그러나 거쌍은 이 모든 것을 인정할 수 없었다.

양옌한테는 아무리 해도 충성을 바칠 마음이 생기지 않았다. 한마에게 품고 있는 그런 사랑은 더 말할 나위도 없었다. 이것은 말로 설명할 수 있는 일이 아니었다. 거쌍은 자신의 상처를 돌봐 주던 한마가 여전히 그립기만 했다. 주인이라는 말이 초원을 떠난 뒤로는 너무 멀게 느껴졌다. 목장에 있을 때도 주인이라는 말은 분명하지 않았다. 수많은 세월이 흐르면서 이루어진 본능에 따라 고원의 목양견으로서의 책임을 성실하게 해낼 따름이었다. 단증에게는 자신이 꼭 필요한 것 같지는 않았다.

일주일이 지난 뒤에도 한마는 여전히 나타나지 않았다.

거쌍은 별장에서 진통의 괴로움에 몸을 이리저리 뒤틀 듯 으르렁대기 시작했다. 지금의 생활은 아무 의미도 없었다. 매일 빈집에 꼼짝 않고 누워서 가끔 문 앞을 지나가는 차를 보면서 멍청히 지내야 했고, 밤에는 목에 걸어놓은 쇠사슬을 끌고 집 주변을 돌고, 매일 물을 먹고 잘 씻어놓은 밥그릇에 챙겨 주는 영양가 있는 수입 먹이를 먹는 것이 다였다.

거쌍이 미친 것은 아니지만 늘 아무 이유도 없이 텅 빈 거리를 향해 반 시간쯤 짖어대곤 했다. 변화 없이 단순한 리듬으로 짖는 소리는 사람들에게 톱니바퀴에 의해 움직이는 정밀한 기계에서 나는 소리처럼 들렸다. 이곳은 굴 하나만 더 있을 뿐 산비탈에 매어 살던 때와 다르지 않다고 생각했다. 그리고 굴 역시 무더울 때 잠시 쉬기 좋은 곳일 뿐이었다.

양옌이 가끔 거쌍을 데리고 산책을 나가기도 하지만 그것은 남들에게 자랑하려는 행동일 뿐 거쌍에게 필요한 운동량을 채우기에는 어림도 없었다. 거쌍은 가만있지를 않았다. 무거운 쇠사슬을 끌고 뛰어오르기도 하고 있지도 않는 적수를 덮치기도 했다. 그래서 개집 앞의 잔디는 말무리가 밟고 간 듯 엉망진창이 되었다.

그러나 가끔 양옌과 같이 산책을 하면서 보면 이 고급 주택단지에 놀랍게도 많은 개들이 살고 있었다. 이 개들이 어쩌면 이렇게 될 수 있는지 상상이 가지 않았다. 머리와 발을 분간할 수도 없는 털뭉치가 움직이는 것 같은 개가 있는가 하면 어떤 개는 무섭게 살이 쪘고 털은 모두 놀랍게 짧았다. 그런데 가장 관심을 끈 것은 샤페이 강아지였다. 잿빛 샤페이는 어디나 쭈글쭈글했고 얼굴의 주름을 보면 세상 근심을 혼자 다 짊어진 듯했다. 거쌍은 양옌에게 바싹 끌려가면서도 눈이 도대체 어느 주름 사이에 있는지 알려고 자꾸 고개를 돌렸다.

보통 한마는 두 주일에 한 번 거쌍을 보러 왔다. 거쌍에게는 이날이 명절처럼 좋았다. 한마가 아직 100미터나 200미터 밖에 있어도 발걸음소리를 알아듣고 굴에서 뛰쳐나가서는 눈 한번 깜빡하지 않고 대문을 지켜보았다. 한마의 모습이 나타나면 흥분되어 막 들뛰면서 반갑게 짖어댔다.

거쌍은 한마가 떠나게 되면 아쉬워서 강아지처럼 슬프게 끙끙 울었다. 다음에 만날 날을 기대하는 수밖에 없었다. 그래서 거쌍의 삶에 처음으로 시간이라는 말이 생겨났다. 거쌍은 두 주일이라는 시간을 정확히 계산해 냈다. 양옌이 보니 두 주일이 지난 그날 아침이면 거쌍은 굴 앞에서 불안히 맴돌면서 별장의 대문을 초조히 바라보는 것이었다. 양옌은 그날이 일요일이고 교외에 있는 복지센터에서 일하는 한마가 거쌍을 보러 온다는 걸 알았다.

거쌍이 별장을 떠나게 된 원인이 아마 개로서는 그처럼 정확한 시간관념이 있어서는 안 되기 때문일지도 모른다. 거쌍이 별장에 온 지 석 달 되었을 때 어찌 된 일인지 한마는 연속 3주를 오지 않았다. 셋째 주는 지루하기만 했고 남의 발걸음소리를 한마의 것으로 안 적이 한두 번 아니었다. 그래서 너무 실망한 나머지 미친 듯이 짖어대기만 했다. 이런 실망으로 거쌍에게는 뭐든 대수롭지 않게 여기는 마음이 자라났다. 거쌍은 자신의 이빨이 오랫동안 뭘 찢어보지 못해서 근질거리는 걸 느꼈다. 따뜻한 육체를 이빨로 물고 싶은 강한 욕망이 거쌍을 휩쌌고 가장 절박한 욕구로 되었다.

그날 날이 저물자 양옌은 밥을 먹고 나서 쇠사슬을 풀고는 거쌍을 데리고 집을 나섰다.

양옌에게는 거쌍이 평소와 다름없었다. 평소처럼 달리고 싶어 했고 그걸 잡아끄느라 힘들 뿐이었다.

뭐든 평상시와 같았다. 성공한 젊은 기업가는 자신의 마스티프를 데리고 멋진 별장을 나서서 예쁜 꽃무늬가 새겨진 벽돌을 깔아놓은 보도를 따라 중앙광장으로 가고 있었다. 광장에 이르자 그들은 백조의 털처럼 깎아놓은 잔디밭을 산책했다. 몸이 아주 큰 그레이트데인 개가 나타나지 않았을 때만 해도 모든 것이 정상적이었다.

거쌍은 이 개의 존재를 벌써 알고 있었다. 거쌍이 가끔 짖을 때면 다른 구역에서 그레이트데인 개가 따라서 짖어댔는데, 물이 가득 찬 철통을 몽둥이로 두드리는 듯한 그 소리는 으름장을 놓고 있었다.

거쌍은 소리만 듣고도 몸집이 큰 개라는 걸 알았다. 적어도 목구멍은 되게 굵을 것이라고 생각했다.

그러나 오늘은 양옌이 거쌍을 데리고 잔디밭 옆으로 난 길로 들어서자 바로 그레이트데인을 만났다. 흰 바탕에 검은 점이 가득 박혀 있고 귀가 쫑긋한 그레이트데인을 뚱뚱한 남자가 데리고 있었다.

힘들여 정성껏 기른 대형견이었다. 다리와 몸이 긴 탓인지 거쌍보다 머리 절반은 더 컸다. 튼튼하고 힘이 넘쳤으며 윤기가 흐르고 의기양양했다. 몸에는 별로 털이 없었다.

거쌍은 이처럼 특별하게 생긴 개에게 별로 관심이 없었고 눈길을 주고 싶지도 않았다. 속에서는 물어놓고 싶은 욕망이 잠자고 있었지만 문제를 일으킬 생각은 없었다.

멀리서 거쌍을 본 그레이트데인은 의문으로 가득 찬 얼굴이었고 눈꼬리가 불그스름한 눈으로 거쌍을 뚫어져라 보았다. 거리가 가까워짐에 따라 그레이트데인 개는 당장 달려들기라도 할 듯이 뚱뚱한 남자가 쥐고 있는 구리못이 박힌 멋진 가죽띠를 빳빳이 챘다.

이 개는 얼마 전에도 독일 목양견과 우량종인 도베르만 개와 충돌이 생겼다. 그 결과 몸집이 커다란 그레이트데인이 절대적으로 이겼다.

뚱뚱한 남자는 좀 자랑을 해보고 싶은 마음이 들었던지 가죽띠를 바싹 당기지 않았고 좀 풀어 주면서 손을 놓았다.

이리하여 나란히 지나갈 때 작은 말처럼 큰 그레이트데인이 갑자기 달려들어 거쌍의 뒷다리를 꽉 물었다.

거쌍은 아무런 방어동작도 취하지 않았다. 그러나 그것은 일이 생겨도 당황하지 않는 티베탄 마스티프의 기질 때문이었다. 사실 그레이트데인이 가까이 오자 벌써 공기 속에서 도전의 냄새를 맡았고, 더 가까워지자 그레이트데인이 몽둥이처럼 미끈한 꼬리를 쭉 펴는 것을 보았다. 공격할 징조였다. 모든 것은 거쌍의 예상대로였다. 그러나 양옌이 무의식적으로 거쌍의 목에 건 쇠사슬을 바싹 당기는 바람에 움직임이 좀 방해를 받았다. 그랬지만 거쌍은 오른 어깨로 그레이트데인의 입을 밀쳐 버렸다. 그레이트데인은 기습에서 별로 이득을 얻지 못했다.

사실 그레이트데인의 핏속에도 티베탄 마스티프의 유전자가 숨어 있었다. 칭기즈칸의 대군이 유럽을 휩쓸 때 수하의 티베탄 마스티프 군단도 함께 적을 무찔렀는데, 몽골 대군이 우수한 개 품종을 유럽에 전파시킨 것이다. 물론 지금 거쌍이라는 적수의 몸속에 자신의 조상보다 더 순수한 피가 흐르고 있다는 것을 그레이트데인은 알 길이 없었다.

뚱뚱한 남자 가죽끈을 놓았다. 실수로 끈을 놓아버린 것처럼 하는 것은 늘 써먹는 수법 같았다. '실수' 결과 도베르만 개의 예쁜 귀가 찢어졌고 상을 받은 적이 있었던 독일 목양견은 영원히 달릴 수 없게 되었다.

그레이트데인은 미련하게 덮쳐들었다. 이런 기세에 몸집이 작은 개라면 첫 공격에 벌써 갈팡질팡하면서 공격의 기회를 잃을 것이다.

거쌍은 그레이트데인의 공격을 양옌에 대한 공격으로 보았다. 거쌍이 몸을 슬쩍 잡아채자 쇠사슬은 양옌의 손에서 빠졌다.

첫 번째 겨룸은 양쪽이 엇비슷했지만 그레이트데인이 체중이 우세였기에 거쌍이 균형을 잃을 뻔했다.

거쌍은 작전을 조절했다. 라싸 성에서 들개들과의 대결에서 얻은 경험에 따르면 너무 조급해서는 안 되었다. 체중에서는 그레이트데인의 적수가 되지 못했다.

이리하여 두 번째 겨룸에서 그레이트데인이 짐을 꽉 박아 실은 트럭처럼 공격해 올 때 거쌍은 슬쩍 피했다. 그레이트데인이 큰 몸집을 미처 돌리지 못하는 순간 거쌍은 미끈한 어깨의 살갗을 찢어놓았다. 살갗은 종이처럼 쉽게 찢어졌고 근육에서 떨어져 나갔다.

상처를 입은 그레이트데인은 몸을 돌렸고 통증으로 화가 치밀자 공격해 왔다. 그러나 역시 체중 때문에 거쌍이 슬쩍 피했을 때 몸을 바로 돌리지 못했다. 이번에는 다음 공격을 할 기회를 빼앗아 버렸다. 몸이 엇갈리는 순간 사납게 그레이트데인의 목을 물었다. 거대한 관성으로 거쌍은 넘어질 번했지만 끝내 버티고 섰다. 억센 아래위턱의 힘으로 이빨은 아무런 보호도 없는 연한 혈관을 끊어 버렸다.

그레이트데인은 더 발악하고 싶었나 보다. 그러나 남은 체력으로 커다란 몸뚱이를 지탱하지 못하고 그만 꼬꾸라졌다. 뜨거운 피가 큼직한 상처에서 콸콸 쏟아졌다. 그러나 거쌍은 날카로운 이빨로 그냥 물고 있었다. 한마와 떨어져 살고 있는 외로움이 노여움으로 터져 나왔기 때문이다. 그는 고집스럽게 머리를 뒤치면서 늘어진 그레이트데인을 놓아 주려고 하지 않았다. 이리하여 80킬로나 되는 그레이트데인은 거쌍의 입 아래에 늘어져 있었다. 거쌍의 귀에는 양옌의 호통소리도 들리지 않았다. 거쌍은 눈을 지그시 감고 오랜만의 즐거움을 누렸다. 거쌍은 이번 싸움을 고원의 목장에서 양떼를 기습하러 온 늑대를 무찌르는 것이라 생각했고 라싸의 밤에 들개와의 싸움이 재현된 것이라고 상상했다.

이곳을 산책하던 사람들은 이 피비린내 나는 싸움을 보았다.

거쌍이 그레이트데인을 땅에 내동댕이쳤을 때는 목숨이 이미 끊어진 뒤였다. 거쌍은 어지럽게 헝클어진 털 아래의 충혈된 눈을 가늘게 뜨고 주변 사람들을 돌아보았다. 뚱뚱한 남자는 감히 찍소리도 못했다.

흥분으로 섰던 털들은 가라앉았고 거쌍은 절렁거리는 쇠사슬을 끌고 별장으로 향했다.

양옌이 뒤에서 뭐라 소리쳤지만 거쌍은 아랑곳하지 않았다. 거쌍은 양옌이 고함을 질렀을 때에야 걸음을 멈추고 싸늘한 눈길로 그를 쳐다보았다. 순간 목의 털들이 곤두섰고 양옌은 그만 주눅이 들어 아무 말도 못 했다.

광장에서 그들을 둘러싸고 구경하던 사람들은 와하하 웃음을 터뜨렸다. 거쌍이 길들여질 그런 개가 아니라는 걸 알고 있지만 웃음을 참을 수 없었다.

그 웃음소리에 뚱뚱한 남자는 난처한 처지에서 벗어나 위안을 얻은 것 같았다. 그는 이미 죽어 버린 그레이트데인은 아랑곳하지 않고 양옌에게로 다가가서 말했다.

"선생, 어떻게 할까요? 이건 순종 그레이트데인 이란 말이오."

양옌이 허둥지둥 별장으로 돌아왔을 때 거쌍은 아무 일도 없었던 듯 굴 앞에 편안히 누워 있었다. 양옌은 조심스레 거쌍에게로 다가가면서 아직도 격투할 때의 흥분을 다 가라앉히지 못하고 있지나 않을까 걱정했다. 그러나 거쌍의 눈길은 유난히 평온했고 내민 손을 물 것 같지는 않았다.

이미 마음속 울분을 쏟고 난 거쌍은 양옌에 대해서는 아무런 사랑의 감정도 없었다. 그레이트데인을 덮칠 때 거쌍 자신도 양옌을 보호하기 위해서였던지 아니면 마음속 분노를 풀기 위해서였던지 알 수 없었다. 물론 주인을 보호하는 건 변하지 않는 본능이었지만 눈앞의 이 사람에게는 애정이 생기지 않았다. 이때 그는 활톱으로 와이어로프 목걸이를 끊어 준 한마가 더욱 그리웠다. 목걸이 생각을 하니 목이 근질거렸다.

양옌은 거쌍의 목에 쇠사슬을 걸어놓고는 쌀쌀맞게 말했다.

"꼴좋다. 2만 위안(약 350만 원)을 허망하게 날렸군. 좋아, 널 좋은 곳으로 보내 주지."

거쌍은 양옌의 존재를 무시하듯 여전히 자신의 세계에 묻혀 있었다. 거쌍의 이런 태도가 양옌의 마음에 들지 않았다. 많은 사람들 앞에서 그의 명령을 무시했지만 어쩔 수 없는 노릇이었다. 돈은 별로 아깝지 않았지만 너무 제멋대로인 개는 참고 견딜 수 없었다.

슈퍼마켓의 셰퍼드 세 마리

거쌍에게는 냄새가 상상력의 일부였다. 그래서 냄새로 그 사람이 판매대에 잠깐 머물렀고 또한 창문으로 기어들어왔다고 판단했다. 냄새에 창턱에 오래 쌓여 있던 먼지 냄새가 묻어 있었기 때문이다. 그리고 그가 금방 담배를 피웠다는 것도 알았다. 앞에 펼쳐진 넓은 도로처럼 냄새의 발원지는 갈수록 명확해졌다.

거쌍이 그 대형 슈퍼마켓 뒤에 있는 정원에 끌려갔을 때 그를 맞아 준 것은 털빛이 깔끔한 독일 목양견이었다. 윤기 흐르는 적갈색 털에 멋진 활처럼 굽은 뒷다리는 목양견 경기에서 상을 타기 위해 끊임없이 근친교배으로 육종한 결과였다. 물론 궁극적인 목적은 달리기 위해서였다. 이들은 순종 독일 목양견이었다. 털빛이 정연하고 기질이 고귀한 독일 목양견에 비해 거쌍은 목장을 떠나자 바로 셰퍼드 두 마리를 물어 죽이는 늑대의 야성적인 혈통을 지니고 있지만, 예측할 수 없는 원인 때문에 교잡의 우세는 나타나지 않고 오히려 유전자 결함이 드러나 있었다.

한 우리에 갇혀 있던 이 목양견들은 낯선 개가 들어오자 힐끗 쳐다보고 나서 요란히 짖어대기 시작했다. 영양이 충분한 개만이 낼 수 있는 우렁찬 소리였다.

제일 먼저 거쌍의 시선에 잡힌 것은 긴 털이 뒤덮여 있고 눈과 두 볼이 털에 거의 가려 있는 수캐였다. 놈은 미친 듯이 우리의 철망에 붙어 서서 이빨을 드러낸 채 흰 거품을 물고 분노하여 짖어댔다. 풀리기만 하면 이 낯선 거쌍을 당장 찢어 죽일 것만 같았다. 거쌍도 이 개의 튼튼한 몸에 놀랐고 전에 보았던 가장 큰 늑대보다도 더 웅장했다. 이 개는 이름이 조로였다. 이 개보다 몸이 좀 작은 수캐는 카이사르로서 몇 마디 짖고는 우리 안에서 팽이처럼 미친 듯이 도는 걸 봐서 아직 세상을 모르는 풋내기 개였다. 그러나 온몸이 거의 검은빛을 띤 암캐 수수는 짖는다기보다 다른 개들의 비위를 맞추기 위해 짖는 척했다. 사실 수수는 말 없는 큰 마스티프에게 반해 있었다.

거쌍은 조로야말로 진짜 라이벌임을 알고 있었다. 조로는 그런 능력을 갖고 있었고 거쌍은 낯선 곳에 오자마자 자신의 라이벌을 재빨리 알아봤다.

저녁에 먹이를 줄 때 슈퍼마켓 경비원은 규칙을 어기는 실수를 저질렀다. 우리의 문을 둘 다 열어놓았던 것이다. 문이 먼저 열린 건 거쌍의 우리였다. 거쌍이 온갖 물건이 가득 쌓여 있는 정원을 알려고 문을 나설 때 독일 목양견 우리의

문도 열렸다. 조로는 다짜고짜 문을 밀치고 거쌍에게 달려
들었다.

거쌍은 벌써 준비가 되어 있었다. 이런 때를 기다리지는
않았지만 충돌은 피할 수 없다는 것을 알고 있었다. 거쌍은
주저 없이 맞받아 나갔다.

첫 번째 겨룸은 간단히 끝났다. 거쌍은 조로가 사납게 달
려오자 살짝 피했다. 먼저 붙기보다 적수의 실력을 알고 싶
었다. 조로는 아쉽게 비껴갔고 거쌍은 강하고 날카로운 기
세에 아무 보호도 없는 뒷등을 물었다. 조로는 균형을 잃었
지만 영리하게 몸을 채면서 머리로 거쌍의 날카로운 이빨을
막았다. 거쌍은 조로의 머리에 있는 긴 털만 물었을 뿐이다.

그들은 잠깐 서로 물고 뜯으며 싸웠다. 서로 엉겨 붙어 싸
우는 개들을 보면서 두 경비원은 어쩔 줄 몰랐고 사방에 쏟
아진 먹이를 밟으며 구석으로 피해서 소리만 질렀다. 두 개
가 아무 성과도 없이 서로 물러섰을 때에야 다가와 중간에
서서 손에 든 전기곤봉을 휘둘렀다. 전기곤봉 끝에서 번쩍
번쩍 불꽃이 튕겼고 가죽이 타는 것보다 더 메스꺼운 냄새
를 맡았다. 거쌍은 더 싸우고 싶은 마음이 없었다. 조로의
실력을 이미 대충 알았고 경비원이 쥐고 있는 전기곤봉을

처음 보기는 하지만 그 힘을 짐작할 수 있었다. 그것은 뭔가 타고 난 다음에 생기는 불의 냄새였다. 사람은 힘의 상징인 불을 만들 수 있고 그 힘과 대항할 능력이 자신에게 없었다.

그러나 자신의 지위가 전에 없는 도전을 받은 일로 조로는 울분이 가득 차 있었다. 다시 거쌍에게 달려들려고 할 때 전기곤봉이 조로의 목을 눌렀다. 고통스럽게 울부짖는 조로의 광기는 순식간에 사라지고 슬픈 비명을 지르며 우리로 도망쳤다. 세상에 무서운 것이 없는 듯하던 눈빛도 사라졌다.

거쌍은 다행이라고 생각했다. 경비원이 손에 든 전기 곤봉은 무서운 무기로서 총처럼 생명은 뺏을 수 없지만 몸에 기운이 빠지게 하는 힘을 갖고 있었다.

거쌍은 우리에서 혼자 있게 되었다. 거쌍이 보니 매일 저녁 무렵이면 셰퍼드 세 마리가 경비원들이 맨 밧줄에 끌려 앞에 있는 큰 건물 문으로 들어가는 것이었다. 셰퍼드들은 모두 흥분되어 무작정 그 문을 향해 달려가는 것이었다. 그 바람에 경비원들도 종종걸음으로 따라가는 수밖에 없었다. 무엇이 그들을 그렇게 끌어당기는지 알 수 없었다.

일주일이 지나 슈퍼마켓에 도둑질 사건이 발생했을 때 거쌍은 세 셰퍼드 대신 슈퍼마켓으로 끌려갔다. 원인은 아주 단순했다. 거쌍이 그 어떤 훈련도 받지 않았기 때문이었다.

사실 그날 밤 그자가 슈퍼마켓에 들어서자 세퍼드들은 달려들었다. 훈련이 잘된 세퍼드는 공격할 때 크게 짖지 않는다. 바로 그가 바라는 바이다. 훈련을 받은 개이기만 하면 얼마든지 통제할 자신이 있었기 때문이다.

세퍼드들이 달려들면 막 덮치려고 할 때 그는 침착하게 오른손을 쳐들었다. 경비원 차림을 한 그는 목소리가 크지 않지만 아주 분명히 명령을 내렸다. 경찰견 훈련에서 제자리에 꼼짝 말라는 명령이었다.

경찰복, 그리고 절대복종을 요구하는 거의 완벽한 동작이었다. 경찰에서 훈련을 받은 독일 목양견으로서는 너무 익숙했다. 이것들은 목양견들의 기억에 지워 버릴 수 없는 기억으로 남아 있었다. 경찰부대에서 퇴역한 세퍼드 역시 임무수행견이기에 명예로운 일이라면 마다하지 않았다.

이 표준동작은 순간 세퍼드들 머리에서 기억의 밸브를 열었고 망설이면서도 이전의 훈련장으로 되돌아온 착각을 주었다. 세퍼드들은 꼼짝 않고 제자리에 서서 그의 손을 바라보면서 천천히 쭈그려 앉았다. 빠르고 완벽하게 쭈그려 앉아야 주인의 칭찬을 받는다는 것을 그들은 잘 알고 있었다.

그러면 의레 목을 두드려 주었고 이것은 경찰견으로서는 최고의 명예였다.

일단 훈련장에 발을 들여놓은 경찰견이라면 평생 간직해야 할 신조가 있다. 명령에 복종하는 것이었다. 이것은 엄격한 훈련을 거친 경찰견으로서는 몸에 밴 조건반사였다. 그래서 셰퍼드들은 들어 본지 오랜 명령을 아무런 생각 없이 뜨거운 가슴으로 따랐다. 이제는 좀 서툴어진 동작을 표준적으로 자연스럽게 하려고 애썼다.

셰퍼드 세 마리는 가지런히 쭈그려 앉아서 허리를 쭉 펴고 귀를 쫑긋이 세우고는 부리부리한 두 눈으로 앞을 똑바로 보았다. 이는 합격된 경찰견이 반드시 갖춰야 할 가장 표준적인 자세였다. 이런 자세로 출격 명령을 기다리고 있는 것이다.

모든 것이 통제하에 있었다. 그자는 절박한 마음으로 격려를 기다리고 있는 셰퍼드들을 보면서 빙그레 웃었다. 그는 조심스럽게 다가가서 차례로 목을 두드려 주었고 셰퍼드들은 흥분을 억누르며 흐느꼈다. 길든 셰퍼드에게는 관심이 없이 그는 시계 판매대에 눈길을 돌렸다.

그가 재빠른 솜씨로 판매대를 비틀어 열 때도 셰퍼드들은 충성스럽게 명령을 따르고 있었다. 개는 사람을 위해 봉사하는 천성을 갖고 있다. 오랜 기간에 걸친 훈련에 의해 생긴 조건반사로 그들은 정확하다는 판단을 스스로 하는 것이다. 그 판단이 논리에 맞는지 여부를 생각할 여유는 없다. 이미 머리에 바뀌지 않는 개념으로 자리 잡고 있기 때문이다. 어느 때든 명령을 따르는 것이 철칙이었다.

두 시간 뒤 졸려서 흐리멍덩해진 경비원이 시계 판매대를 순찰하였다. 그는 판매대 앞에 조각상처럼 꼼짝 않고 한 자리에 쭈그리고 앉아 있는 셰퍼드들을 발견하고 깜짝 놀랐다. 그런데 이해할 수 없는 것은 셰퍼드가 있는 맞은편 판매대는 이미 망가져 있고 안에 있던 고급 시계들이 온데간데없었다.

"세상에!"

경비원은 혼비백산해서 고함을 질렀다. 그런데도 셰퍼드들은 아무런 반응이 없었다.

순간 생각이 수입이 짭짤한 이 직업을 잃었구나 하는 생각이 머리를 스쳤고 그 다음으로 셰퍼드들을 깨어나게 해야겠다는 생각이 들었다. 명령을 받고 나서야 같은 자세로 오랫동안 쭈그리고 앉아 굳어진 몸을 일으킨 셰퍼드들은 다가

와서 새로운 명령을 기다렸다.

"엉망이군, 세상이 엉망이 됐구면. 경찰견 눈앞에서 물건을 도둑질해 가다니!"

셰퍼드 세 마리는 해직되어 우리에 갇혔고 거쌍이 그들을 대신했다.

거쌍은 경비원을 따라 뒷문으로 슈퍼마켓에 들어갔다. 넓은 공간이었다. 좁은 우리에 비하면 그야말로 운동장이었다. 셰퍼드들이 우리를 나서면 왜 흥분하는지를 알 수 있었다.

목줄을 풀어낸 다음에도 경비원들은 의심스러운 눈길로 쳐다보았다. 거쌍은 종종걸음으로 커다란 4층짜리 슈퍼마켓을 순찰하기 시작했다. 바닥은 씻은 듯 깨끗했고 판매대는 반들반들 빛났으며 등불은 마치 꿈결 같았다. 오직 하나 불편한 점이라면 숨을 마음대로 쉴 수 없는 것이었다. 중앙 에어컨에 의해 걸러진 공기에 아직 적응되지 않았기 때문이었다.

거쌍은 부식을 파는 1층 매장에서 장에 갇혀 있는 산닭을 보고 흥분했다. 갑자기 나타난 커다란 녀석을 본 산닭도 놀라 날뛰다가 장에 부딪쳐 깃털이 떨어졌다.

거쌍은 천천히 장으로 다가갔다.

"게 서지 못할까!"

뒤를 따르던 경비원이 소리쳤다.

거쌍은 고개를 돌려 경비원을 보았고 눈에 타오르던 열정은 천천히 사라졌다. 거쌍은 냉동기 앞에 엎드렸다. 시원하니까 초원이 생각났다. 거쌍은 경비원을 아랑곳하지 않았다.

"게으름뱅이 개가 아냐? 움직이기 싫어하는 것 같네."

"쓸모없는 놈이야. 순종 독일 셰퍼드도 어쩌지 못하는데 애라고 되겠어? 그런데 무섭게는 생겨 가지고 도둑이 보고는 무서워서라도 도망가겠는걸."

"양 사장이 말했잖아, 셰퍼드는 훈련받은 개여서 도둑이 틈을 탄 거라고. 그는 이 개를, 아니 개가 아니지. 보내면서 거듭 강조했잖아, 마스티프라고. 이건 보통 개가 아니라 티베탄 마스티프래. 낯선 사람의 명령은 따르는 일 없고 물건을 지키는 본능을 갖고 있댔어. 훈련을 받지 못했어도 적의 목을 공격해야 하는 건 안대."

여기까지 말하고 바닥에 엎드려 커다란 더미를 이루고 있는 거쌍을 본 경비원들은 목이 서늘해졌다. 그들은 부식품 매장을 떠나 다른 매장으로 순찰하러 갔다.

거쌍에게는 유난히 조용한 생활이었다. 매일 거쌍에게 먹이를 주는 냄새가 익숙한 그 경비원이 날이 저물면 거쌍을 슈퍼마켓에 데리고 가서 쇠사슬을 풀어 주었다. 거쌍은 자유롭게 행동할 수 있었다. 이 며칠 거쌍은 슈퍼의 구석구석을 눈에 익혀 두었기에 그곳에 들어가면 먼저 하는 일이 시원한 부식품 진열대 앞에 가서 잠을 자는 것이었다.

물론 그 기간에는 슈퍼에서도 물건이 없어지지 않았다. 온종일 얼떨떨한 정신으로 누구도 대수롭게 여기지 않지만 접근하기 어려운 이 개가 정말 경비견으로서의 책임을 다해서 그런 건지 경비원들은 의심스러웠다.

아무튼 물건을 잃는 일이 없어서 누구나 좋았다.

셰퍼드들은 거쌍의 눈에 보이는 일이 드물었고 낮에는 온종일 우리에서 잠을 잤다. 그러나 조로가 시시각각 자신의 행동 하나하나를 훔쳐보고 있다는 건 알고 있었지만 싸우기는 싫었다. 때가 좋지 않은 것 같고 또 기회도 생기지 않았다. 매일 슈퍼를 나오면 경비원이 직접 데리고 우리로 왔고 저녁이면 끌려서 슈퍼로 가곤 했다.

그러나 기회는 반드시 오기 마련이었다.

그날 아침 거쌍은 슈퍼 뒷문으로 나와서 정원에 들어섰다. 무슨 문제가 생겼는지 거쌍을 데리고 오던 경비원이 쇠사슬을 그냥 개우리의 문에 올려놓고는 오던 길로 달려갔다.

거쌍을 내내 지켜보고 있던 조로로서는 지금이 기회였다. 슈퍼의 보안일을 하고 있는 퇴역한 경찰견으로서 경찰견 때와는 비교도 안 되는 생활을 하고 있지만, 매일 남의 손에 이끌려 슈퍼 밖에서 산책하는 애완견에 비하면 완전히 다른 일을 하는 공작견이라고 믿고 있었다. 그런데 거쌍이 오면서부터 계속 슈퍼에서 일할 기회를 잃어서 화가 나고 조바심이 났다. 처음 며칠 저녁마다 슈퍼로 들어가는 거쌍을 보면 울분이 터져 낮에는 잠만 자는 이상한 개를 향해 미친 듯이 짖어댔다. 그러나 이런 노골적인 도전도 그 이상한 개의 관심을 끌지는 못했다. 다만 어쩌다 짖는 소리가 너무 귀에 거슬렸던지 무심코 힐끗 돌아볼 뿐이었다. 그러나 잠에 취한 눈을 보면 자신을 보는 것 같지도 않았다. 불그레한 눈길로 자신의 몸 뒤에 있는 담장 너머 먼 곳을 바라보는 것 같았다.

거쌍의 이런 무관심한 태도가 조로를 더욱 화나게 만들었다. 그래서 더욱 초조해졌고 쌓이고 쌓인 분노를 풀 수 있는 기회가 생기기만을 바랐다.

이런 야릇한 열정의 힘을 받았던지 조로는 시간만 있으면

우리에서 자고 있는 거쌍을 향해 끝없이 짖어댔다. 그러나 이상한 놈은 아무리 욕하고 도전해도 늘 자리에 누워 꼼짝하지도 않았고 가끔 고개를 들어도 졸린 표정이었다.

조로는 막 미칠 것만 같았다. 마침내 조로는 이 이상한 놈이 자신의 존재를 무시하고 있음을 알았다.

어제 먹이를 주고 문을 잘 닫지 않았거나 이성을 잃은 조로가 세게 부딪쳤했던 고리가 빠지면서 우리의 문이 열리고 말았다. 조로는 불타는 마귀처럼 울부짖으면서 거쌍에게 달려들었다. 등뼈를 물어 끊어 버리고 싶었다.

거쌍은 조로와의 충돌이 이처럼 빨리 오리라고는 생각지도 않았다. 거쌍은 달려드는 조로를 냉정하게 쳐다보면서 목을 흔들었다. 문에 걸쳐 놓았던 쇠사슬이 떨어졌다. 쇠사슬이 거쌍의 자유를 막지는 못했다.

목에 쇠사슬이 걸려 있지만 재빠르게 움직이는 데는 별 지장이 없었다. 쇳빛 얼굴의 뚱보에게 잡혀서 산비탈에 묶여 살던 때에 무거운 쇠사슬은 거쌍의 신체 일부분이나 다름없었고 강한 목 근육은 그때 튼튼해졌다.

조로는 몇 번 겨루어 보고 나서 자신이 놀림을 당하고 있다는 것을 알았다. 어떻게 덮쳐도 미련하게 무거워 보이는 놈에게 상처를 입힐 수 없었다. 악을 쓰며 거듭 달려들어 물려고 했지만 전혀 이득을 보지 못했고, 슬프게도 거쌍이 마음만 먹으면 언제든 급소를 물릴 수 있는 처지임을 깨달았다.

거쌍이야말로 진짜 마귀였다. 조로의 별 효과 없는 공격을 신출귀몰하게 피하는 한편, 어느새 조로의 옆과 뒤로 돌아가서는 장난치듯 털을 뭉텅뭉텅 뽑아 버렸다.

거쌍은 처음 겨룰 때 이미 조로가 같은 개끼리의 싸움에는 아직 익숙하지 않다는 것을 알았다. 매번 쓸데없는 공격으로 힘만 뺐기에 다시 공격하려면 잠깐 멈춰 서야 했다. 정말 거쌍이 마음만 먹으면 허점투성이인 조로의 공격에서 흠 하나만 잡아도 싸움을 끝낼 수 있었다.

슈퍼마켓의 일이 너무 답답하기도 했지만 수수에게 더 많은 것을 보여 주고 싶었다. 처음 이런 생각을 하는 자신을 발견하고 놀라웠다. 거쌍은 서둘러 조로를 쓰러뜨리지 않았다. 승리는 당연히 내 것이라는 듯이 헐떡거리는 조로를 데리고 놀았다.

조로는 자신이 고양이를 만난 쥐에 불과하다는 걸 알았다. 창피하고 화가 나서 어서 이 쪽팔리는 싸움을 끝내고 싶었다. 화나서 짖어대고 공격을 해도 거쌍 앞에서는 너무 약하고 무력했다. 막 미칠 것 같았다. 앞에는 영원히 잡지 못할 얼른거리는 그림자만 있을 뿐이었다.

이때 거쌍은 피하는 동작의 아름다움에 더 신경을 썼다. 고개를 돌려 보지 않아도 수수가 지켜보고 있다는 것을 알 수 있었다.

마침내 기진맥진한 조로가 또 한 번 덮치면서 그만 균형을 잃고 땅에 쓰러졌다. 거쌍은 몸에 쇠사슬을 달고도 가볍게 조로에게 달려들어 가슴을 짓누르고 번개같이 물었다.

경비원만 소리치며 오지 않았어도 조로는 죽었을 것이다. 고함소리에 정신을 좀 차린 거쌍은 힘을 다 쓰지 않고 그냥 조로 목의 껍질을 찢어놓고는 물러섰다.

조로는 우리로 도망쳤다.

"양 사장 말이 맞아. 애를 다른 개와 단둘이 있게 해서는 안 되지. 애에겐 적수가 없어."

"자리 비운 지 1분쯤 될까? 아마 사정을 봐준 것 같아."

"가끔 먹이를 줄 때도 날 가까이 오지 못하게 해. 하지만 저 셰퍼드들처럼 끝없이 짖지는 않지. 눈을 들지도 않고 나직이 으르렁거리는데 몸이 다 오싹해져. 어쩐지 무서워서 멀리 피하고 싶어."

"전기곤봉이 있잖아?"

"자네는 쓸 용기가 있는지 몰라도 나는 싫어."

"나도 싫어."

다른 경비원도 솔직하게 인정했다.

이때 거쌍은 이미 쇠사슬을 끌고 우리로 들어간 뒤였다. 거쌍은 절그렁거리는 쇠사슬 소리에 한마와 초원에서 노숙하던 밤이 생각났다.

이렇게 거쌍은 힘들이지도 않고 대장 자리를 차지했다. 물론 거쌍에게는 있으나 마나 한 자리였다.

이때부터 거쌍의 눈앞에 수수가 나타나기 시작했다. 순수한 검은색 털을 가진 목양견이었다. 그러나 저녁에 순찰하러 갈 때거나 아침에 돌아올 때만 잠깐 수수의 우리에 눈을 돌릴 뿐 우리에 돌아와서는 잠만 잤다.

그날은 마침내 오고야 말았다.

처음 슈퍼마켓에 들어서면서 마음먹고 기다린 것은 아니더라도 이 커다란 공간에 자신을 그냥 보낸 건 아니라는 것을 잘 알고 있었다. 경비원들이 가르쳐 주지는 않았지만 슈퍼에 사람 그림자가 얼씬하지 않아야 정상적이고, 이 상태를 유지하는 것이 자신의 책임이라는 가장 단순한 이치를 잘 알고 있었다.

거쌍은 새벽에 그 미세한 낌새를 알아차렸다. 당시 그자는 부식품 진열대 앞에 있었다. 그때 부식품 진열대 앞에 누워 있던 거쌍은 첫눈이 내린 풀밭처럼 시원했고 윙윙 돌아가는 에어컨 소리는 그의 놀라운 청각에 영향을 주지 못했다.

소리는 2층에서 났다. 그곳은 보석, 진주와 같은 장신구 매장이었다. 그곳의 등불을 보면 언제나 눈이 어지러워져서 거쌍이 싫어하는 곳이었다.

거쌍은 층계를 따라 2층으로 올라가 층계 앞에 서서 소리가 어디서 나는지를 알려고 둘러보았다. 소리 없이 조용하기만 했다. 앞으로 몇 걸음 나갔으나 역시 아무 소리도 나지 않았다. 쥐일 수도 있었다. 슈퍼마켓에 살고 있는 쥐들은 살이 너무 쪄서 약삭빠르고 날쌔지 못하여 움직일 때면 언제나 물건과 부딪치곤 했다. 하지만 거쌍이 오기 전에 숨어 버리기에 어쩔 방법이 없었다. 거쌍의 코도 들어가지 않는 좁은 틈새에 마음 놓고 숨을 수 있었다.

그리고 거쌍은 쥐를 잡고 싶을 정도로 심심하지는 않았다.

그런데 여전히 이상한 느낌이 들었다. 쥐라면 아래층의 부식품 매장에 있지 이곳에 나타난 적은 없었다. 그는 조심스럽게 등불에 섬처럼 보이는 판매대를 에돌아 매장을 한 바퀴 돌았으나 여전히 아무 수확도 없었다.

아마 이미 도망쳐 버린 쥐인가 보다.

거쌍은 부식품 진열대 앞으로 가기 전에 마지막으로 공기 속의 낯선 냄새를 가려내려고 고개를 쳐들고 냄새를 맡아 보았다. 어느 판매원이 판매대에 사탕을 숨겨놓았을 수도 있고 아니면 코를 찌르는 향수 냄새일 수도 있었다. 고객이 떠난 지 너무 오래되어 그 낯선 냄새들은 아주 약했다. 수많은 냄새 속에서 자신도 잘 알 수 없는 낯선 냄새를 발견해 내기란 그야말로 어렵다.

한줄기 낯선 냄새가 얼음에 금이 가듯 재빨리 퍼져 벌름 거리는 거쌍의 코에 들어왔다. 공기 속을 떠돌다 순식간에 사라졌지만 너무 새로웠다. 바깥의 비에 젖은 흙의 향기가 나는 낯선 냄새였다.

거쌍에게는 냄새가 상상력의 일부였다. 그래서 냄새로 그 사람이 판매대에 잠깐 머물렀고 또한 창문으로 기어들어왔 다고 판단했다. 냄새에 창턱에 오래 쌓여 있던 먼지 냄새가 묻어 있었기 때문이다. 그리고 그가 금방 담배를 피웠다는 것도 알았다.

앞에 펼쳐진 넓은 도로처럼 냄새의 발원지는 갈수록 명확해졌다. 흥분된 거쌍은 공기 속에 떠도는 냄새를 따라 종종걸음을 했다. 바로 가까이 있다는 것을 알고 있었다.

냄새는 갈수록 짙어졌고 더 신선했다. 공기 속에 냄새로 이루어진 사람의 이미지를 보는 듯했다. 냄새 속에서 공포의 맛이 났다. 정상적인 사람에게는 이런 공포의 맛이 없다. 공포도 고유한 냄새를 갖고 있다.

거쌍은 이런 냄새를 알고 있었다. 지난주 경비원이 거쌍을 데리고 슈퍼마켓에 들어가서는 입구에 매놓은 적 있었다. 거쌍은 경비원이 풀어놓기 전에 판매대 아래 틈새에 숨어 있는 사람을 발견했다. 그 사람은 아우성치면서 경비실로 끌려갔다. 물론 금방 슈퍼를 떠난 고객에게서는 그래도 아주 신선한 냄새가 난다. 사실 뚜렷이 구별되지 않는 냄새지만 거쌍은 그의 몸에 푹 배어 있는 그 냄새를 맡았기에 그를 가려냈던 것이다. 그것은 날려 버릴 수 없는 공포의 냄새였다.

거쌍은 그자를 여기에 나타나지 말아야 할 사람이라고 생각했다. 밤에 슈퍼마켓에서 돌아다니는 사람은 모두 검은 유니폼을 입은 경비원이었다. 거쌍은 그들의 냄새를 알았고 이자의 냄새는 슈퍼마켓의 어느 경비원의 냄새도 아니었다.

엘리베이터 옆에 놓아둔 화분 뒤가 냄새의 근원이었다.

보지는 못했지만 코가 벌써 정확한 판단을 했다. 누군가 그 화분 뒤에 숨어 있었다.

화분은 고객이 물건을 구입할 때 휴식하도록 마련한 비닐 의자 뒤에 있었다. 의자와 벽 사이 공간은 너무 좁아서 거쌍이 들어간다면 몸조차 돌릴 수 없었다. 그래서 몇 걸음 물러나서는 양떼를 기습하다가 발각되자 양떼 속에 숨어서 모습을 드러내지 않으려는 늑대를 대하듯 요란하게 짖어대면서 화분 주변을 뛰어다녔다. 늑대라 할지라도 목양견이 짖는 소리를 듣고 어느 때든 목축민이 올 수 있다는 긴박감에 쫓겨 양떼 속에서 뛰쳐나올 것이다.

아니나 다를까 그자는 풀숲에 숨은 늑대보다 인내심이 없었다. 아니면 좀 총명했던지 금방 뛰쳐나왔다. 뛰어나오는 자세도 궁지에 몰린 늑대보다 빠르고 멋지지 않았다. 화분의 나뭇가지에 바지가 걸려 넘어질 뻔했지만 그냥 버티고 섰다.

그자는 오른손을 쳐들고 아주 태연하게 명령을 내렸다. 그러면서 앞에 있는 이 개는 너무나 잘 알고 있는 독일 목양견이 아니라 생전 보지도 못한 품종의 큰 개라는 것을 발견했다. 그리고 개의 눈빛에서 조롱의 표정을 보았다. 이 개에게는 명령이 아무 쓸모도 없었다.

그자는 자신의 행동이 되게 우습다는 것을 깨달았다.

그러자 허리에서 칼을 뽑아들었다. 그냥 고분고분 잡혔다면 그 결과가 더 보기 좋을 것이다. 그러나 이 점을 깨닫고 칼을 거두려 했을 때는 이미 늦었다. 화분 뒤에서 이 개도 다른 셰퍼드처럼 무조건 자신이 시키는 대로 하리라고 믿었지만 그건 잘못된 생각이었다.

손목이 찌르는 듯 아파지면서 칼은 어디로 떨어졌는지 알 수 없었다. 본능적으로 그는 두 팔로 앞을 가렸다. 그러자 이번에는 한쪽 팔소매가 날아갔다.

당직실에 있던 경비원이 2층으로 달려와 보니 웬 사람이 알몸으로 대청 중간에 있는 커다란 공예품 병풍 위에 엎드려 있고 거쌍은 병풍 앞에서 화가 나서 짖고 있었다.

"제발, 제발 살려 주세요!"

알몸을 드러낸 그자가 당장 쓰러질 것 같은 병풍 위에서 흐느끼면서 말했다.

"자네들은 왜 이제야 오나? 개에게 먹힐 뻔했잖아! 어디서 굴러온 개인지, 이게 어디 개야? 고소할 거야. 망할 놈의 개, 고소하겠어.”

아무리 얘기해도 그 사람은 병풍에서 내려오려고 하지 않았다. 매일 거쌍에게 먹이를 주는 경비원이 조심스럽게 목걸이에 쇠사슬을 걸어놓은 다음에야 감격스러워하면서 병풍에서 내려왔다.

거쌍이 또 달려들려고 했으나 경비원 둘이 간신히 말렸다.

그 뒤로 반년 동안 거쌍이 그 슈퍼마켓을 떠날 때까지 도둑질 사건은 한 번도 발생하지 않았다. 물론 대낮 영업시간에 슬쩍 훔쳐 가는 것은 사건으로 치지 않았다. 습관적으로 슈퍼마켓에서 훔치는 도둑들 사이에서는 그 슈퍼마켓에 무서운 경비견이 있는데 고원에서 온 몸집이 커다란 개는 총칼도 두려워하지 않는다는 소문이 나돌았다.

수수가 보이지 않는다

거쌍이 다시 한 번 코를 수수에게 갖다 댔을 때 미묘한 떨림이 코
에서 전신의 털끝 한 오리 한 오리에까지 죽 퍼졌다. 그러자 조로
가 더 참지 못하여 울부짖었고 카이사르는 그냥 덩달아 맞장구쳤
지만 이들의 소리는 아예 거쌍의 귀에 들어오지 않았다.

거쌍은 북방에 온 뒤로 슈퍼마켓에서 편안하고 조용한 한 시기를 보냈다. 매일 제시간에 공들여 만든 개밥을 먹고 낮에 우리에서 잠을 자다보면 스스로도 몸이 슬슬 자라고 있는 걸 느낄 수 있었다. 경비 일은 힘이 전혀 들지 않았고 슈퍼 일에 이미 습관이 되었다. 매일 슈퍼에서 문을 닫으면 경비원이 거쌍을 데리고 슈퍼에 가서 목의 쇠사슬을 풀어 주었다. 그러면 슈퍼마켓을 순찰하면서 문을 닫기 전에 숨어 버리거나 몰래 들어온 도둑을 발견하는 것이 그의 직책이었다. 거쌍 때문에 경비원들은 전에 없이 편해졌다. 이제는 매일 한 시간씩 하던 순찰마저 취소했다. 그들이 매일 하는 일이란 슈퍼마켓이 문을 닫은 뒤 거쌍을 풀어놓고 아침에 문을 열기 전에 데리고 가면 그게 다였다. 밤 시간에는 잠을 자든 비디오를 보든, 아니면 게임을 놀든 마음대로 할 수 있었다. 물론 그들은 위기를 의식하지는 못하고 있었다. 경비원 한 사람에 거쌍만 있으면 슈퍼마켓의 경비를 얼마든지 담당할 수 있기에 나머지 경비원은 잘릴 수 있다는 점이었다. 그들은 아직 이 점을 생각지 못하고 거쌍만 풀어놓으면 모든 일이 잘 것이라고 여겼다.

경비원들은 거쌍을 풀어놓고는 PC방에 모여들었다. PC방에서 어제 최신 게임인 마귀짐승으로 갔았다는 것을 알고 있었기 때문이다.

이리하여 커다란 공간에는 거쌍만 남게 되었다. 온갖 잡냄새로 뒤섞였던 공기는 중앙 에어컨을 거쳐 재빨리 맑아지기 시작했다. 그렇지만 거쌍은 낯선 냄새를 맡아내려고 코를 벌름거렸다. 경비견으로서 이미 자신의 일에 익숙했고 이 커다란 공간의 모든 것을 다 책임지고 있었다. 냄새를 가슴 깊이 익힌 경비원들을 빼놓고는 누구도 얼씬할 수 없었다. 거쌍은 이런 일을 쉽게 받아들였다. 사실 슈퍼마켓은 풀이 자라지 않는 목장에 지나지 않았다. 거쌍은 고원의 목장에서 양떼와 주인의 천막을 보호했다. 낯선 사람과 양떼를 기습할지 언제 모를 야수를 사납게 덮쳤다. 다만 이곳의 수많은 상품이 양떼와 주인의 천막으로 바뀌었을 뿐이다.

거쌍은 슈퍼마켓을 넓은 초원으로 상상하는 것을 이미 배워냈다. 일단 눈앞의 모든 것을 초원이라고 생각하기만 하면 눈에 배어 있는 졸음과 대수롭지 않은 표정은 온데 간데 없이 사라지고 거침없이 펼쳐진 푸른 초원을 보는 듯했다.

이제는 매장에 낯선 것이 없고 넓은 공간을 보면 항상 달리고 싶은 충동을 받았다. 몸집이 큰 거쌍으로서는 타고난 야성을 풀어 버릴 수 있는 충분한 운동이 필요했다. 그래서 사람 그림자도 얼씬하지 않는 넓은 매장에서 나는 듯이 달렸고 커브를 돌 때도 속도를 줄이지 않았다. 오토바이 경기에서 거의 쓰러질 듯 커브를 도는 동작으로 거울처럼 반들반들한 바닥에 미끄러지며 불 밝은 다른 매장으로 달렸다. 초원과는 완전히 다른 편안하고 한가로운 생활이었고 바쁘게 아침 일찍 나가 저녁 늦게 들어오지 않아도 되었다. 잃어진 양을 찾으러 먼 길을 가는 일도 없었고 밤새 천막 주변을 순찰하는 고생은 더욱 없었다. 본능 때문에 매일 달렸고 언젠가는 목양견의 자격으로 다시 초원으로 갈 날이 반드시 오리라 믿어 의심치 않았다.

충분한 영양과 휴식, 그리고 적당한 운동은 신체적으로나 정신적으로나 모두 우량종 티베탄 마스티프로서의 가장 훌

룡한 컨디션을 갖게 만들었다. 지금 거쌍의 몸은 돌덩이처럼 튼튼한 근육으로 되어 있었다. 80킬로그램이 되는 거쌍이 달릴 때면 윤기 흐르는 긴 털이 마치 반들반들한 검은 비단처럼 가볍게 들썩였다. 거쌍이 불빛이 환한 대청을 달릴 때 보면 마치 바람처럼 달리는 곰 같았다.

북방에 봄이 왔다.

우리에서 매일 깨어날 때마다 거리에서는 흙냄새가 섞인 바람이 불어왔고 그 속에는 풀 냄새도 섞여 있었다.

봄이다. 거쌍은 표현할 수 없는 감정에 사로잡혀 있었고 그것이 뭔지 몰랐다. 거쌍은 티베트 북부에서 봄을 맞은 적이 있었다. 그때는 눈이 아직 녹지 않았지만 땅에 바싹 붙어 자라는 작은 꽃은 벌써 활짝 피어 있었다. 어린 거쌍은 초원에 핀 낯선 꽃을 보고 놀라움을 금치 못했고 꽃에 코를 대고 냄새를 맡다가 꽃가루 때문에 재채기를 한 적도 있었다. 이를 본 단증을 포함한 식구들은 웃음을 참지 못했고 거쌍은 창피해서 작은 발로 코를 문질렀다. 그래서 거쌍은 그때부터 꽃을 싫어했다.

봄이 오면 속이 두근거리고 불안했다. 그러나 지금의 괴로움은 고원의 목장에서와는 완전히 달랐다. 정신이 맑을 때는 이런 까닭 모를 허전한 생각으로 보냈고 가끔은 한마에 대한 그리움까지 밀어냈다. 그러다가 문득 제정신이 들면 배신의 마음이 생긴 자신이 부끄러웠고 미친 듯이 날뛰며 발로 우리의 철조망을 딛고 공중으로 날아올랐다가 땅에 내리곤 했다. 그러나 금방 시들한 마음이 생기며 졸음에 휩싸였다. 거쌍은 어쩔 줄을 몰랐고 떨쳐 버릴 수 없는 이 정서에 휘둘렸다.

이 감정을 떨쳐버리기 위해 거쌍이 할 수 있는 일이라면 동물원의 표범처럼 우리의 벽에 바싹 붙어서 끊임없이 걸어다니는 것이었다. 끊임없이 걸을 뿐 어디가 종점인지 몰랐다. 먼 지평선일 수도 있었지만 여기는 도시라 지평선이 보이지 않았고 지는 해도 볼 수 없었다.

그날 저녁 무렵, 거쌍은 마침내 종점을 찾았다. 우리 밖에서 나는 알 수 없는 소리에 끌려 갑자기 고개를 쳐들었더니 정원 다른 쪽 우리에서 자신을 바라보고 있는 수수를 발견했다.

나가서 수수와 가까이 있고 싶었다. 이것이 지금 거쌍의 생각이었다. 그제야 거쌍은 자신이 줄곧 나가서 수수의 곁에 있고 싶었다는 것을 깨달았다.

조로와 싸워 이긴 뒤로 내놓고 도전하던 조로의 행동은 잠잠해졌다. 충돌을 줄이기 위해 거쌍에게는 따로 먹이를 주었다. 혼자서 슈퍼마켓의 경비를 담당하고 있는 거쌍에 대한 특별 대우라 할 수도 있었다. 그러나 어떻게 됐든 이제는 셰퍼드 세 마리가 거쌍의 눈에 띄는 일은 없었다. 가끔 조로가 심심해서 짖을 때도 있었지만 거쌍이 고개를 쳐들면 그쪽에서는 금방 입을 다물었다.

이것이 바로 힘이 모든 걸 지배하는 개들의 세계이다. 개 무리의 우두머리는 언제나 가장 튼튼하고 총명한 개체였다.

오늘 거쌍은 처음으로 수수를 눈 여겨 보았다. 순수한 검은 색의 수수였다. 하지만 몸매가 늑대를 닮았고 냄새마저도 날 듯 말 듯 애매한 냄새를 풍겨서 늑대를 싫어하는 심리 때문인지 언제나 셰퍼드에 대한 적대적인 마음을 버릴 수 없었다. 그렇지만 슈퍼마켓의 뒤뜰에 온 그날부터 거쌍을 지켜보는 눈이 있었다.

뭐가 어찌 됐든 거쌍은 셰퍼드를 싫어했다. 조금씩 쌓여 온 경험이 이를 말해 주고 있다. 고원의 목장을 떠난 뒤 라싸의 밤거리를 떠돌아다닐 때나 산비탈에서 비바람을 맞을 때도 변함이 없었다. 거쌍은 경험을 많이 믿었다.

그러나 오늘 마음속에서 이미 굳어진 경험을 뭔가 배반당하고 있는 느낌이 들었다.

저녁에 경비원이 와서 쇠사슬을 걸고 데리고 나갈 때 거쌍은 주저 없이 경비원을 끌고 다른 우리로 갔다. 거쌍이 우리에 갇혀 있을 때도 경비원들은 거쌍의 뜻을 거스르려는 생각이 없었고—어쩌면 거쌍도 특별한 요구가 없었지만—어차피 혼자 힘으로 거쌍을 끌고 갈 수 없었다.

거쌍에게는 이것이 두 번째로 어려운 탐험이었다. 첫 번째는 한마가 쓰다듬어 주는 걸 허락했을 때였다. 거쌍은 우리 앞에서 걸음을 멈추고 망설였다. 자신이 잘하고 있는 일인지 알 수 없었고 이전의 경험은 지금 아무 의미도 없었다.

우리 구석에 엎드려 있던 조로는 사납게 이빨을 드러냈다. 그러나 그게 다였고 더 도전적인 행동은 없었다. 카이사르는 거쌍과 경비원을 향하여 비위를 맞추듯 꼬리를 살살 저었다. 마치 내 꼬리는 늑대와 다르다는 점을 증명이라도 하는 것 같았다.

수수는 코를 철조망에 바싹 대고 있었다. 거쌍은 익숙하지 않은 다른 냄새를 맡았다. 먼 기억에 남아 있는 어미 마스티프의 냄새 같기도 했지만 또 완전히 같지는 않았다. 거쌍은 저도 모르게 코를 벌름거리며 가까이 다가섰다. 이런 냄새가 더 많이 필요했다.

자신의 코를 수수의 코에 대는 순간 거쌍은 놀라며 저도 모르게 고개를 돌려 뒤에 있는 경비원을 보았다. 고원을 떠난 뒤로 처음 사람에게 다음은 어떻게 해야 할지 알려 주기를 바라는 것이다. 그러나 경비원은 잠자코 서 있기만 했다. 어젯밤 게임을 하느라 밤을 새워서 정신이 흐려져 있었다.

거쌍이 다시 한 번 코를 수수에게 갖다 댔을 때 미묘한 떨림이 코에서 온몸의 털끝 하나하나에까지 쭉 퍼졌다. 그러자 조로가 더 참지 못하여 울부짖었고 카이사르는 그냥 덩달아 맞장구쳤지만 이들의 소리는 아예 거쌍의 귀에 들어오지 않았다.

경비원이 거쌍을 데리고 슈퍼마켓에 들어와 쇠사슬을 풀어 주었다. 거쌍은 그 자리에 한참 서 있다가 이미 잠겨 버린 문 앞에 가서 고개를 숙이고 문틈으로 들어오는 바람 냄새를 맡았다. 수수의 냄새가 풍겨 오는지 확인하고 싶었던 것이다.

이러는 거쌍의 행동이 다른 한 경비원의 주의를 끌었다.

"오늘 이상하네. 뭘 발견했나?"

"아냐, 수수에게 사랑을 느꼈나 봐. 티베탄 마스티프와 독일 목양견 사이에서는 어떤 강아지가 태어날까?"

두 경비원은 거쌍을 남겨놓고는 농담을 주고받으며 PC방으로 걸음을 옮겼다.

이날 거쌍은 달리지 않고 시원한 부식품 진열장 앞에서 졸음에 취해 있었다.

이날부터 거쌍은 경비를 서러 갈 때와 올 때 어김없이 수수의 우리 앞에 한참 서 있곤 했다. 조촐한 작은 의식이나 다름없었다. 그러나 거쌍은 자신이 뭘 하고 싶은지 몰랐고 수수와 서로 코를 대기만 해도 기분이 좋았다. 앞으로 무슨 일이 일어날지 몰랐고 고원의 목장에서는 가르쳐 준 사람도 없었다. 처음으로 비틀거리며 목장을 순찰했을 때부터 늙은 화공의 정원을 그의 영지로 만들었을 때도 거쌍은 혼자 모든 것을 맞아야 했다.

조로는 거쌍의 행동에 당연히 화가 났지만 우리의 어두운 구석에 숨어서 어쩔 수 없이 소리 죽여 짖어댈 수밖에 없었다. 이것이 바로 개들의 세계이다. 힘이 제일이었고 힘이 있으면 그 어떤 복잡한 문제도 해결되었다.

이대로 나간다면 거쌍은 전업 경비견이 되어 슈퍼마켓에

게 계속 일을 할 것이고 수수와 더불어 수많은 새끼를 낳을 수도 있었다. 교잡으로 생긴 그의 새끼들은 티베탄 마스티프의 장점과 독일 목양견으로서의 복종능력이 어우러진 가장 훌륭한 경비견이 될 것이다. 그러면 아마 흠잡을 데 없는 새로운 개 품종이 탄생하여 세계 경찰견의 귀감이 될 수도 있다. 물론 이 모든 것은 가설일 뿐이다. 아직 일어나지 않은 일은 누구나 마음대로 상상할 수 있기 때문이다.

그날 거쌍은 수수와의 의식을 치른 뒤 슈퍼마켓에 들어갔다. 경비원은 쇠사슬을 풀고는 서둘러 PC방으로 갔다. 거쌍은 전처럼 코를 벌름거리며 순찰을 하기 시작했다. 오랫동안 맡아보지 못했던 낯선 냄새가 거쌍의 코를 쿡 찔렀다.

거쌍은 다짜고짜 냄새를 따라 3층으로 올라갔다. 그곳에는 분리된 작은 공예품 진열장이 있었는데 고객을 끌어들이기 위해 개인에게 빌려 준 진열장이었다. 냄새의 근원을 찾아보니 어제까지도 비어 있던 작은 샛방에서 났다. 거쌍은 천천히 걸음을 옮겼다. 너무 익숙한 냄새로 자신의 몸에서 나는 것 같았다. 거쌍은 이런 냄새에 젖어 자랐기 때문에 고원에서 오는 이런 냄새는 거쌍의 생명의 일부분이기도 했다.

오늘부터 영업을 시작한 티베트 공예품 판매대였다. 거쌍은 이미 잠겨 있는 판매대 사이를 돌아다녔다. 호박처럼 광택이 흐르는 나무사발, 여주인의 목과 허리에서 빛 나던 보석 장신구, 단증이 허리에 차고 다니던 티베트 칼이 진열되어 있고 야크 뼈로 만든 대야도 있었다. 거쌍은 마치 꿈을 꾸는 것 같았고 고원의 목장에 돌아와 밥 짓는 연기를 맡는 듯 흐리마리했다.

아침이 되어 허황한 세계에서 밤새 놀다가 아직도 살기가 가셔지지 않은 경비원이 쇠사슬을 들고 큰 소리로 거쌍을 불렀다. 그러나 아침마다 천천히 나타나곤 하던 거쌍이 모습을 나타내지 않았다.

두 경비원이 부식품 진열장 앞에 가보았으나 그림자도 보이지 않았다.

그들은 당황해서 한 층 한 층 찾다가 마침내 문 열기 전에 티베트 공예품 판매대가 있는 샛방에서 거쌍을 찾았다. 거쌍은 진열장에서 끌어내린 티베트 융단 위에 누워 있었다. 그러나 자는 건 아니었다. 언제나 무섭기만 하던 티베탄 마스티프가 이처럼 편안한 표정으로 있는 건 처음이었다. 세상의 모든 일에 만족스러운 강아지 같았다.

거쌍은 두 경비원이 부르는 소리에 고개를 쳐들었다. 거

쌍의 멍한 눈길은 두 경비원의 몸을 뚫고 머나먼 푸른 곳을
바라보고 있었다.

이때문인지 거쌍은 슈퍼를 나와서도 수수의 우리에 들르
지 않고 곧바로 자신의 우리로 들어가더니 누워서 끝없는
명상에 잠겨 버렸다. 고원의 목장에 있던 날들이 떠올랐고
목장을 떠난 뒤의 생활을 생각했다.

거쌍은 점심때가 되어 경비원이 먹이를 줄 때에야 수수가
보이지 않는다는 것을 발견했다.

거쌍에게 먹이를 주던 경비원은 손에 쥐고 있던 쇠사슬이
찔린 뱀처럼 튕겨 나가는 것을 느꼈고, 뒤이어 무거운 천둥
소리와 같은 울부짖는 소리가 정원에 울려 퍼졌다.

세퍼드의 우리에는 조로와 카이사르뿐이었다.

거쌍의 앞에 나타난 것은 낯선 적수였고 처음 맡아보는
냄새가 이미 공중에 악한 이미지를 그려냈다. 그놈이 수수
를 데려간 것이다.

거쌍은 쇠사슬을 끌며 세퍼드 우리의 철문을 들이받았다.

거쌍을 통제할 사람은 아무도 없었다. 경비원은 당직실
창문을 통해 우리의 철문을 정신없이 들이받는 거쌍을 바라
보았다. 두 세퍼드는 영문을 모르고 몇 마디 짖어대고는 그

기세에 눌려 구석에 숨어 처량하게 흐느꼈다.

목장을 떠난 뒤 거쌍에게 야수성이 좀 줄었다고 한다면 그것은 다른 법칙이 지배하는 세상에 적응하기 위한 태도였지만 지금은 그것이 깨끗이 사라졌다. 지금은 동반자를 잃고 미쳐 버린 티베탄 마스티프가 있을 뿐이다.

거쌍이 우리의 문을 열어젖히자 두 셰퍼드는 종말이 온 듯 아우성쳤지만 거쌍은 갑자기 조용해지더니 느릿느릿 정원 한가운데에 가서 눕는 것이었다.

수수의 냄새가 갑자기 멀리 떨어져 있는 듯했고 조로와 카이사르는 이 틈에 망가진 우리를 빠져나갔다.

슈퍼에 불을 켜는 종소리가 울린 뒤, 오후 내내 정원에 들어갈 엄두를 내지 못하던 경비원이 다른 여러 경비원들과 함께 들어갔다. 거쌍은 모든 것을 체념한 듯 조용히 다가오는 사람들을 바라보았다.

경비원들의 너무 조심스러운 행동 때문에 아니면 손에 든 쇠사슬 때문에 다시 제정신이 들었는지도 모른다. 너무 오싹하여 사람이 감히 다가갈 수도 없는 낮고 무거운 포효 소리가 들렸다. 경비원들은 이것이 뭘 말하는지 다 알고 있었다.

나중에 특수요원 훈련을 받았고 군견을 차 죽인 일이 있었다는 키 큰 경비원이 쇠사슬을 들고 다가갔다. 아직 길들지 않은 말한테로 걸어가는 카우보이처럼 거만하게 거쌍에게 다가갔지만 헛짓이었다. 결국 그는 눈으로는 보이지 않는, 거쌍이 허용하는 선을 넘고 말았다.

특수요원 부대의 주방에서나 일했을 것 같은 그는 얼굴이 새파랗게 질려 돌아왔고 저고리가 온데간데없었다. 그리고 가슴에는 발톱에 긁힌 자국이 두 줄 뻘겋게 나 있었다.

경비원들은 거쌍 대신 조로와 카이사르를 임시로 쓰기로 결정을 했다.

조로와 카이사르는 다시 슈퍼에 가게 된 기쁨에 제정신이 아니었다. 간이 크게도 목줄을 걸자마자 찢어진 경비 유니폼을 몸 아래에 깔고 있는 거쌍을 향해 몇 마디 짖어댔다. 다시 일을 하게 되어 자신감이 배로 붙었나 보다. 조로는 경찰견 훈련소 생활이 생각났다. 우리의 경찰견들은 누구나 목줄을 목에 걸어 줄 시각을 기다렸다.

어찌 된 영문인지 누구도 잘 몰랐다. 거쌍이 다시 천천히 걸어가 경비 유니폼 위에 엎드릴 때에야 경비원들은 피를 흘리며 쓰러져 있는 조로를 보았다. 다리는 아직도 경련을 일으키고 있었지만 눈동자는 벌써 촛점을 잃고 있었다.

눈에 핏발이 선 거쌍에게는 조로가 좀 더 튼튼한 경비 유니폼을 입었을 뿐이었다.

카이사르는 목줄에서 벗어나 꼬리를 빳빳이 하고 우리로 도망쳐 구석에 숨어 버렸다.

이튿날 양옌이 와서 거쌍을 데려갔고 경비원들의 기대와는 달리 공격은 없었다. 거쌍은 아무런 반항도 없이 양옌에게 끌려 차에 앉았다.

경비원들은 거쌍을 슈퍼에서 내보내지 않으면 보안일을 더는 못 하겠다고 버텼다.

수수가 어디로 갔는지 누구도 모른다. 우리의 문이 내내 잠겨 있었으니 경비원들은 알고 있었다. 거래는 오후에 진행되었고 방수포로 가린 차가 정원에 들어와 고분고분 말을 잘 듣는 수수를 차에 끌고 올라가는 것을 본 사람은 없었다.

이튿날 거쌍은 철장에 갇혔고 그 어떤 반항도 하지 않았다. 거쌍은 교외의 한 식물원으로 실려 갔다.

"나도 이렇게 할 수밖에 없었네. 자네에게 연락했었어. 슈퍼에 보내기 전에 전화를 했지만 없더군. 복지원 원장이 남방으로 회의하러 갔다고 알려 주더군. 거쌍을 통제할 수 있는 사람은 아무도 없어. 곡마단이든, 동물원이든, 소방대든 필요한 곳이 있으면 어디든 상관없었지. 그레이트데인 개를 물어 죽여서 내가 돈을 얼마나 물어 주었는지 아나? 물론 슈퍼마켓에서는 괜찮게 했지만 말이야.”

“회의하러 간 게 아니고 발이 선천성 기형인 어린이의 회복에 필요한 기구를 얻으러 갔을 뿐이야.”

“그런데 이렇게 오래 있었나?”

“사용 법도 배워야 했어.”

“화성으로 날아가는 기계도 아닌데 시간이 그렇게 오래 걸려?”

“물론이지. 사용방법을 배우는 것 외에도 다른 회복과정도 배워야 하니까.”

“거쌍은 아무 일도 없네. 식물원에 보내 잠시 돌보게 했을 뿐이야.”

“자네 잊었나? 칭짱 고원에서 돌아올 때 거쌍이 아니었다면 우리는 살아 있을지도 모르잖아? 자네는 수영장과 잔디밭이 있는 이 별장에 돌아올 수도 없었을 걸세.”

“거쌍이 무사하다고 내가 말했잖아.”

한마가 전화로 양옌과 이런 논쟁을 하리라고는 거쌍이 알리 없었다. 지금 거쌍은 식물원이라는 새 환경에 적응하기 위해 애쓰고 있었다.

새로 간 곳이 불편하지는 않았다. 거쌍이 갖고 있는 시간 개념으로는 교외의 식물원에 온 지 일주일이 된다. 오랫동안 기다리던 변화가 생기리라는 느낌 때문에 조용히 기다리기만 했다. 이제는 고원의 목장에 있던 어린 티베탄 마스티프가 아니다. 그때는 늑대를 잡는 데 정신이 팔려 있었고 몸에 가벼운 상처가 늘어남에 따라 필요한 경험들도 쌓여 갔다. 지금은 충분한 경험이 있고 점차 어른스러워지고 있었다.

라일락 숲 속에 있는 이 철장은 원래 원예도구와 같은 것들을 넣어두던 곳이었다. 거친 세상에 많이 늙어 버린 노인이 매일 저녁 무렵이면 철통과 주전자를 들고 철장 밖에서 먼저 거쌍의 목에 걸려 있는 쇠사슬을 조여 맨다. 그러고는 자물쇠를 열고 먹이통과 물 대야를 가시고 먹이와 물을 갈아 준다. 그다음 철장을 깨끗이 닦고 나서야 철문을 잠그고 나중에 쇠사슬을 풀어 준다.

티베트에서 온 이 맹견에게 다치지 않으려면 적당한 거리를 유지하는 것보다 더 안전한 방법은 없다는 것을 잘 알고 있기 때문이었다.

"자, 멋진 검둥아, 이젠 먹어. 네가 밖에 나와 달리고 싶어

하는 줄을 나도 알아. 하지만 너도 보았지만 나는 널 당길 힘이 없어 그럴 수 없구나. 원장님의 말을 들으니 너는 귀한 개라고 하는데 도망치면 난 감당해 낼 방법이 없어. 이 도시에 하나뿐인 널 잘 보살펴야지. 그리고 관광객들이 널 보고 놀라도 안 돼. 안 그래? 너 때문에 이 식물원에 관광객이 늘어난다는구나. 세상에, 이게 무슨 일이람, 식물원이 동물원이 되겠네. 이처럼 큰 도시에 너 하나뿐이니 외로울 거야. 나처럼 말이다. 하지만 나를 닮아서는 절대 안 돼……."

노인은 혼잣말로 중얼거리면서 손을 부지런히 놀려 철장 밖에 관광객들이 버리고 간 쓰레기를 주웠다.

사실 낮에 구경 오는 사람이 별로 없었기에 거쌍은 온 종일 누워 있었고 울창한 라일락 그늘 밑에서 잠을 잤다. 이곳에 오는 사람들은 모두 먼 다른 고장에서 옮겨 심은 귀한 식물을 구경하기 위해서였다. 이를테면 커다란 온실에 심어놓은 대왕야자나무, 온실에 진열해 놓고 특별보호를 하면서 꽃이 피고 열매 맺기를 기다리는 바다코코넛과 같은 것들이다. 울창한 라일락 그늘 밑에서 우연히 거쌍을 발견하더라도 별 주의를 끌지 못했다. 그들에게는 덩치 큰 개일 뿐이었다.

어느 날 한 어린이가 철장 앞에 서서 손에 쥔 아이스크림이 녹는 줄로 모르고 거쌍에게는 아주 낯선 이름을 부르는 것이었다. 거칠고 넓은 고원에서는 들어볼 수도 없는 이름으로서 작은 애완견에게나 지어 주는 이름이었다.

"모모야, 너 자니? 이리 와서 아이스크림이나 먹으렴. 맛있는 아이스크림이야."

어린이는 가는 목소리로 말하면서 아이스크림을 쥔 손을 철장 안에 들이밀었다.

거쌍은 고개를 쳐들지도 않고 눈을 가슴츠레 뜨고 떠날 생각이 없는 어린이를 쳐다보았다. 거쌍은 몸에서 양젖 냄새가 심하게 나는 목장 주인 단증의 아들 다와가 생각났다. 어린이들의 목소리는 모두 비슷했다. 고원과 수천 리 떨어진 평원에서도 어린이들의 목소리는 구별되지 않는다. 거쌍은 천천히 고개를 쳐들고 철장 밖에 서 있는 아이를 바라보았다.

"모모, 이리 와. 이 더운 날에 아이스크림이 먹고 싶지 않아?"

어린이는 녹아서 뚝뚝 떨어지는 아이스크림을 들고 고집스레 거쌍을 불렀다.

거쌍은 아주 조심스럽게 어린이 손에 쥐어 있는 아이스크림을 핥았다. 목장을 떠난 뒤로 어린이를 가까이하기는 처음이었다. 거쌍은 자칫 어린 주인을 닮은 어린이가 놀라서 도망갈까 두려워 혀를 돌리며 아주 조심스럽게 빨았다. 나중에는 어린이의 손을 핥았다. 거쌍은 부드럽게 핥다가 어린이가 간지러워 웃음을 터뜨릴 때에야 멈췄다.

라일락 숲 바깥에서 부르는 소리가 들려서야 어린이는 떠났다. 거쌍은 어린 작은 몸이 라일락 숲 속으로 사라질 때까지 지켜보았다. 거쌍은 오랫동안 코를 철장 난간에 대고 라일락 꽃 향기가 몸에 푹 밴 어린이 냄새를 맡았다.

이곳에서 한 가지 불만스러운 것이 있다면 머리가 어지러울 정도로 강한 라일락 꽃 향기였다. 거쌍은 이처럼 센 꽃향기를 맡아본 적이 없었다. 그 향기는 주변의 공기를 꽉 메우면서 파도처럼 끊임없이 밀려왔고, 그 꽃향기에 떠밀려 파도 끝에 올라갔다가도 다시 아래로 떨어지곤 했다.

날마다 거쌍은 갈매기처럼 꽃향기의 바다를 빙빙 돌았다.

저녁 무렵 노인이 철장으로 왔다. 그는 어제 준 물과 먹이가 그대로 있는 것을 발견했다. 거쌍은 철장 안에서 빙빙 돌고 있었다. 그리고 가끔 멈춰 서서 라일락이 성긴 곳을 향해 코를 쳐들었다. 그곳에는 식물원 대문이 있었다.

"검둥아, 병이 났어? 송아지처럼 크고 튼튼한 너에게 무슨 병이 났겠냐? 집 생각이 났나 보구나. 그러나 나도 네 집이 어딘지 모르잖아. 원장님은 널 여기로 보낸 사람은 큰 부자라고 했으니 전에는 잘 살았겠지. 한가하고 조용한 이곳 생활이 마음에 안 드나 본데 그래도 살 만하지는 않아?"

중얼거리던 노인은 가볍지만 무거운 소리에 놀랐다. 고개를 쳐들고 보니 거쌍이 훌쩍 뛰어 앞발로 천장의 난간을 짚고 서서 부리부리한 눈길로 대문 쪽을 바라보고 있었다. 검고 축축한 코를 불안하게 벌름거리며 더 많은 냄새를 맡으려 애썼다. 공기 속에 오래 기다리던 냄새가 있는지를 확인하려는 것 같았다.

그것은 한마의 냄새였다. 비록 멀리서 나는 냄새였지만 느끼고 있었다. 약한 바람에 실려 있는 듯 없는 듯 했지만 한마임을 확신할 수 있었다. 거쌍은 몸을 가볍게 떨면서 기다렸다.

"웬 일이야?"

노인은 빗자루를 짚고 서서 지름길을 찾는 관광객들이 너무 다녀서 나뭇가지가 성긴 라일락쪽을 바라보았다. 사람도 보이지 않고 지저귀는 새도 없었다. 지금은 문을 닫은 뒤라 관광객들은 모두 떠나고 아무도 없었다.

"무슨 일이 생겼을까?"

반 시간쯤 지나 한마가 거쌍의 시야에 나타났다.

빠른 걸음으로 오고 있는 한마를 보자 거쌍은 요란하게 짖으면서 철장 안에서 진정을 못하고 마구 부딪쳤다. 튼튼해 보이는 철장이 막 넘어질 것 같았다.

"그러고 보면 자네가 이 검둥이의 주인이군?"

노인이 웃으면서 한마를 보고 말했다.

"일주일 넘게 먹이를 준 나에게도 한번 짖어 주지도 않더니 멀리서 자네 냄새를 맡았는지 꼼짝 않고 서서 기다리지 않겠나."

"이제는 됐어."

한마는 철장 앞에 다가가 손을 들이밀었다. 기다리고 기다리던 주인이 드디어 나타나자 거쌍은 눈을 꼭 감고 머리를 손에 비벼댔다. 거쌍의 목에서 와이어로프 목걸이를 용감하게 잘라 주던 손이었다.

이런 장면을 더 보고 싶지 않았던 노인은 양옌이 식물원 원장을 데리고 나타나기 전에 이미 자물쇠를 열고 거쌍을 내놓았다.

거쌍은 다른 개들처럼 오랜만에 만난 주인에게 몸을 비틀고 꼬리를 흔들며 반가움을 표시하지 않았다. 보여 주고 싶은 강한 감정을 어떻게 표현해야 할지를 몰랐다.

고원의 목장이라도 거쌍은 목양견으로서 해야 할 일을 다 할 뿐이다. 주인의 양을 한 마리도 빠짐없이 보호하는 것이 바로 주인에 대한 끝없는 충성이었다. 그러나 지금 거쌍은 마음이 굉장한 감정에 휩싸여 떨고 있었다. 한마에 대한 커다란 사랑이었다.

한마는 거쌍의 큰 머리를 부드럽게 어루만졌다. 거쌍은 아무 소리도 내지 않고 머리를 한마의 다리에 꼭 기댔다. 거쌍은 떨고 있었다.

양옌과 식물원 원장도 이 장면을 보았다.

"내가 꽤 오랜 시간을 길렀지만 한 번도 머리를 만지게 한 적이 없어."

어딘가 실망에 빠진 양옌의 말은 변명에 가까웠다.

"자, 이젠 내가 널 돌볼 거야. 너는 나의 개이고 다시는 철장에 가두어 기르지 않겠어."

한마는 거쌍의 털에 붙은 연한 자줏빛 라일락 꽃봉오리를 떼주었다.

거쌍이 처음 교실에 들어선 뒤로 시각장애 어린이들에게는 개에 대한 개념이 생겼다. 큰 키에 혀는 따뜻하고 성질은 부드러우며, 몸에 긴 털이 뒤덮여 있고 목털은 빽빽하며, 귀는 아래로 늘어지고 몸은 튼튼하며 꼬리는 말려 올라가 있다는 개념이었다. 한마는 거쌍이 개들 속에서는 특별한 놈이라는 것을 몰랐다. 훗날 그때 거쌍을 만져보았던 시각장애 어린이 가운데 마침내 눈을 뜬 아이가 있었고, 그 애가 진실한 세상을 보았을 때 그의 눈에 비친 개들은 실망스럽기만 했다. 세월이 흐르면서 점차 어린 시절의 기억이 너무 완벽했던 것이 아니냐는 의심까지 들었다. 거쌍처럼 몸집이 커다란 개는 흔히 볼 수 있는 것이 아니었다.

시각장애 어린이들은 한마 선생님이 새로운 애완동물을 갖고 왔고 또 그 동물이 몹시 크다는 것을 알았다.

복지원에서는 애완동물을 기른 적이 없었고 이 애완동물은 너무 커서 한마가 원장을 설득하는 데 반나절이나 걸렸다. 거쌍은 그냥 개일 뿐 어느 문 닫은 곡마단에서 얻어 온 곰 같은 야수가 아니라는 점을 겨우 믿게 만들었다.

결국 원장은 목에서 쇠사슬을 영원히 풀지 않는다는 조건으로 거쌍을 복지원에서 기르도록 허락했다.

거쌍이 교실에 들어서자 검은 안경을 낀 어린이들이 그를 둘러쌌다. 거쌍은 당황하여 주춤하면서 앞으로 걸으려 하지 않았다. 그리고 매끈매끈한 교실 바닥과 번쩍번쩍하는 창문도 마음을 불안하게 했다. 이때 한 어린이가 누구에게 밀렸는지 높고 날카로운 소리를 질렀다. 거쌍의 목털은 대뜸 곤두셨고 본능적으로 낮게 으르렁댔다.

막 흥이 났던 어린이들은 그 무서운 소리에 순식간에 굳어버렸다.

한마는 거쌍을 가볍게 어루만졌다. 그러고는 낮은 목소리로 꾸짖으면서 교실 한가운데로 끌고 갔다. 에워싼 어린이들은 갈수록 늘어났고 거쌍은 한마가 이 어린이들을 두려워하지 않는다는 것을 알았다. 그리고 한마는 여기서 절대적인 권위를 갖고 있었다. 한마를 믿었고 주인인 그에게 모든 것을 맡길 수 있었다.

이 어린이들은 전에 본 어린이들과는 좀 달랐다. 눈에 검은 안경을 쓰고 있는 것 외에도 한마가 뭐라 하면 모두 얼굴을 돌리고 한마의 소리에 귀를 기울였다.

모두 귀여운 얼굴들이었다.

한 어린이가 망설이면서 손으로 몸을 만지자 거쌍은 몸을 움츠렸다. 역시 낯선 사람의 손이라 근육이 갑자기 굳어졌다.

한마가 거쌍의 등을 가볍게 두드려 주었다.

어린이들은 누구나 차츰 거쌍의 등을 어루만졌고 거쌍은 그들의 손이 생각처럼 거칠지 않음을 느꼈다. 거쌍의 등을 살살 어루만지는 어린이들의 손은 깃털처럼 부드러웠다. 그들에게는 해치려는 생각이 없었고 고원의 저녁 햇살처럼 따뜻했다.

굳어 있던 거쌍의 몸은 점점 풀어졌고 한 여자애가 입가에 있는 수염을 만졌을 때 혀로 가볍게 핥아 주기도 했다. 여자애는 놀라 소리를 지르면서 손을 움츠렸다.

"괜찮아, 그냥 핥아 주는 거야."

한마가 곁에서 놀라 어쩔 줄 모르는 여자애를 격려해 주었다. 여자애는 당황해서 금방 거쌍의 혀에 '습격'당한 손을 싸쥐고 있었다.

한마의 격려를 받은 여자애는 손을 다시 내밀었다. 이 여린 작은 손은 세상을 느낄 수 있는 유일한 도구나 다름없었다. 여자애는 조심스럽게 손을 내밀며 막 피는 꽃처럼 이 세계의 친밀감을 느끼려고 했다. 여자애는 거쌍이 또 핥아 주자 너무 기뻐서 소리쳤다. 뒤이어 와그르르 즐거운 웃음소리가 터졌다.

마침 원장이 지나가다가 창문으로 이 광경을 보았다. 금방 전까지만 해도 이런저런 구실을 찾던 중이던 원장은 곰인지 개인지 모르는 동물을 복지원에서 내보내려던 생각을 포기했다. 이 여자애는 역 앞의 쓰레기통에서 주워 온 뒤로

5년이 지나도록 한 번도 웃는 것을 보지 못했던 것이다.

어린이들은 하나하나 거쌍에게 손을 내밀었다. 그리고 거쌍이 혀로 그 손을 핥아 줄 때마다 참지 못하고 천진난만한 웃음을 터뜨렸다.

원장은 항상 입을 꾹 다물고 살던 어린이들이 이처럼 즐거운 웃음을 웃는 것을 처음 보았다.

그는 조용히 떠났다.

거쌍은 사실 어린이들을 좋아하지 않았다. 지금까지 살면서 이처럼 작은 사람에게 호감을 가져본 일이 없었다. 그러나 검은 안경을 낀 이 어린이들을 한마에게 속하는 특별한 양떼로 보았고 한마를 위해서라면 무슨 일도 할 수 있었다. 이 점에 대해서는 전혀 의심해 본 적이 없다. 그러나 이들은 더 온순한 양들이라고 생각했다. 자신의 몸을 어루만지는 손길은 조심스러웠고 땅에 앉아 먹이를 찾는 작은 새처럼 잘못하면 놀라서 날아갈 것이다.

복지원에 금방 왔을 때 한마는 시각장애 어린이들에게 작은 새의 개념을 이렇게 받아들이게 했다. 그는 작은 새 한 마리를 어린이들의 손에 놓고는 어느 것이 깃털이고 어느 것이 여린 발이며 또 펼칠 수 있는 것은 날개라고 알려 주었다. 두 손을 놓자 새는 보이지 않았으나 날개 치는 소리는 들을 수 있었으니 그것이 바로 나는 것이라고 했다.

거쌍이 처음 교실에 들어선 뒤로 시각장애 어린이들에게는 개에 대한 개념이 생겼다. 큰 키에 혀는 따뜻하고 성질은 부드러우며, 몸에 긴 털이 뒤덮여 있고 목털은 빽빽하며, 귀는 아래로 늘어지고 몸은 튼튼하며 꼬리는 말려 올라가 있다는 개념이었다. 한마는 거쌍이 개들 속에서는 특별한 놈이라는 것을 몰랐다. 훗날 그때 거쌍을 만져보았던 시각장애 어린이 가운데 마침내 눈을 뜬 아이가 있었고, 그 애가 진실한 세상을 보았을 때 그의 눈에 비친 개들은 실망스럽기만 했다. 세월이 흐르면서 점차 어린 시절의 기억이 너무 완벽했던 것이 아니냐는 의심까지 들었다. 거쌍처럼 몸집이 커다란 개는 흔히 볼 수 있는 것이 아니었다.

그리하여 그들은 의심에 싸인 채 전에는 눈을 대신하던 손을 들었다. 거쌍은 속이지 않을 것이라고 생각했다.

복지원에 취재를 왔던 기자가 교실에서 일상적인 사진들을 찍었고, 점심때 돌아가려고 서둘다가 이해할 수 없는 장면을 보았다.

상상할 수 없을 정도로 큰 개가 앞에서 걷고 시각장애 어린이 하나가 곁에서 목줄을 쥐고 다른 두 어린이는 첫 번째 어린이의 손을 잡고 뒤를 따르고 있었다.

개는 인내심 있게 어린이들의 걸음에 맞춰 걸으면서 가끔 세 어린이의 걸음과 어울리기 위해 멈춰 서서 뒤를 돌아보며 뭐라 웅얼거리는 것이었다.

"이건 뭘 하는 건가요?"

기자는 어떻게 물어야 할지를 몰랐다.

"아무것도 아녜요. 애들을 식당에 데려 가는 거죠."

"세상에, 이처럼 큰 안내견은 처음 보네."

기자가 놀라는 것을 보면 제 정신이 아닐 것 같았다.

기자는 그 장면을 놓치지 않고 렌즈에 담았고 사진은 이튿날 석간신문에 실렸다.

사실 복지원의 어린이들은 이런 일에 습관이 되어 있었다. 거쌍은 이미 능숙하게 시각장애 어린이들을 데리고 식당에 가곤 했고 바깥에 있는 슈퍼에 함께 가는 일도 있었다.

복지원에서 어느 어린이든 넘어지거나 무슨 일이 생겼을 때 제일 먼저 부르는 이름이 거쌍이었다. 그러면 큼직한 발소리가 통통 나면서 털뭉치 같은 큰 개가 곁에 나타나 그들을 가고 싶은 곳으로 데려가는 것이다.

거쌍은 이미 슈퍼, 식당, 교실과 숙소가 어딘지를 잘 알고 있었다. 거쌍은 냄새로 금방 이곳에 온 어린이를 방의 침대 앞에 어김없이 데리고 왔다.

거쌍은 이곳에서 목양견으로서의 능력을 충분히 발휘했고 만족스럽게 살았다. 이곳에는 자신을 필요로 하는 어린 양들이 있었고 그들은 주인인 한마가 가장 귀중하게 생각하는 보물이었다. 거쌍은 그들을 조심스럽게 보호했고 정원에 데리고 나가 볕을 쬐어 주었으며, 심지어 놀이를 할 때는 부드러운 융단이 되어주기까지 했다.

그러나 밤에는 여전히 거쌍 혼자였다.

밤이 깊어 복지원 사람들이 모두 깊은 잠에 빠져 있을 때면, 한마의 문 앞에 누워 있던 거쌍은 소리 없이 일어나 정원 안에서 담장을 따라 한 바퀴 순찰하고 나서 화단 옆에 있는 비탈로 담장을 넘어 밖의 옥수수밭에 가곤 한다.

거쌍은 밤마다 바람결 같은 유령처럼 옥수수잎 하나 다치지 않고 밭을 가로질러 달리는 방법을 배웠다. 그래서 토지와 풀의 냄새를 한껏 들이마시며 푸른 대지를 마음껏 달렸다.

옥수수가 여무는 계절에 거쌍은 원두막에 앉아 밭을 지키는 농사꾼을 피할 생각은 않고 그냥 바람처럼 곁을 지나갔다. 보름달이 밝은 그날 밤 거쌍은 농사꾼이 눈치챌 새도 없이 벌써 옥수수밭 깊이 들어갔고, 그 바람결에 옥수수잎들이 서로 부딪치며 우수수 소리를 냈다.

거쌍은 여전히 달리고 싶은 간절한 마음에서 벗어나지 못하고 주변의 그 무엇도 눈에 들어오지 않았다. 다만 모든 것을 뒤에 멀리 떨어놓고 싶을 뿐이었다.

농사꾼은 자신이 헛것을 봤다고 여겼기에 망정이지 정말 보았다면 곰이라고 생각했을 것이다. 농사꾼의 고향인 대싱안링의 아득히 멀고 끝없이 넓은 숲에는 이런 야수가 많이 살고 있었다.

모기 천지인 옥수수밭에서 검은 그림자가 언뜻 지나간 듯한 곳에서 우수수 떨리는 잎들을 바라보면서 농사꾼은 역시 자신이 잘못본 것이라고 믿었다.

그날 밤 옥수수를 훔치러 온 곰이 달려들었지만, 옛날 증조할아버지에게서 물려받은 자신의 사냥꾼 기질에 겁먹은 곰이 다 익은 옥수수를 떨어뜨리며 옥수수밭 속으로 도망쳤다고 확신했다.

뜬소문은 이 사람 저 사람 입으로 번져 갔지만 더 스릴 있는 이야깃거리가 되지는 못했다. 거쌍이 남의 눈에 띈 것은 단 한 번뿐이고, 교과서에서 곰이 옥수수를 훔치는 이야기를 배운 도시 사람들이긴 했지만 평범한 일상생활은 그들의 상상력을 더 풍부하게 만들어 주지는 못했다. 물론 곰이 하얼빈 동물원의 지하궁전처럼 튼튼하고 큰 굴에서 도망쳤다는 말을 들어본 사람은 없었고, 차라리 파리의 하수도에 수만 마리의 악어가 살고 있다는 것을 믿을지언정 곰이 평원의 옥수수밭을 자유롭게 달리리라고는 믿지 않을 것이다.

하지만 거쌍은 밤에만 마음껏 질주할 뿐이지 동이 트면 아침 이슬을 머금은 채 담장을 넘어 복지원으로 돌아왔다. 그는 다시 정원을 순찰하면서 모든 것이 정상임을 확신하고 나서는 한마의 문 앞에 조용히 누워 있었다. 아침에 한마가 조깅을 하려고 문을 열면 거쌍이 기다리고 있었다.

거쌍이 운동복을 입은 한마 곁에서 달리고 그 뒤로는 청각장애 어린이들이 줄을 지어 시골 새벽길을 걸음 맞춰 달린다. 그윽한 곡식 향기를 맡으며 곡식밭을 한 바퀴 달리고 돌아오면 어린이들은 한마에게 수화로 공기가 맑고 좋은 아침이었다고 인사한다.

세상은 이처럼 신난다.

거쌍은 흐트러짐 하나 없이 한마 곁을 달렸고 한마 곁이라면 영원히 힘이 솟았다.

복지원에서 거쌍은 배우지 않고도 잘하는 우수한 시각장애인 안내견이었다. 우람한 체구 때문에 어린이들을 데리고 번화한 거리에 나가는 일은 없었으나, 가까운 슈퍼에 가서 물건을 사거나 도로를 가로지르는 것과 같은 일상적인 일들은 충분히 해냈다.

시각장애인 안내견은 보통 성질이 순한 개를 선택하는 것에 비하면 거쌍은 특별한 예에 속했다. 보통 사람들은 말을 아주 잘 들으면서도 공격적이지 않은 독일 목양견이나, 래브라도 레트리버, 골든리트리버를 안내견으로 썼다. 그런데 핏속에 티베트 지방의 야성이 숨어 있는 마스티프가 안내견이 되리라고는 생각 밖이었다.

그해 8월 한마는 중국 청년 자원봉사자협회의 허가서를 받고 네이멍구(내몽골)자치구 후룬베이얼에 초등학교 선생으로 가게 되었다.

한마는 어린이들이 속상해 할까 봐 어느 조용한 아침에 누구에게도 말하지 않고 거쌍을 데리고 복지원을 떠났다.

시골길을 달리기 위해 한마가 자신들을 데리러 오기를 기다리는 어린이들에게는 너무 쓸쓸한 아침이었다.

다시 초원으로

거쌍은 산비탈에 못 박힌 듯 서서 아득히 멀고 끝없이 넓은 푸른 초원을 오래도록 지켜보았다. 그리고 꼼짝 않고 오랫동안 서 있었고 배만 가볍게 오르내렸다. 한참 뒤에 거쌍은 조심스럽게 발을 옮겨 디뎠고 그것은 풀이 간질이는 것이라고 확신했다. 심장은 갈수록 빨리 뛰었다. 풀들은 파도처럼 술렁이면서 바람을 따라 멀리멀리 번져 나갔다. 거쌍은 고개를 숙이고 키가 작은 티베트 북부의 품종과는 완전히 다른 무성한 목초의 냄새를 맡았다.

후룬베이얼은 유명한 목장의 하나이다.

거쌍은 차 안에서 깨끗하지 않은 창문을 통해 벌써 그 냄새를 맡고 있었다. 목초의 향기였다. 거쌍은 불안해서 몸을 이리저리 돌리며 창밖을 자세히 보려고 했다.

기사는 안절부절못하는 거쌍을 보며 약간 겁이 나는지 백미러로 자꾸 훔쳐보곤 했다. 오랜만에 맡아보는 초원의 냄새였다. 그러나 티베트 북부 초원과는 같지 않은 낯선 냄새도 섞여 있었다. 하지만 역시 초원의 냄새였다. 밟고 지나가는 차에 상처를 입은 풀의 냄새였고 그 냄새에 거쌍은 담장에 짓눌린 듯 숨을 내쉴 수 없었다. 그리고 몹시 흥분되어 차문에 몸을 부딪치며 낮은 울음소리를 냈다.

"됐어. 좀 참아."

한마도 거쌍의 정서에 감염되어 기사를 보고 차를 세워

달라고 했다. 차에 너무 오래 앉아 있은 거쌍에게 몸을 풀어 줄 필요가 있을 것 같았다.

거쌍은 산비탈에 못 박힌 듯 서서 아득히 멀고 끝없이 넓은 푸른 초원을 오래도록 지켜보았다. 그리고 꼼짝 않고 오랫동안 서 있었고 배만 가볍게 오르내렸다. 한참 뒤에 거쌍은 조심스럽게 발을 옮겨 디뎠고 그것은 풀이 간질이는 것이라고 확신했다. 심장은 갈수록 빨리 뛰었다. 풀들은 파도처럼 술렁이면서 바람을 따라 멀리멀리 번져 나갔다. 거쌍은 고개를 숙이고 키가 작은 티베트 북부의 품종과는 완전히 다른 무성한 목초의 냄새를 맡았다.

거쌍은 목초의 향기에 아주 취해 버렸다.

그래서 한마가 부르는 것도 아랑곳하지 않고 멀리 달렸다. 끝없이 넓은 초원은 파도처럼 넘실거렸고, 멀리 달려오고 나서 뒤돌아보니 차는 마치 검은 딱정벌레처럼 하늘과 땅 사이에 점처럼 찍혀 있었다.

거쌍이 한마의 곁으로 돌아왔을 때는 마음이 안정된 뒤였다. 그러나 차에 오르기 전에 푸른 파도가 설레는 먼 곳을 아쉬운 듯 바라보았다.

"자, 앞으로 초원을 구경할 시간은 얼마든지 있어."

한마는 거쌍을 차 안으로 당겼다.

"어서 가야지. 애들이 우리를 기다리고 있잖아."

학교는 마을 곁의 무섭게 큰 정원에 있었다. 정원에는 벽돌집 두 채가 있었는데, 하나는 교사의 숙소와 사무실이고 다른 하나는 큰 교실이었다. 아직 개학 전이었다.

한마는 15일이라는 시간을 자유롭게 쓸 수 있었다.

마을에 온 지 사흘째 되는 날, 한마는 사진기를 가지고 초원을 한 바퀴 돌려고 마음먹었다. 초원에 온 뒤로 처음 함께 가는 나들이었다. 아침에 한마는 빌려 온 말 — 주인은 여태껏 한 사람도 떨어뜨린 적이 없다고 했다 — 을 타고 마을을 떠나 초원으로 들어갔다.

목적도 없이 산책 삼아 하는 나들이었다. 가을의 초원은 아늑했고 가축들은 풀 속에 머리를 파묻고 욕심스럽게 풀을 뜯고 있었다. 추운 겨울이 오기 전에 실컷 먹고 허리에 두툼한 지방이 쌓이도록 살을 찌워야 했다. 열악한 대자연에서 살아남을 수 있는 유일한 방법이다.

추수를 앞둔 밀밭처럼 풍요로운 초원을 바람이 휙 스치고 지나갔다. 연녹색 파도는 지평선 멀리로 번져 나갔다. 초원을 삼켜 버리기라도 할 듯 웅숭깊은 푸른 하늘에 검은 독수리가 유유히 날아가면서 점점 높이 올라간다.

한마는 말에서 자주 내려 눈앞의 풍경을 렌즈에 담았다.

거쌍은 며칠 동안 학교의 정원에 쭉 박혀 있었다. 한마는 거쌍이 마을의 개들과 싸울까 봐 내내 매놓고 있었다. 그래서 며칠 동안 학교 정원을 반걸음도 떠날 수 없었다.

이때 거쌍은 놀랍게도 풀 속의 굴 앞에 있는 흙더미 위에 두 발을 가슴에 붙이고 서 있는 토끼꼬리쥐들을 발견했다. 이 귀여운 것들과의 거리가 10여 미터로 좁혀지자 그들은 찍찍 날카로운 소리를 내더니 뒷다리로 가벼운 먼지를 일으키며 굴속으로 사라졌다.

거쌍은 그들을 고원 목장에 살고 있는 배가 커다란 마멋의 새끼라고 상상했다. 신이 난 거쌍이 이 낯선 동물의 굴을 열심히 파다 보니 한마가 말을 타고 저 멀리 가고 있었다. 그래서 당장 잡게 된 사냥물을 그냥 두고 한마를 쫓아갔다.

거쌍이 막 짖어대면서 금방 초원에 내려앉은 독수리에게 달려들자 독수리는 거쌍이 눈앞에 왔을 때에야 슬슬 날개를 움직이더니 커다란 날개를 펴고 허공으로 날아올랐다. 마치 철모르는 강아지 같았다.

그러나 그들이 초원의 야영지에 들어섰을 때 거쌍은 마침내 우수한 목양견의 천성을 보여 줄 수 있는 기회를 잡았다.

세 개의 파오(몽골인들이 사는 천막집인 '게르'를 중국에서 달리 부르는 말)로 구성되어 있는 야영지 파오 앞에는 목축민 몇이 이리저리 누워 있었다. 그들은 오전 내내 겨울에 쓸 목초를 수확하였고, 지금은 점심을 먹고 쉬고 있었다. 그들의 머리와 몸에는 풀 부스러기들이 붙어 있었다.

그들은 한마가 오자 너도나도 일어나 반기며 파오에 모셨다.

수레 밑에 누워 있던 젊은 목축민이 곁에 있는 동료에게 구두를 신고 말을 타고 온 사람은 누구냐고 물었다.

"자네 모르나? 하얼빈에서 온 대학생이야. 찌장(군수)이 기사를 보내 모셔왔잖아."

"그리리라 생각했어. 도무지 말을 타보지 못한 사람 같았지. 승마화를 신지도 않고 감히 말을 타다니."

"새끼고양이처럼 온순한 철부지로구먼. 그런데 누가 겁 없이 성질 사나운 말을 도시에서 온 선생에게 빌려줬나?"

"모르겠나?"

"반드시 알아야 해?"

"몰라."

두 사람이 얘기를 주고 받고 있을때, 거쌍은 고개를 숙이고 풀을 뜯고 있는 늙은 말옆에 누웠다. 고원의 목장에 있을 때 야크 털로 짠 검은 천막 안에 목양견은 들어갈 수 없었다. 거쌍이 어릴 때 지켜 오던 신조였다. 그렇다면 이곳에서도 양털 모전으로 짠 파오에 들어가서는 안 될 것이다.

야영지에는 목양견 두 마리가 있었고 그들은 계속 거쌍을 몰래 관찰하고 있었다. 설사 주인이 이 낯선 젊은이를 깍듯이 대하지 않더라도 덩치가 매우 크고 야성이 넘치는 거쌍을 건드릴 생각이 없었다. 지금은 초원에 젖이 풍부한 계절이라 산유와 양고기를 실컷 먹은 목양견들은 윤기가 반지르르했고 풀만 뜯어 먹은 양처럼 살이 쪄 있었다. 아침부터 일 도우러 오는 목축민이 끊이지 않아 그들은 부지런히 나가 짖으면서 맞아 주었다. 그래서 한마와 거쌍이 나타났을 때는 벌써 싫증이 나서 파오의 그늘에서 느릿느릿 일어나 예의로 몇 번 짖곤 했다. 뒤이어 바이보인거투 노인이 꾸짖으면 다시 그늘에 누웠다.

하지만 사람들이 파오에 다 들어가자 두 목양견은 슬슬 움직이기 시작했다. 온 종일 배부르게 먹고 할 일 없이 심심한지라 재미를 찾고 싶었다. 그들은 천천히 거쌍에게 다가갔다.

거쌍은 늙은 말 옆에 누워서 꼼짝 않고 있었다. 초원을 멀리 나가 지친 탓인지 한창 졸고 있었다.

먼저 와본 목양견은 거쌍처럼 몸이 크지는 않아도 몸통이 굵고 튼튼한 검정개였다. 이놈은 왼쪽 귀가 찢어져 있었는데, 무의심코 야영지의 다른 파오에 들어갔다가 목양견에게 물린 상처였다.

거쌍과 몇 걸음 떨어진 곳에 이르렀지만 이 덩치 큰 개는 목양견처럼 날쌔게 일어나 몸을 쭉 펴면서 싸울 준비를 하는 것이 아니라 그냥 엎드려 있었다.

이 개는 막 잠이 들려는지 눈을 게슴츠레 뜨고 풀밭에 누워 있었다.

목양견은 빙 돌아 거쌍의 뒤에 왔다. 완벽한 위치였다. 마음만 먹으면 몸을 약간 옆으로 비키며 순식간에 옆구리를 물 수 있었다. 목축민이 방문 오면서 데리고 온 개를 이런 식으로 공격한 일이 한두 번이 아니다. 갑자기 공격을 받은 개들은 예외 없이 꼬리가 밟힌 듯 높고 날카로운 소리를 지르며 벌떡 일어났고 4, 5미터 뛰쳐나가서는 날카롭게 짖어 대곤 했다. 파오에 있던 사람들이 무슨 일이 생겼는지 알려고 나왔을 때는 놈은 벌써 저쪽 풀밭에 가서 자는 척하고 있었다. 재수 없는 놈이 그제야 제정신이 들어 멍하니 서 있지만 듣는 건 목축민의 욕뿐이었다.

그런데 오늘은 옛 방식대로 하려 했지만 실패했다. 급습 동작이 평소보다 느린 것도 아니고 또 입을 벌리고 거쌍의 등을 물려고 해도 그냥 꼼짝하지 않고 있는 것이었다.

세상에 이처럼 무딘 놈이 있냐는 생각이 들었다. 너무 무딘 개는 초원생활에 맞지 않았다.

그러나 뒤이어 눈앞이 캄캄해지더니 성한 귀가 빨갛게 달군 쇠막대기로 지지는 듯 따끔했다. 이런 느낌은 어릴 때 맛본 적이 있었다. 그때 호기심이 생긴 그는 어린 소에게 낙인을 찍으려고 달구어 놓은 쇠에 코를 갖다 댄 적이 있었다. 목양견으로서 지켜야 할 체면도 잃어 비명을 지르며 달아났다.

시끄러운 소리가 들리자 파오에 있던 목축민들이 밖으로 나와 보니 미칠 듯이 화가 난 두 목양견이 거쌍을 둘러싸고 있었다. 먼저 거쌍을 건드린 검정개의 성한 귀는 어디론가 사라졌고 다른 목양견의 얼굴에도 끔찍한 상처가 나 있었다. 목양견들은 입에 거품을 물고 아직도 졸린 표정을 하고 있는 거쌍을 향해 짖어대고 있었다. 거쌍은 사납게 짖는 두 목양견을 무시하듯 마음이 내키지 않은 눈으로 파오 문 앞의 목축민들 속에 어색하게 서 있는 한마를 보았다.

"티베트에서 온 개로 오늘 데리고 올 생각이 없었는데 저한테서 떨어지려고 하지 않아요. 역시 묶어두어야겠네요. 이 두 목양견을 물어 죽일 수 있어요."

한마가 눈치를 주자 거쌍은 느릿느릿 그의 곁에 오더니 털썩 엎드리는 것이었다. 거쌍은 마치 언제 싸웠냐는 듯이 짖고 있는 목양견들을 힐끗 보았다. 바이보인거투 노인은 자신의 목양견이 거쌍에게 다쳤지만 별로 개의치 않았는데, 두 목양견을 물어 죽일 수 있다는 말에 그만 약이 올랐다.

"개를 놓아주게. 후룬베이얼 초원에 저놈을 이길 개가 없다고 난 믿고 싶지 않으이."

한마 곁에서 아무렇지도 않은 듯이 엎드려 있는 거쌍에게 화가 치밀었다. 만일 자신의 개라면 벌써 손에 든 채찍을 날렸을 것이다.

한마가 거쌍을 풀어 줄 리 없었다. 이미 혼난 두 목양견은 순식간에 거쌍에게 내동댕이쳐 목이 찢어질 것이 뻔했다. 그러면 뒤처리가 더 껄끄러워진다. 목양견은 초원에서 목축민의 일을 절반 해낸다. 잠시 위세를 부릴 수는 있지만 그런 일이 일어나도록 절대 내버려 두지 않을 것이다.

술기운이 약간 있는 목축민들은 곁에서 싸움을 붙여보라고 부추겼다. 아마 이들은 점심 휴식시간에 심심풀이로 할 수 있는 일이라고 생각하는 모양이었다.

곁에서 부추기는 바람에 바이보인거투 노인도 성이 나서 기어이 거쌍과 싸움을 시키려고 했다. 그의 소리가 너무 높은 데다가 거쌍에게서 계속 눈길을 떼지 않았기에 거쌍은 잔뜩 긴장해서 거듭 일어나 바이보인거투 노인을 호시탐탐 노려보면서 짖어댔다. 그럴 때마다 한마는 거쌍의 머리를 누르면서 앉으라 명령했다.

이처럼 혼란스러울 때 야영지 건너편의 먼 작은 언덕에 늑대가 나타났다. 생명을 대가로 이 논쟁을 마무리 지어 줄 운명인 늑대였다.

목축민들은 손으로 햇빛을 가리며 푸른 지평선의 검은 그림자를 쳐다보았다.

마침내 새 적수를 찾은 두 목양견은 체면을 살릴 수 있는 기회라 생각하고 막 달려 나가는데 그만 바이보인거투 노인이 불러 세웠다. 그들은 시무룩해서 수레 밑에 가서 쭈그리고 앉았다.

한마는 모든 목축민들의 얼굴빛이 이상한 것을 발견했다.

바이보인거투 노인도 금방 있었던 논쟁을 잊어버린 듯 먼 곳의 늑대를 보면서 욕을 해댔다.

한마는 금방 무슨 일이 벌어졌는지를 알았다. 목축민들이 가리키는 방향을 따라가 보니 파오의 응달 쪽에 세워둔 수레바퀴에 매놓은 양 한 마리가 보였다.

양은 한쪽 털이 거의 다 빠져서 빨간 살이 드러나 있었다. 냄새를 맡고 날아온 파리 한두 마리가 앉자 눈을 감고 풀을 뜯던 양은 문득 감전된 듯 몸을 고통스럽게 떨었다.

"이틀 전에 저 늑대에게 뜯겼다네."

멀리 서성거리면서 떠날 생각이 없는 늑대를 가리키며 목축민이 말했다.

"왜 잡지 않나요?"

"말을 타고 쫓아가면 벌써 우얼쑨 강가의 버드나무 숲에 숨어 버리는데, 버드나무 숲이 너무 빽빽해서 아예 들어갈 수 없다네. 개는 들어갈 수 있지만 숲에 늑대가 몇 마리 있을지 누가 알겠나. 처음에는 개 한 마리가 들어갔지만 돌아오지 못했네. 세 번 추격했지만 한 번도 성공 못 하고 양만 두 마리 다쳤지. 지금은 기가 살아서 대낮에도 야영지 주변을 어슬렁대니 무슨 놈의 세상이란 말인가! 얼마 동안 즐겁게 살라지. 이제 겨울이 되어 눈이 오면 잡을 수 있을 걸세."

"저의 개는 잡을 수 있을 텐데요."

한마는 별로 생각지도 않고 말했다.

"정말 잡는다면 이걸 자네에게 주지."

한마와 다른 목축민의 말에 귀를 기울이던 바이보인거투 노인이 허리에서 금은을 박은 몽골 칼을 끌렀다.

"만일 잡지 못하면 그 개를 나에게 주게."

한마는 거쌍이 먼 초원에서 겁 없이 서성거리고 있는 늑대를 정말 따라잡을 수 있을지 알 수 없었다. 1리(약 400미터)가까운 거리였다.

거쌍을 내줄 생각은 없지만 거쌍이 저 늑대를 잡는다면 금방 저지른 잘못은 틀림없이 보상될 것이다.

한마는 허리를 굽혀 거쌍의 목을 잡고 긴 목털을 부드럽게 쓰다듬어 주었다. 곁에 있던 목축민들이 보니 깊은 잠을 자는 듯하던 큰 개가 갑자기 온몸의 근육이 팽팽해지면서 가볍게 떠는 것이었다. 그러고는 먼 지평선에서 들려오는 천둥소리처럼 무섭게 포효하더니 갑자기 몸을 부풀리는 것이었다.

거쌍은 무언가를 기다라고 있었다.

"갓!"

한마가 작은 언덕 위의 늑대를 가리키며 거쌍을 밀었다.

달리기 시작할 때는 속도가 빠르지 않았다. 목축민들은 그 느린 속도에 와그르르 웃음을 터뜨렸다.

늑대도 거쌍을 발견했다. 거쌍이 사람 무리를 떠나자 전혀 아랑곳없이 가벼운 뜀질을 하던 늑대가 동작을 멈추고 정신을 집중해서 이쪽을 바라보는 것이었다.

2년 동안이나 늑대를 잡아보지 못한 거쌍은 한마의 명령을 받고 얼마간 흥분되었다. 그러나 아직은 전속력으로 달리지는 않았다. 지금 거리에서 만약 늑대가 목숨을 내걸고 달린다면 잡지 못할 가능성이 있으며, 설사 따라잡는다고 해도 너무 많은 힘이 들 것임을 거쌍은 잘 알고 있었다.

거쌍이 전속력으로 달려오지 않는 것을 본 늑대는 경계심을 늦추었다. 요즘에도 목축민들이 여러 번 쫓아왔지만 쓸데없는 일임을 알고 있었다. 이렇게 주저하는 사이에 거쌍은 이미 3분의 2의 거리를 달렸다.

그제야 늑대는 제정신이 들어 우르손 강가로 도망갔다. 강가의 울창한 버드나무 숲은 더 없이 좋은 피난처였다.

그러나 오늘 추격해 오는 것은 보통 목양견이 아니었다. 이 개는 다른 목양견처럼 미친 듯이 짖는 것이 아니라 그 어떤 소리도 내지 않고 그냥 뒤를 바싹 따라왔다. 늑대는 공포를 느꼈고 공포의 불길은 점점 가까워오는 커다란 개의 무거운 발자국 소리와 더불어 당장이라도 꼬리에 다가붙을 것 같았다.

거리가 차츰 가까워지면서 거쌍도 이 늑대가 고원 목장의 늑대들과는 색깔이 다르다는 것을 발견했다. 털빛이 가을의 시드는 풀빛에 가까웠고 그 빛깔을 바탕으로 잿빛이 좀 섞여 있었다. 거쌍은 뛸 때의 리듬이 호흡의 횟수와 같도록 애써 자신의 호흡을 조절했다. 벌써 늑대의 냄새가 풍겨왔고 고원의 늑대 냄새와 다르지 않았다. 늑대면 그것으로 충분했다. 거쌍은 자라오면서 자신의 맡은 일을 똑똑히 알고 있었다. 거쌍의 세계에서 늑대는 같은 하늘 아래서 살 수 없는 원수였다.

울창한 버드나무가 앞에 나타났다. 일단 늑대가 버드나무 숲으로 들어가면 미로처럼 복잡한 버드나무 뿌리 속에서 찾으려면 초원처럼 쉽지 않을 것이다. 이제는 늑대를 덮쳐서 물어 버릴 만한 거리임을 확신했다. 계속 평온하게 달리던 거쌍은 갑자기 솟구치면서 전력질주를 하느라 쭉 편 뒷다리를 물었다. 고원의 목장에서는 수없이 해온 일이었다. 뼈 끊어지는 소리가 맑게 들리더니 약한 종아리가 부러졌다.

늑대가 아픔을 참으며 고개를 돌려 거쌍을 물었으나 거쌍은 벌써 피했다. 허탕을 친 늑대는 균형을 잃고 무겁게 땅에 쓰러졌다. 거쌍은 이 기회에 늑대의 목을 끊어 버린 것이 아니라 질러가 버드나무 숲으로 통하는 앞길을 막았다.

궁지에 몰린 늑대는 흉악한 모습을 드러내며 끊어진 다리를 끌고 걸음을 조절하면서 거쌍을 공격해 왔다. 이런 방식으로 목양견과 부딪치면 목양견은 당황해서 중심을 잃기 때문에 가장 약한 목을 그대로 드러내 놓는 것이다.

거쌍은 피하지 않았고 늑대는 거쌍의 어깨에 부딪쳤다. 마치 바위에 부딪친 듯했다. 짖지도 울지도 않는 조용한 개와의 마지막 대결 같았다. 늑대는 다시 넘어졌고 앞다리도 거쌍에게 물려 끊어졌다.

늑대는 힘이 빠진 팽이처럼 제자리를 돌면서 울부짖었고 거쌍은 기회를 놓치지 않고 목줄을 물어 끊어 버렸다.

목초가 넉넉해 먹이를 쉽게 얻을 수 있는 환경에서 자라 그런지 초원의 늑대들은 고원의 늑대보다 골격이 작았다.

이 늑대는 별로 전투력이 없었다.

가장 열악하고 몹시 추운 환경에서만이 가장 튼튼한 개체가 생겨날 수 있다.

거쌍은 가벼운 고양이를 물듯이 죽은 늑대의 허리를 물고 슬슬 달려와서는 한마의 발밑에 내려놓고는 그 자리에 엎드렸다.

바이보인거투 노인은 두말없이 허리에서 칼을 끌러 한마에게 던져 주었다.

"정말 대단한 개로군."

노인은 엄지손가락을 내밀고 크게 칭찬했다.

목축민들은 휘파람을 불면서 한마와 거쌍을 남겨두고 낫을 들고 풀밭으로 나갔다.

이날 오후에는 거쌍이 태양처럼 뜨거운 이야깃거리가 되었다.

개학한 뒤 거쌍은 몹시 쓸쓸했다. 목양견을 자주 보면서 살아온 어린이들이라 거쌍은 별로 눈길을 끌지 못했다. 복지원에서는 없어서는 안 될 존재였지만 여기서는 아니었다. 그러나 한마는 복지원에서처럼 바빴고 어린이들이 그의 중심이었다. 하지만 한마와 함께 있는 것으로 만족했기에 괜찮았다.

매일 아침 한마가 물통을 들고 물 길러 가려고 문을 열면 정신을 차리고 기다리고 있던 거쌍이 함께 마을에 있는 우물가로 갔다. 낮에 한마가 수업하러 가면 거쌍은 혼자 정원을 돌아다녔다. 마을에 있는 개들은 초원의 목양견보다 못했다. 거쌍과 한두 번 부딪쳐 보고는 김히 다가가서는 안 된다는 것을 알고 서로 만나면 멀리 피했다.

심심할 때는 초원을 멀리 나가기도 했다. 그러나 목양견과 충돌을 일으키지 않기 위해 될수록 유목 야영지는 피해 다녔다. 거쌍은 융단처럼 부드러운 초원을 미친 듯이 달렸고 이에 놀란 들토끼, 들쥐, 종달새들은 몹시 놀라 사방으로 도망갔다. 이렇게 마음껏 달리고 나서는 좀 높은 언덕에 올라가 훈훈한 풀 향기를 맡으며 한숨 푹 잤다. 깨어나 보면 어느새 저녁 무렵이었고 멀리서 밥 짓는 연기가 모락모락 피어올랐다. 멀리 보면 학교는 이미 끝났고 어린이들은 어린 새처럼 흩어져서 집으로 돌아가고 있었다.

한마는 정원에서 큰 소리로 거쌍을 불렀고 거쌍은 그제야 놀라 제정신이 들면서 언덕 아래의 금빛 초원을 질러 마을로 달려왔다. 이 세상에서 한마의 부름보다 중요한 것은 없었고 거쌍에게는 그것이 전부였다.

거쌍은 매일 같은 생활을 되풀이했고 이런 생활이 바로 바라는 것일 수도 있었다.

초원에 겨울이 왔다.

올해 초원에는 비가 충분히 내려 목초가 많아서 초원의 먹이사슬 맨 아래에 사는 설치류 동물인 새앙토끼가 굴속에서 너무 많은 후손을 번식해서, 어두운 굴속에서 들려오는 새끼 새앙토끼의 울음소리가 그칠 줄 몰랐다. 이 동물들은 번식속도가 굉장히 빨라서 그냥 자라는 대로 내버려 두었다간 초원에는 무서운 재난이 될 수 있었다. 이놈들이 흥이 나서 풀을 먹는 날엔 초원 전체가 거칠어져 못 쓰게 된다. 그러나 이 역시 먹이사슬의 때문에 이해에 새앙토끼를 먹이로 삼는 육식동물 수도 따라서 늘어났다. 공중을 날아가는 초원의 매가 너무 많아 하늘이 비좁아 보일 정도였다. 목장으로 가는 길에는 밤중에 차에 깔려죽은 족제비들이 늘 눈에 띄곤 했다. 이 동물들도 넉넉한 먹이 때문에 전에 없이 번성했다.

중국에서 늑대가 사는 초원은 손으로 꼽을 정도였고 후룬베이얼 초원은 그중 하나였다. 초원에서는 먹이사슬 꼭대기에 사는 동물이 바로 이 개과 동물이었다.

넉넉한 먹이와 풍부한 목초가 있기에 그해 여름에는 늑대 가족도 편안히 살면서 힘을 길렀다. 바이보인거투 노인의 야영지에 찾아와 소란을 피우다가 결국 거쌍의 이빨에 목숨을 잃은 늑대는 경고일 뿐이었다. 늑대로 말하면 이해는 가족이 번성한 한 해였다.

초원이 먹이가 넉넉했기에 늑대가 양떼를 습격하는 일이 아주 드물었고 그래서 목축민들도 경계심이 느슨해졌다.

오토바이를 타고 초원에 놀러 왔던 두 사람이 당한 일은 사람들에게 늑대의 수가 너무 많다는 느낌을 주었다.

오토바이 부품이 못쓰게 된 건 사실이었고 황혼 무렵이라 때도 아니었다. 평소에 양복을 질리게 입었던 무역회사 직원 두 사람은 대수롭지 않게 생각했다. 금방 수리하지 못하더라도 날이 밝아 길에서 차를 기다리면 오토바이와 함께 만저우리까지 태워 주리라 믿었다. 초원에서 운 좋게 버섯밭을 만나 가득 딴 버섯 두 자루도 갖고 갈 것이다.

천막과 침낭을 갖고 왔으니 초원에서 밤을 지내기에는 아무 문제도 없었다.

날이 저문 뒤에 그들이 겪은 일은 흔히 보도되는 사람과 늑대의 대적과 마찬가지로 아무런 극적인 효과가 없었다. 캄캄한 황야에는 낮게 들려오는 으르렁 소리로 가득 찼고 그 소리는 갈수록 높아졌다.

천막에 웅크리고 있던 두 사람은 정신병자처럼 고함을 지르면서 소리가 날 수 있는 물건이라면 모두 두드려댔다. 그러나 번쩍이며 점점 다가오는 '도깨비불'들에게는 아무 작용이 없었다.

어둠 속에서 그들을 막을 수 있는 것은 불뿐이었다.

결국 그들은 천막을 태우고 침낭, 배낭, 모자, 옷에도 불을 붙였으며, 오토바이 기름통 안의 휘발유마저 불을 만드는데 썼다.

동틀 무렵 차로 우유 배달을 갔다 오던 사람들이 거의 알몸으로 초원에서 달려오는 두 사람을 보았다. 마치 불에 탄 사람 같았다.

물론 그들을 건드릴 마음이 없었던 늑대 무리들은 이미 물러간 뒤였다.

이 일이 생긴 뒤에 수업을 마친 한마는 다른 마을에 사는 어린이 네 명을 그들끼리만 집에 보낼 수 없었다. 그래서 2킬로 밖에 있는 마을까지 데려다주곤 했다. 일주일 뒤 이 일을 거쌍이 맡았다. 매일 수업이 끝난 뒤 거쌍은 조심스럽게 네 명의 어린이를 보호하여 땅거미가 진 초원을 질러 집에 데려다주고는 혼자 마을로 돌아왔다.

이전과 마찬가지로 거쌍은 매일 한 번 방목일을 했다. 네 어린 양을 이 우리에서 저 우리로 데려가는 일이었다. 거쌍은 이 일을 손쉽게 할 수 있었다.

마을의 목축민들은 이 검은 개가 바이보인거투 노인의 야영지에서 늑대를 쫓아가 잡아 죽인 일을 알고 있었다. 그 소식이 이들의 귀에 전해졌을 때는 이미 많이 부풀려져 늑대의 허리를 물어 끊어 버렸다고 했다. 그러나 거쌍을 처음 본 그들은 그 소문을 믿었다.

이해 겨울은 유달리 추웠다. 거쌍은 추위에 대해 별다른 느낌이 없었다. 지금까지 맞는 네 번째 겨울이었다.

거쌍의 몸속에 있는 생물 시계는 제때에 적응해 주었다. 어느새 여름털을 벗어버리고 빽빽하고 무거운 긴 털이 자랐는데, 멀리서 보면 마치 커다란 흑곰 같았다. 추위에 대한 적응력이었으니 모전처럼 두툼한 털을 가진 동물만이 몹시 추운 겨울을 이겨낼 수 있었다. 거쌍은 점점 추워지는 기온을 몸으로 느끼며 이곳의 추위도 고원 못지않은 긴 겨울이리라 생각했다.

11월의 어느 날 아침, 거쌍이 한마의 창문 아래 지어놓은 따뜻한 흙집에서 나와 보니 넓은 초원이 눈에 뒤덮여 있었다.

동쪽의 붉은 태양은 지평선에 얼어붙은 듯 은빛 대지를 떠나기 아쉬워했다. 푸른 하늘 아래에는 바람 한 점 없고 땅은 굳어 버린 상태였다. 목축민들은 소리를 지르면서 말떼를 이끌고 방목하러 나갈 준비를 하고, 말들은 아직 잠에서 덜 깬 듯 부드러운 눈을 걷어차면서 마을 서쪽에 비탈에 있는 우물로 걸어가고 있었다. 말의 입에서 나는 새하얀 입김은 차가운 공기 속에 얼어 버려 올라갈지 내려갈지 망설이고 있는 듯했고, 그러는 사이에 하얀 서리를 뒤집어쓴 말들은 입김의 안개 속에 묻혀 버렸다.

거쌍은 눈 속에 코를 들이밀었고 오랜만의 찬 기운으로 재채기를 했다. 그러고는 흥분되어 설원 멀리 달려갔다.

거쌍은 마을 주변에 요즘 세운 겨울 야영지로 달려갔다. 야영지의 두 목양견이 거쌍을 발견하고 멀리 추격해오자 거쌍은 고개도 돌리지 않고 되돌아 달아났고 두 목양견을 멀리 털었다.

거쌍은 무슨 소리를 들었는지 눈 위에 서 있다가 올 때 찍

흰 발자국을 따라 나는 듯이 마을로 달려갔다.

거쌍은 시간을 정확히 파악하고 있었고 한마가 문을 열 무렵에 정원으로 들어갔다. 한마가 정원에 나서자마자 거쌍이 뒤에서 그의 등을 덮쳤고 한마는 눈 위에 넘어졌다.

두말할 것 없이 혼전이 벌어졌다. 한마는 소리를 지르면서 눈덩이를 거쌍에게 던졌고 그 눈덩이는 거쌍의 코에 정면으로 맞았다. 놀란 거쌍은 화가 나서 짖으면서 한마를 향해 덮쳤다. 두 번째 눈덩이를 피해 지옥에서 벗어난 마귀처럼 한마를 쓰러뜨리고는 커다란 발로 한마의 가슴을 딛고 서서 웃었다.

한마도 동시에 두 손으로 거쌍의 목을 움켜쥐었다.

헐렁한 몽골 두루마기를 입은 목축민들이 말을 타고 학교 문 앞을 지났다. 그들은 커다란 검은 개와 엉겨 붙어 싸우고 있는 젊은 선생을 보면서 고개를 절레절레 저었다. 스웨터를 입고 후룬베이얼의 한겨울 아침에 개와 장난질을 하고 있는 이 사람은 암만 봐도 선생이 아니라 큰 어린이 같았다.

물론 이들은 그가 어린이들이 몹시 좋아하는 선생임을 잘 알고 있었다. 겨우 석 달이 지나갔지만 어린이들은 벌써부터 이 젊은 자원봉사자가 1년 기한이 차서 돌아가면 어쩌랴 근심하고 있었다.

이 눈은 초원에 내린 첫눈일 뿐이고 진짜 폭풍설은 12월의 마지막 오후에 있었다.

가장 경험이 많은 늙은 목축민도 이날의 일기변화를 짐작하지 못했다. 하늘에는 아무 이상한 변화가 없었고 화창한 초원에서는 매가 커다란 날개를 저으며 푸른 하늘을 서서히 날아가고 있었다. 어딜가나 조용했고 햇빛이 찬란했다. 따뜻한 겨울이었다. 많은 목축민들이 양떼를 마을에서 멀리 떨어진 초원의 햇빛 잘 드는 언덕으로 몰아갔다. 언덕은 바람에 눈이 성긴 편이었고 그런 곳에서는 양이 발로 눈을 헤집고 풀을 찾기 쉬웠다.

대자연은 사람의 마음을 사로잡는 겉모양 뒤에 저항할 수 없는 큰 재난을 감추고 있었다. 사람을 다치게 하는 재난은 예고도 없이 들이닥치기 때문에 더욱 공포를 느끼게 한다.

그러나 거쌍은 모든 것을 알고 있었다. 그날 아침 거쌍은 몸에서 오는 그 어떤 경고를 느꼈다. 이것은 칭짱 도로 벼랑 아래에서의 경우와 완전히 다른 느낌이었다. 그때의 아주 급한 느낌과는 전혀 달랐다. 초원의 목양견들도 약간의 느낌이 있어야 했다. 목양견들의 먼 조상들은 고원에서 살았지만 그 순수한 고원 혈통은 이미 그들과 멀어졌고 거쌍이 오히려 그들의 조상과 더 가까운 듯했다. 바깥세상과 멀리 떨어진 고원은 티베탄 마스티프의 순수한 혈통을 지켜 주는 동시에 폭풍설을 예감하는 그 어떤 숨어 있는 능력도 연장시켜 주었다. 이 목양견들은 불편할 때면 지친 모습을 보이지만 주인이 부르기만 하면 금방 활기를 찾고 말 탄 주인을 따라 눈밭에서 풀을 뜯고 있는 양떼를 보호하는 것이다. 이처럼 화창한 겨울날을 누구나 충분히 이용하려고 했다. 기나긴 겨울이 금방 시작됐는데 벌써 저장해 둔 풀을 먹이기는 싫었고 양들의 위도 아무리 먹어도 배가 부르지 않는 것 같았다.

그날 아침에 거쌍은 거의 매일 하다시피 하던 한마와의 장난질을 하지 않았다. 한마는 그 변화를 눈치채지 못하고 아침 내내 난로에 불을 피우느라 바빴다. 소똥은 어제 오후 햇빛에 녹아내린 물에 젖어 아무리 해도 불이 당기지 않았다. 어쩔 수 없이 소똥에 휘발유를 뿌려서야 어린이들이 학교에 오기 전에 불을 피울 수 있었고 입김이 금방 얼어버리는 교실을 따뜻하게 덥혔다. 날씨는 너무 추웠다. 어제 한마는 양옌이 부쳐 보낸 동상 크림을 손에 동상을 입은 두 어린이에게 주었다.

거쌍은 미묘한 기압변화에 불안해했다. 하지만 이 무서운 예감이 어디서 오는지 도무지 알지 못했다. 알 수 없는 공포의 근원이 어디에 있고 또 재난은 어디서 시작될지 알 수 없었다.

그러나 무슨 일이 생겨도 한마를 떠나서는 안 된다는 점만은 확고했다. 그렇기 때문에 한마가 교실에서 수업을 할 때 교실 문 앞에 조용히 엎드려 있었다. 거쌍은 모전으로 싼 문으로부터 들려오는 한마의 또렷하고 맑은 목소리와 어린이들의 낭랑한 글 읽는 소리를 들으면서 안전하다고 느꼈다. 이것은 고원의 목장보다 기압이 높은 북방의 초원에서 적응력이 떨어져 생기는 묘한 느낌일 뿐이라고 생각하기도 했다.

점심때 수업이 끝난 뒤 거쌍은 교실에 들어가 한마 곁에 앉았다. 어린이들은 난로에 끓인 고기죽을 먹은 뒤 한마의 곁에 둘러앉았다. 한마가 갖고 온 그림책은 어린이들에게 새로운 세상을 펼쳐 주었고 그가 해주는 설명은 점심 휴식 시간에 없어서는 안 될 일과가 되었다.

거쌍은 바닥에 떨어진 뼈를 먹을 수 있었고 따뜻한 교실에서 한마의 곁에 있는 것보다 만족스러운 일은 없었다.

거쌍은 이렇게 잠이 들었고 꿈속에서 불안감은 녹는 것 같았다. 한마가 부르는 소리에 깨어났을 때는 이미 오후 2시가 되었고, 겨울은 낮이 짧아 오후에는 수업시간이 한 시간 밖에 없었다.

다른 마을에 사는 어린이 네 명은 벌써 준비를 단단히 하고 문 앞에서 기다리고 있었다. 가죽 외투에 털모자를 쓰고 발에는 모전신발을 신은 그들은 잘 싸서 묶은 보따리 같았다.

또다시 불안감이 거쌍을 휩쌌다. 그러나 매일 해야 하는 일이라 반드시 네 명의 어린이를 집에 데려다주어야 했다.

거쌍은 한마 주변에서 서성거리면서 교실을 떠나려고 하지 않았다. 거쌍은 자신의 예감을 믿고 있었고 지금까지 살아오면서 얻은 경험의 일부였다. 이때 한마 곁을 떠나서는 안 되었지만 어린이들을 보호하는 것이야말로 한마가 정말 기뻐하는 일이라는 것을 알고 있었다. 이 어린이들은 한마의 양떼였고 폭풍설 속에서 길을 잃지 않고 늑대의 공격을 받지 않도록 보호해야 했다.

거쌍은 어쩔 수 없이 빨리 집에 가고 싶어하는 어린이들을 따라 학교를 떠났다.

전에는 어린이들을 데려다주면서 늘 앞에서 걸었다. 되돌아보면서 자신이 안전범위를 벗어났음을 발견하고서야 바람처럼 달려와 어린이들 곁에서 걸었다.

거쌍이 정원을 떠날 때 한마는 큰 나무삽을 들고 눈을 치우고 있었다. 거쌍은 자꾸 고개를 돌려 자신이 어린이들을 데려다주고 돌아오는 사이에 한마가 이곳을 떠나지 않으리라는 것을 확신하고서야 어린이들을 따라갔다.

가축과 사람들이 수없이 밟고 지나간 길에 들어서자 거쌍은 어린이들이 빨리 걷기를 바랐다. 애들을 집에 보내 주고어서 한마 곁으로 돌아가 싶었기 때문이다. 그러나 바라는 것과는 달리 몸이 무거운 어린이들은 전혀 급해하지 않고 눈 위에서 끝없이 장난질이었다. 서로 치고 박고 놀다가 더우면 모자를 벗고는 김이 모락모락 나는 맨머리를 하고 모자를 서로 던지는 것이었다. 거쌍으로서는 방법이 없었다. 갈수록 조바심이 났고 자신의 예감이 정확하다는 것을 확신하고 있었다.

재난은 멀리서 오고 있었다. 특별한 냄새가 풍겨 왔고 그런가 하면 먼 어둠 속으로부터 소리가 은은하게 들려왔다. 먼 조상으로부터 물려받은 본능이, 재난은 한창 에너지를 모으고 있으며 지금은 벼랑에 오래 쌓여 있던 눈덩이처럼 언제 쏟아질지 모른다고 알려 주고 있었다.

거쌍은 마음이 조마조마해서 장난치고 있는 어린이들의 주변을 오갔다. 어린이들을 집에 어서 데려다주고 한마 곁으로 가고 싶었다.

그래서 거쌍은 다른 애의 추격에서 벗어나려고 멀리 도망가려는 어린이의 앞을 가로막았다. 머리에 땀이 나도록 놀고 싶은 그 어린이는 거쌍도 자신들과 함께 장난치려는 줄로 알고 기뻐서 소리를 지르며 거쌍의 머리를 얼싸 안았다. 그러나 발을 잘못 짚고 배부른 펭귄처럼 미련하게 눈 위에 쓰러졌다. 얼굴에 묻은 눈을 닦을 때 그 어린이는 거쌍의 목구멍에서 성가신 듯 으르렁하는 소리를 들었다. 이 어린이는 파오(게르)에서 혼자 목양견의 보호를 받으며 자란 경험이 있어서 목양견과 장난칠 때 목의 털을 잡아당기거나 눈이 찔려 아플 때면 철부지 어린이를 혼내고 싶어서 으르렁거린다는 것을 알고 있었다.

그래서 경계심이 생기면서 몇 걸음 뒤로 기어갔다. 그러나 거쌍의 눈에서 사나운 빛이 사라지는 것을 보고는 엉기적거리며 일어나서 나머지 세 어린이와 함께 두려움에 찬 눈길로 거쌍을 바라보았다. 그들은 거쌍이 늑대를 물어 죽인 일을 동시에 머리에 떠올렸을지도 모른다.

거쌍도 어린이들이 갖고 있는 공포감을 느꼈으나 어쩔 방법이 없었다. 거쌍은 앞으로 얼마간 달려가서는 고개를 돌려 조급하게 어린이들을 바라보면서 어서 따라오기를 바랐다. 하지만 어린이들은 움직이지 않았고 거쌍은 되돌아오는 수밖에 없었다. 거쌍은 한 어린이의 옷깃을 물고는 잡아끌었고 그 어린이는 싫어서 벗어나려고 했다.

그러나 어린이들은 거쌍의 태도가 갑자기 바뀌자 흥이 깨져 더 장난치려는 생각이 사라졌고 좀 서 있다가 느릿느릿 걷기 시작했다.

이제 겨우 반쯤 왔는데 재난은 이미 시작되었다. 먼 지평선에서 말떼가 달려오는 듯 요란한 소리가 들려왔다. 거쌍은 어린이의 옷깃을 놓았다.

귀가 먹먹했고 눈밭 끝에서는 검은 구름이 놀란 말떼 달리듯 무서운 속도로 이동해 왔다.

당황한 거쌍은 요란하게 짖으면서 본능적으로 어린이들의 발걸음을 마을의 학교로 되돌리려고 했다. 지금 위치에서는 학교가 더 가깝다고 생각했다. 거쌍은 아직 위험을 느끼지 못하는 어린이들을 돌려세우려 했으나 어린이들은 고집스럽게 앞으로 걸었다.

바람이 불기 시작했다. 거대한 눈보라가 소용돌이치면서 하늘에서 내려왔다. 보이지 않는 커다란 막이 천천히 합치듯이 하늘은 점점 어두워졌다. 수십 년에 한 번 있을까 말까 한 재난이 시작되고 있었다.

이것은 목축민들을 공포에 휩싸이게 하는 백색 재난이었다.

거쌍은 전혀 방법이 없었다. 어린이들의 생각을 바꿀 수 없었다. 어린이들은 큰 눈이 길을 뒤덮어 버리기 전에 어서 집의 따뜻한 난로 곁으로 가려는 생각뿐이었다.

바람이 몰아치는 가운데 1분도 되지 않아 하늘은 까맣게 되었고 5미터 앞도 보이지 않았다.

거쌍은 어린이 앞에서 조심스럽게 눈길을 찾고 있었다. 어린이들도 입을 다물었고 맨 앞에 걷는 어린이는 거쌍의 꼬리를 꽉 쥐고 있었다. 티베탄 마스티프는 네 어린이와 함께 거센 눈보라를 맞받아 힘겹게 걸어가고 있었다. 이런 날씨에는 거쌍의 코도 별 쓸모가 없었고 눈도 암흑 속에서는 힘을 잃었다. 그래서 발로 눈을 밟아보고 무른지 굳은지를 느껴보면서 천천히 앞으로 이동했다. 마을로 가는 길에서 벗어나지는 않았다.

바람을 맞받아 가고 있었기에 아주 짧은 시간에 거쌍의 머리와 갈기털에는 묵직한 눈이 들러붙어 있었다. 거쌍은 머리를 흔들어 눈을 힘껏 털어 버리려고 했다. 그러나 이 작은 행동 때문에 저도 모르게 방향을 잃었다.

길을 잃었다고 느꼈을 때는 도로에서 얼마나 벗어났는지 짐작할 수가 없었다. 더 무서운 것은 고개를 돌려 보니 맨 뒤에서 따라오던 어린이가 온데간데없었다.

폭풍한설이 들이닥칠 때 이것이 재난이 되리라고는 누구도 생각지 못했다. 운 좋게도 가축 무리를 몰고 날이 어둡기 전에 야영지로 돌아온 목축민도 있었다. 눈길을 힘들게 걸어오며 온몸에 눈덩이를 뒤집어쓴 양들은 마치 움직이는 작은 무덤 같았고 뻣뻣해진 몸으로 우리에 쓰러졌다. 마찬가지로 몸이 뻣뻣해진 목축민들은 눈을 털 겨를도 없이 파오에 들어가 뜨거운 우유차를 마시고는 안도의 한숨을 길게 쉬면서 말했다.

“하느님이여, 백 년에 한 번 있을까 말까 한 폭풍한설이야!”

이런 감탄을 듣고는 파오의 구석에 앉아 있던 늙은 목축

민의 마른 우물 같은 눈에서 갑자기 가슴을 서늘하게 하는 눈빛이 쏟아졌다. 마치 오래전에 홀치기 막대로 사나운 말을 걸어 넘어뜨리던 힘을 다시 얻는 듯했다. 노인은 놀란 말 때문에 부러졌던 쇄골을 만지며 한숨을 내쉬었다.

"30년 전에 큰 눈에 입은 재해도 이처럼 무섭지 않았지. 그날 밤 아주 많은 말들이 죽어 나갔다네. 말떼가 놀라고 우두머리 말은 곧장 호수에 달려갔는데 물에서 얼어 죽었지. 다른 말들이 우두머리 말처럼 호수에 뛰어들기 전에 내가 막아냈네. 하하하, 그해 나의 말이 피해가 가장 적었어. 보게, 이게 바로 그때 남긴 기념이라네."

노인은 손가락 두 개가 없는 오른손을 쳐들어 보였다.

"그날 밤 얼어 죽은 사람도 많았어. 자신의 말을 구하겠다고 나갔던 사람들은 결국 눈밭에서 얼어 죽었다네. 날이 밝아 그들을 찾았더니 모두 옷은 벗은 채 불을 쬐는 자세로 얼어 죽지 않았겠나! 그렇게들 얼어 죽고 말았네."

노인은 영원히 옛날에서 생활하고 있는 듯했고 이 하나 없는 입으로 뭔가 중얼거렸다.

"그들이 죽으며 왜 불을 쬐는 자세를 취했을까? 세월이 이렇게 많이 흘러도 나는 아직도 알 수 없다네. 왜 불 쬐는 자세로 죽었는지 자네 알려주게나.”

노인은 젊은 목축민을 바라보았지만 지칠 대로 지친 그는 벌써 잠들어 있었다.

그날 밤 또 무슨 일이 발생했을까? 수없이 많은 양들이 눈에 깔렸고 눈에 파묻힌 소들은 검은 뿔만 보였다. 갈곳없는 말떼는 눈밭에서 서로 바싹 붙어 서 있었고 거센 눈보라가 지나간 뒤에도 옴짝하지 않고 있었다. 한밤의 가장 추울 때 그들의 생명은 이미 몸에서 멀리 떠나 버린 것이었다. 말떼는 내내 그곳에 서 있다가 이듬해 봄이 되어서야 비로소 쓰러졌다.

바람을 등진 비탈 아래서 거쌍은 재난이 닥치기 전에 어린 새끼를 새 굴속으로 보내려는 어미 여우처럼 놀라운 속도로 굴을 판 다음 세 어린이를 굴속으로 안전하게 들여보냈다. 그러고는 고개를 번쩍 들고 방향을 알아본 뒤 눈보라 속으로 달려갔다.

잃어버린 어린이를 반드시 찾아야 했다.

그러나 왔던 길을 찾을 수 없었다. 눈보라가 흔적을 깨끗이 쓸어 버렸고 눈의 나라에서 자란 티베탄 마스티프의 타고난 본능으로 더듬을 수밖에 없었다.

거쌍은 폭풍한설 속에서도 방향감각을 잃지 않았다. 겨울에 들어서면서 여느 겨울보다 더 두껍게 자란 털은 조물주가 이 우수한 개 무리에게 베풀어 준 은혜나 다름없었고 추운 겨울에 적응하기 위해서였다. 거쌍은 추위 때문에 너무 고통스럽지는 않았지만 숨도 쉬기 힘든 바람에 여러 번 넘어졌다. 거쌍은 발톱을 눈에 걸고 가까스로 앞으로 이동했고, 코는 눈보라가 날리는 땅바닥에 붙이면서 어린이가 남긴 냄새를 찾았다. 그러나 이런 날씨에서는 그 무슨 냄새도 맡을 수 없었다.

거쌍은 눈 위에서 혼자 멀리 나갔다. 금방 걸어온 길보다 배는 더 멀리 온 것 같았다. 올 때 남긴 추위에 얼어붙은 냄새를 찾기 위해 둘레를 맴돌았고 수백 제곱미터의 눈을 뒤졌다.

사실 당시 거쌍은 지나온 길을 지나쳤다. 그러나 딱딱한 발톱으로 뒤덮인 발은 그래도 눈 밑의 땅에 무엇이 있음을 느꼈다. 거쌍이 되돌아와서 미친 듯이 눈을 파헤치자 얼굴을 감싸고 엎드려 있는 어린이의 모습이 드러났다.

어린이는 아직 얼지는 않았다. 걸려 넘어졌다 다시 일어났을 때 눈보라 속의 친구들은 이미 보이지 않았고 고함소리는 울부짖는 바람 때문에 산산이 부서져 몇 미터 밖에서도 들리지 않았다. 나중에 어린이는 땅에 엎드려 얼굴을 감싸고 몸을 오그리고 어렴풋이 잠이 들었다. 만일 거쌍이 제때에 찾아내지 못했다면 두꺼운 눈 속에 묻혀 다시는 깨어나지 못하고 영원히 잠들 수도 있었다.

거쌍이 어린이를 끌어냈지만 그는 여전히 땅에 엎드려 움직이지 않았다. 거쌍은 얼굴을 감싸고 있는 장갑을 젖히고 따뜻한 혀로 얼굴을 핥아 주었다.

얼마 후 어린이는 일어서서 거쌍의 뒤를 따라 걸었다. 거쌍이 어디로 데려 가는지도, 친구들이 어디에 있는지도 몰랐다. 그러나 중요한 것은 이제는 혼자가 아니라는 점이었다.

돌아오는 길은 순조로워 반 시간도 되지 않아 세 어린이를 찾았다. 세 어린이는 무서운 폭풍설에 겁을 먹은 메추리처럼 서로 굴속에서 부둥켜안고 있었고 몸에는 새로 온 눈으로 뒤덮여 있었다. 거쌍은 그들의 몸에서 눈을 쓸어버린 다음 곁에 또 하나의 새 자리를 파고 뒤따라온 어린이를 밀어 넣었다.

거쌍은 이 어린이들의 맨 바깥에 누워 바람을 막았지만 야생말처러 기승을 부리는 폭풍설은 약해지지 않았다.

확실히 잘한 일이었다. 만약 거쌍이 세 어린이를 데리고 잃어버린 어린이를 찾으러 갔다면 설사 찾더라도 힘이 다 빠져버린 어린이들을 데리고 오는 도중에 하나하나 쓰러질 것이다. 그러면 거쌍은 어쩔 도리가 없어 어린이들을 하나도 살리지 못했을 것이다. 바람을 등진 언덕 아래에 굴을 파고 어린이들을 그 안에서 바람을 피하게 하는 방법을 가르쳐 준 사람은 아무도 없다. 고원의 목장에 있을 때도 이처럼 큰 폭풍설을 만난 적이 없었으니 분명 본능으로 하는 일이었다. 황야에서의 생존 본능이었다.

눈 속에서 너무 오래 길을 찾은 탓인지 거쌍은 어린이들을 안정시키고는 자신도 지쳐서 코를 배에 박고 잠이 들었다.

길고 고생스러운 꿈이었다. 꿈에 거쌍은 어미의 그림자를 졸졸 따라다니는 강아지였다. 사실 그것은 그림자일 뿐이고 거쌍의 기억에는 그 뒤로 다시는 느껴보지 못한 따뜻한 그림자였다. 그 뒤에는 말뚝에 얽매어 살면서 가까운 거리에 있는 쇳빛 얼굴의 뚱보를 물려는 생각을 끊임없이 했다. 그의 비꼬는 웃음은 유리병 안에서 흔들리는 유리조각처럼 거쌍의 고막을 긁어댔다. 그러나 이 모든 것은 네 어린이를 잃어버린 뒤 한마가 자신을 버리고 멀리 떠나간 것처럼 무섭지는 않았다. 거쌍은 있는 힘을 다해 한마를 쫓아갔다. 그러나 한마와 영원히 좁힐 수 없는 거리가 존재했고, 결국 포기하고 미친 듯이 짖으면서 지평선 위로 사라지는 한마의 그림자를 바라보았다.

거쌍은 강아지처럼 짖으면서 잠에서 깨어났다. 거쌍은 벌떡 일어나 몸에 앉은 눈을 털었다. 이제는 하늘이 완전히 어두워졌다. 거쌍은 꿈속에서 본 일이 현실로 변해 가고 있음을 알았다. 뒤에 있던 어린이들이 온데간데없었고 당황해서 짖으며 달려드니 눈 아래 딴딴한 몸을 느끼고는 마음을 놓았다.

잠깐 잤지만 그 사이에 내린 눈은 어린이들을 몽땅 덮어 버렸다.

거쌍은 어린이들의 몸에서 눈을 쓸어 버린 뒤 그들의 옷을 하나하나 잡아당겼다. 그러고는 애들이 마지못해 움직이면서 깨어날 때까지 차디찬 얼굴을 핥아 주었다.

거센 바람은 여전히 가라앉지 않았고 거쌍은 어린이들의 옷을 당기면서 그들이 일어서기를 바랐다. 그러나 몇 번 해 보고는 실망했다. 어린이들은 일어설 힘도 없었고 더 걸을 수도 없었다.

거쌍은 뭘 해야 할지 몰랐다. 다만 본능의 힘으로 네 어린이들을 지키면서 가끔 높은 소리로 울부짖었다. 고원의 목장에서 다쳐 움직일 수 없는 양을 찾았을 때 이렇게 높은 소리로 주인을 불렀던 것이다. 이렇게 크게 울부짖어도 소리는 멀리 가지 못했고 이런 방식에 의심이 가기 시작했다. 그러나 무슨 일이 있어도 어린이들의 곁을 떠날 수 없었다. 거쌍은 어린이들의 주변을 맴돌면서 가끔 먼 곳을 바라보았다.

나이가 가장 많은 어린이에게 감사해야 할 일이었다.

"가서 한마를 찾아. 거쌍아, 가서 한마를 찾아봐."

그 어린이는 갑자기 부들부들 떨면서 거쌍에게 말했다.

총명한 어린이가 옳았다. 만일 다른 사람의 이름을 말한다면 거쌍은 모를 것이다. 그러나 한마는 거쌍의 삶에서 가장 위대한 음성부호였다.

거쌍은 눈 속에서 몸을 움츠리고 있는 어린이들을 바라보았다.

"한마 선생님을 찾으러 가봐, 어서!"

그 어린이는 거쌍이 바라보고 있는 방향을 가리켰고 그곳이 학교가 있는 곳이라고 믿었다.

거쌍은 어렵지만 반드시 선택해야 한다는 것을 알았다.

사실 자신이 한마의 명령을 거스르고 있다는 것을 잘 알고 있었다. 한마가 거쌍에게 준 과업은 네 명의 어린이를 집에 데려다주는 것이었다. 개로서 이런 결정을 한다는 것은 굉장히 어려운 일이었다. 하지만 지금은 그 일을 할 수 없으며 그렇다면 한마를 찾아가는 것이 맞는 일이고 한마라면 어떻게 해야 할지를 알려줄 것이다.

거쌍은 마지막으로 어린이들의 몸에 내린 눈을 쓸어 준 다음 어둠 속으로 사라졌다.

거쌍은 두껍게 쌓인 눈에 여러 번 빠졌고 평소처럼 초원을 달릴 수 없었다. 그래서 사슴처럼 뛰어오르면서 달릴 수밖에 없었고 힘이 엄청 소모되었다.

길은 보이지 않고 그 어떤 흔적도 없었기에 어둠속에서 자주 방향을 찾아야 했다.

한 시간 반 뒤에 교실에서 다른 마을에서 온 목축민들과 대책을 의논하고 있던 한마는 눈보라를 타고 들려오는 거쌍의 목소리를 들었다. 그 소리는 점점 가까워졌고 우렁차지는 않지만 눈보라를 뚫고 들려왔다. 말을 타고 눈보라 속을 헤매면서 힘들게 찾았지만 아무런 결과도 얻지 못한 목축민들이 모두 문 앞에 모여들었고 그들은 캄캄한 눈밭을 바라보았다.

온몸에 하얀 눈을 뒤집어쓴 거쌍이 문가에 모여 있는 목축민들을 헤치고 한마 앞으로 달려와서 목이 터져라 짖어댔다.

거쌍은 한마 앞에서 이렇게 짖어본 일이 없었다. 한마가 내민 손이 거쌍의 목에 닿기도 전에 고개를 돌려 문 앞으로 달려가서는 한마를 돌아보았다.

"뭘 기다리나? 함께 어린이들을 찾으러 가자고 하지 않나!"

바이보인거투 노인이 딱 잘라 소리치면서 털모자를 썼다. 네 어린이 가운데 손자가 있었다.

사람들은 이렇게 앞에서 달리는 검은 티베탄 마스티프의 인도를 받으며 넓고 먼 눈밭으로 들어갔다.

따뜻한 파오 안에서 네 어린이는 이불 속에 누워 깊은 잠이 들었다. 내일 깨어나 학교에 가면 제법 진지한 말투로 친구들에게 전날 있었던 무서운 경험을 이야기해 줄 것이다.

목축민들은 하룻밤 바쁘게 뛰어다녔지만 전혀 피곤해 하지 않았다. 그들은 동료가 넘겨주는 술병을 받아 시원하게 한 모금 꿀떡 마시고는 다음 사람에게 주었다. 늙은 목축민은 지난 번 큰 눈이 내렸을 때 얼어서 바위처럼 된 소와, 얼어서 종잇장처럼 약해진 모전과, 눈보라 속에서 태어나 나중에는 나담 축제(몽골에서 전국적으로 열리는 축제로 씨름, 말타기, 활쏘기를 겨룬다.)에서 우승한 검은 준마에 대한 이야기로 꽃을 피웠다.

나중에 술기운이 올라 얼굴이 빨갛게 된 바이보인거투 노인의 제안으로 파오 밖으로 나가 그 신기한 개를 구경했다.

한마와 목축민들이 파오 밖으로 나갔을 때는 거센 눈보라가 이미 잦은 뒤였고 동트는 아침 하늘에는 작은 눈송이들이 띄엄띄엄 흩날리고 있었다.

눈 위에 누워 있는 거쌍의 몸에는 눈이 두껍게 내려앉았지만 눈과 추위에는 아랑곳하지 않고 한마를 보자 일어났다. 거쌍은 눈을 털어 버리고는 한마 앞으로 왔다.

그야말로 웅장한 개였다. 검은 털은 길고도 두꺼웠고 아침 햇빛을 받아 금속 같은 푸른빛이 번쩍였다. 나무기둥처럼 굵은 발을 옮기면서 태연한 표정으로 걸어오는 거쌍의 키는 90센티미터쯤 되고 검은 곰처럼 튼튼했다.

목축민들은 저도 모르게 칭찬하였다.

한마는 여느 때처럼 거쌍의 머리를 두드려주고는 쪼그리

고 앉아 목을 그러안았다.

"넌 참 멋진 놈이야!"

바이보인거투 노인은 큰 소리로 칭찬하면서 술잔을 높이 들고 술을 거쌍의 몸에 뿌려 주었다.

노인이 먼저 민요를 부르기 시작했고 목축민들은 하나 같이 따라 불렀다. 구성지고 그윽한 노랫소리는 동트는 은빛 눈밭을 지나 초원에서 오래도록 메아리쳤다.

이 민요는 목축민들이 나담 축제에서 가장 빨리 달리는 준마에게만 불러 주는 노래였다.

후룬베이얼 초원은 끝없이 넓다.

그곳에 갈 기회가 생긴다면 초원 깊숙이 들어가 보시라. 멀리 있던 야영지가 가까워지면서 누구보다 먼저 목양견이 요란하게 짖으면서 맞아 줄 것이다. 그 용맹한 맹견들 가운데서 목소리가 천둥처럼 높고 더부룩한 꼬리가 말려 올라간 덩치 큰 놈을 발견할 것이다. 이놈들은 털이 어찌나 새까만지 마치 까마귀처럼 푸른빛이 감돈다.

게르에서 우유차를 마시면서 얼굴 표정이 무거운 늙은 목축민과 이야기를 나누게 되면, 게르 밖에 누워 있는 검은 목양견이 바로 고원에 사는 티베탄 마스티프의 후예라고 알려 줄 것이다.

물론 초원에 있는 마을에 들어가 변두리에 있는 초등학교에서 그 커다란 검은 개를 볼 수도 있을 것이다.

거르러치무거 헤이허

티베탄 마스티프

1. 티베탄 마스티프를 '신비한 개'라고 하는 이유는?

옛날 포탈라 궁전 아래에 어느 해 큰물이 져서 사람과 짐승이 모두 굶주리고 있을 때, 갑자기 공중에서 가사를 입은 수많은 활불들이 내려왔다는 전설이 있다. 그 활불들이 탄 짐승이 바로 티베탄 마스티프였다. 활불과 티베탄 마스티프가 와서 병으로 고통받고 있는 사람들을 구원해 주었고 대지는 다시 소생했다고 한다. 그래서 칭짱 고원의 목축민들은 하늘에서 파견한 사자이고 신비한 개이며 보호신인 티베탄 마스티프에 대해 감복해 마지않는다.

2. 티베탄 마스티프는 개인가?

티베탄 마스티프는 척삭동물문, 척추동물아문, 식육목,

개과, 개속, 개종에 속한다. 티베탄 마스티프의 각종 품계의 외모 특징이 같지 않기에 다른 개 종류와는 큰 차이가 있으며, 들개로서 개와 사자, 호랑이 사이의 종이라고 주장하는 사람도 있다. 심지어 마스티프를 들개와 사자, 호랑이 사이의 혼혈동물이라고 하는 사람까지 있다. 이것은 티베탄 마스티프에 대한 과학적 근거가 없는 왜곡과 오해라고 할 수 있다.

3. 티베탄 마스티프라는 이름의 유래는?

티베탄 마스티프는 오랜 개류犬類로서 원산지는 티베트이며, 그곳 사람들은 '티베트 견'이라고 부른다. 예전에는 개의 체형에 따라 개, 견, 마스티프로 나누었는데, 크고 총명하며 튼튼하고 사나운 개를 모두 마스티프라고 불렀고, 티베트 견은 이런 특징을 갖고 있었기에 '티베탄 마스티프'라고 부르게 된 것이다.

4. 티베탄 마스티프를 '살아 있는 개류 화석'이라고 부르는 까닭은?

티베탄 마스티프는 세계에서 가장 오랜 희귀견종의 하나

로서 세계의 많은 기타 대형 마스티프견들의 조상이다. 티베탄 마스티프의 기원과 전 세계에 전파된 원인에 대해서는 아직 자세한 역사기록이나 해석이 없는 상황이다. 그렇지만 역사적으로 티베탄 마스티프에 대해 특수한 지위를 유보하고 있으며 수많은 사람들이 '살아 있는 개류 화석'이라고 부르고 있다.

5. "개 아홉에 마스티프는 하나다."는 말에 담긴 뜻은?

티베트 유목민들은 유목생활을 위주로 하고 있기 때문에 티베탄 마스티프는 지극히 열악한 기후조건을 견뎌내야 하며, 병을 막아내는 생존능력을 같고 있어야 비로소 생존해 나갈 수 있다. 그래서 티베트 유목민들은 자연선택을 토대로 인공선택을 진행한다. 무리들 가운데서 덩치가 크고 튼튼하며, 용맹하고 충실하며 가축을 잘 치는 개체를 선택한다. "약한 것보다 강한 것을 남기고, 작은 것보다 큰 것을 남기며 암컷보다 작은 것을 남기고, 암수 비례를 1 : 20쯤으로 한다." 나머지는 대부분 버린다. 옛날에는 "개 아홉에 마스티프는 하나다."는 말이 있었다. 이것은 최초의 인공적인 사육이었다. 이렇기 때문에 티베탄 마스티프의 순수한 혈통을 보유할 수 있었다.

6. 티베탄 마스티프가 다른 맹견과 다른 점은?

개들마다 성격이 같을 수 없다. 하지만 일반 경우에 티베탄 마스티프는 강한 의지와 용감성을 가진 동물로서 마을과 가정을 지키는 강한 본능을 갖고 있다. 마스티프는 그 어떤 생활형태든 아주 잘 적응한다. 티베탄 마스티프는 낯선 사람을 가까이하지 않으며 아이큐가 아주 높고 기억력이 뛰어나다. 일단 어떤 사람을 소개해 주면 그 사람을 잊는 일이 아주 드물다.

대대로 야크와 소떼를 보호하며 살았기에 사람들은 마스티프를 킬러가 아닌 수호자이기를 바란다. 이리하여 마스티프는 통제력과 창조력, 그리고 두려움 모르는 성격과 기질을 육성하였다. 마스티프는 튼튼하고 민첩한 체력과 기백을 가졌으며, 위엄 있고 겁을 주는 외모를 갖고 있다. 그러나 주인에게는 인내심 많고 충성스럽다.

7. 산소가 부족한 고원에서도 마스티프가 바람처럼 달릴 수 있는 까닭은?

티베탄 마스티프는 큰 폐와 심장을 갖고 있으며 동등한 체형을 가진 개보다 1/3 이상 크다. 폐활량이 다른 개 종류보다 훨씬 크기에 저산소 환경에서 적응할 수 있는 능력을 갖추었다. 이것이 티베탄 마스티프가 다른 개 종류보다 더 빨리 달릴 수 있는 요인의 하나이다.

그리고 티베탄 마스티프는 튼튼한 골격과 빽빽한 털이 있으며, 두꺼운 살갗과 발달한 근육을 갖고 있다. 이런 신체적 우세를 갖고 있기에 비로소 맹수와의 격투에서 기선을 잡을 수 있으며, 칭짱 고원의 혹한 기후에 적응할 수 있는 것이다. 이 역시 다른 개 종류와 견줄 수 없는 부분이다.

8. 티베탄 마스티프의 기본 특징은?

외모: 덩치가 크고 위엄이 있으며 침착하고 냉정하다.

짖는 소리: 천둥소리처럼 무겁고 굵으며 웅숭깊다.

걸음걸이: 힘있고 바람처럼 빠르다.

성질: 용맹하고 사나우며 야성을 갖고 있다.

머리: 얼굴이 네모나고 정수리는 둥글며 입술이 짧고 코

가 넓으며 이빨은 길고 구부러져 있으며, 혀는 크고 입술이
두꺼우며 윗입술은 처지고 아랫입술은 쳐들렸다.

사지: 앞다리는 굵고 튼튼하면서 곧고, 뒷다리는 근육이
발달되었다.

꼬리: 꼬리는 크고 옆으로 말려 있거나 등에 구부러져 있다.

털빛: 색깔이 풍부하다. 철포금[철(흑색)이 황금(황갈색)을
둘러싸듯 네 종아리만 황갈색이고 종아리 위는 모두 흑색인
마스티프를 말함], 순흑색, 흑갈색, 검은 얼루기, 담황색, 황
색, 황갈색, 청회색, 옅은 황색, 순백색 등이다.

9. 칭짱 고원 각 지역의 티베탄 마스티프의 구별점은?

특수한 지리환경과 기후변화에 따라 티베탄 마스티프의
개체와 털빛은 서로 큰 차이를 보인다. 지세가 높고 추운 목
축구역에 살고 있는 티베탄 마스티프는 털이 빽빽하면서도
길며 덩치가 크고 여위었으나, 상대적으로 낮은 목축구역에
살고 있는 티베탄 마스티프는 털이 성기면서 짧고 몸집이
굵고 튼튼하다. 사원에서 사육하는 티베탄 마스티프는 몸집
이 크고 강건하며 상품에 속한다.

하지만 기후가 따뜻한 편인 농업, 목축업 지역 사람들은

티베탄 마스티프에 대해 인공선택을 하지 않으며 크고 작은 것, 강하고 약한 것을 구별하지 않고 기르며 너무 일찍 번식시키기에 품질이 떨어진다. 더욱이 '티베탄 마스티프 열'이 국내외에서 지속적으로 치솟고 있기에 가격이 껑충 뛰어, 원래 지극히 희소했던 우량종 자원이 비과학적인 사육과 관리가 더해지면서 잡종화, 퇴화 현상이 나타나고 있다.

10. 티베탄 마스티프의 국외에서의 상황은?

국외에서는 티베탄 마스티프의 인기가 대단하다. 1969년 미국 탐험대원이 네팔 경내의 에베레스트 산기슭에서 순흑색 티베탄 마스티프를 갖고 갔다. 오랜 원시 품계에 속했던 이 마스티프는 몸집이 크며 포악하고 사나운 사자와 같아서 미국인들은 '세계의 지붕에서 온 신비한 개'라고 부르면서 '티베탄 마스티프'라고 명명했다. 1973년 미국의 양견 애호가들이 이 품종에 대한 보호, 발굴, 사육을 목적으로 미국 티베탄 마스티프협회를 설립하였다. 지금 미국의 티베탄 마스티프협회의 회원은 이미 천여 명으로 발전되었고 이들이 사육한 자태와 용모가 뛰어난 '미국계 티베탄 마스티프'는 세계의 으뜸이다. 홍콩 〈개 전시 월간狗展月刊〉의 보도에 따르면 "세계에 현존하고 있는 순종 티베탄 마스티프 진품 가운데 미국이 20%를 점유하고 있다."

사실 수백 년 전에 벌써 세계의 수많은 나라와 지역에서 티베탄 마스티프와 당지의 개를 교잡하여 다른 개 종류를 길러냈다. 이를테면 스위스에서는 세계에 유명한 구조견인 세인트버나드를 길러냈고, 프랑스에서는 그레이트피레네, 독일에서는 그레이트데인을 길러냈고, 크로아티아에서도 달마티안과 같은 개를 길러냈다. 티베탄 마스티프는 가장 일찍이 외국에 나가 세계 양견업계에 크게 기여한 중국의 개이다. 이 때문에 티베탄 마스티프는 '세계종견'으로 공인받고 있다. 티베탄 마스티프는 용맹한 개성과 주인에게 충성스러운 품성으로 '안전과 부귀'의 상징으로 되고 있으며 세계 모든 사람이 좋아한다.

헤이허 작가와 어얼구나 기자의 대화

어얼구나 회족으로서 산문시 작가와 기자이며 네이멍구 자치구 어르구나시 삼허 회족향에서 태어났고, 지금 신문사에서 근무하고 있다.

헤이허 몽골족으로서 이 책의 저자이며 동물소설가이다. 《티베탄 마스티프(원제목·검은불길(黑焰)》는 2004년 제15회 빙신 아동문학신작상 대상을 받았다.

어얼구나 당신의 작품에서 끊임없이 나오는 초원에 대해 이야기해 줄 수 있어요?

헤이허 한 지역의 이름이자 생활방식이기도 하지요. 내가 쓴 동물소설의 배경은 기본적으로 내몽골의 후룬베이얼 초원인데, 남쪽으로 몽골국과 인접한 베이얼호와 그곳에 흐르는 구불구불한 우얼쑨강부터 북쪽으로 대싱안령 원시삼림과 인접한 이얼구나 강을 경계로 하는 지역입니다. 이 드넓은 대지에 몽골족, 어원커족, 어룬춘족, 다우얼족과 같은 소수민족이 살고 있는데 여전히 전통적인 고전 생활방식으로 살아가는 민족이 많아요.

이 땅에는 풍부한 야생동물 자원이 있어요.

두 달 전 하이랄 개시장에서 한 마리에 50위안 받고 파는 강아지 두 마리를 봤어요. 내가 알고 있는 지식으로는 그 개들은 늑대의 혈통을 갖고 있는 것이 분명했지요. 태어난 지 두세 달밖에 안 되는 강아지였지만 사납고 경계심이 많아 소리를 지르면서 만지려는 손을 물려고 했어요. 황야의 기질이 혼혈 때문에 희석되기는 했지만 아직 완전히 사라지지는 않았지요. 이 강아지의 탄생 자체가 아주 괜찮은 소설로서 늑대와 개의 사랑과 존엄이 깃들어 있거나 더 많은 이야기가 담겨 있을 거예요.

어얼구나 \. 당신은 유전회사의 문화부에서 근무하고 있는데 직무가 마음에 들어요?

헤이허 ▶ 아니, 마음에 들지 않지요. 하지만 나는 일을 열심히 하고 있어요. 지금 하고 있는 일은 생활소재를 수집하는 데 없어서는 안 될 수단입니다. 헤밍웨이는 그와 동시대의 수많은 작가들이 모두 생활소재를 수집하는데 많은 노력을 들인다고 말했어요. 지금 이 일을 하지 않고 작품창작으로 얼마든지 생활할 수 있지만 생활의 질은 떨어질 것입니다. 생활습관 때문에 많은 육식과 유제품이 필요하지요.

내가 근무하고 있는 회사 이야기를 좀 해야겠는데 여러 가지 문화가 병존하는 곳이에요. 이를테면 내가 장발을 하거나 귀걸이를 해도 허용되는 곳이죠. 출근한다는 것은 즐거운 일로서 버스를 타고 한 시간쯤 가요. 이 계절에는 길 양쪽에서 포장하려고 모아둔 개보리풀을 볼 수 있고 또 하늘을 날아가는 새매도 눈에 띄어요.

회사에는 넓고 아늑한 환경과 잔디 축구장, 테니스장, 실내 농구장, 체육실과 같은 나에게 필요한 모든 것이 갖춰져 있어요. 사무실 창문으로 바라보면 넓은 들판이 보이기도 해요.

당신의 개에 대해 좀 말해 줘요.

10여 마리의 개를 기른 적도 있어요. 어릴 때는 셰퍼드를 좋아했는데 지금은 큰 개를 좋아하지요. 특별히 말하고 싶은 것은 유백색 셰퍼드인데 어미와 새끼 두 세대가 나와 함께 어린 시절을 보냈어요. 이미 사라진 초원에서만 볼 수 있는 품종이었지요.

　지금은 헝가리 비즐라 두 마리를 기르고 있어요. 맨 처음에는 로제라고 부르는 수컷을 길렀는데 벌써 3살이 되었어요. 우울하면서도 튼튼한 개인데 로제의 삶에는 달리는 일과 달리기를 기다리는 일 두 가지뿐이지요. 어느 초겨울 오후에 만났는데 금방 초원에서 돌아와 슈퍼 밖에서 봤어요. 첫눈에 허약하고 병이 많아 오래 살지 못할 개라는 걸 알았지요. 그런데 다른 강아지들을 타고 넘으면서 고집스럽게 나한테 기어오지 않겠어요. 호수물처럼 파란 눈동자를 보며 어릴 때 길렀던 셰퍼드의 강아지 적 모습이 생각났어요. 그래서 기르기로 했지요. 그때는 너무 크지 않으리라 믿었고 자신이 정한 기준을 위반하고 이처럼 작은 개를 선택했다고 마음에 걸렸어요. 하지만 뜻밖에 알뜰하게 사육한 덕에 오늘의 이 모양으로 자랐지요. 중형 사냥개로서 체중이 35킬로를 초과하지만 어릴 때 좋아했던 셰퍼드는 아니지요.

　훗날 로제가 너무 외로워하기에 아야(어원크말로 '좋다'는 뜻)라고 부르는 암컷을 얻어 왔는데, 지금 반 살이고 너무 까불어서 벼룩이라고 부르는 강아지예요. 그런데 벌써 자신에게 속하는 멜로 이야기를 갖고 있어요. 아야가 집에 온 이

튼날 밤에 북방을 뒤흔든 지진이 발생했어요. 혼란한 가운데 로제는 넓은 광장에 데리고 나왔지만 아야가 보이지 않았어요. 이튿날 아침 지진에 대한 공포가 사라진 뒤 집 문 앞에서 달게 잠자고 있는 아야를 발견했어요. 그때는 막 한 달이 됐을 때여서 층계도 오르지 못했지만 저의 집은 6층이거든요. 아야가 어떻게 혼자 300개 가까운 층계를 올라갔는지 상상도 할 수 없어요. 이 강아지에게는 에베레스트산과 맞먹는 높이지요.

그렇지만 이들이 도시에서 살지 말아야 한다고 생각하고 있어요. 사냥개의 생활에 필요한 조건인 드넓은 들판이 없는 환경이 아니에요. 남방 시인 주주가 말했듯이 개는 우리와 마찬가지로 도시에 갇힌 죄수지요.

어르구나 늘 개를 데리고 산책하시겠죠? 무엇 때문에 북방의 영하 30도의 저온에서 반팔과 반바지만 입고 달리기를 하는가요?

헤이허 어린 시절 몸이 몹시 허약했어요. 초등학교는 3년만 다녔고 나머지 시간은 집에서 병치료를 했죠. 13살부터 해마다 겨울이면 반팔, 반바지만 입고 달리기를 했어요.

정신적으로나 육체적으로 모두 강한 사람이 되기를 바라는 어머니를 위해서였지요.

달리기를 할 때 남들의 부러운 눈길에서 어린이다운 허영심이 만족된 쾌감을 얻었어요.

매번 10킬로씩 달리곤 했는데 죽 혼자 달렸죠. 훗날 로제와 아야도 같이 달렸고 달리기할 때는 동료관계였어요.

이렇게 달리기를 하면 개들은 푸른 초원을 달리는 줄로 알아요.

하지만 다시 어린 시절로 되돌아가지요.

물론 몹시 지쳤을 때는 자전거를 타고 개들과 함께 달린답니다. 개와 같은 속도로 달린다는 것은 사람의 심장으로는 감당할 수 없지 않겠어요.

어르구나 자주 멀리 여행을 가시는데 그런 여행이 뭘 의미하는가요?

허이허 저는 혼자 여행하기를 좋아하는데 북방의 초원과 숲을 다니지요. 저에게는 그보다 더한 사치는 없어요. 올가을에는 북방의 대싱안링에 가서 아룽산 어원커 사냥꾼 야영지에서 보름 있었어요. 물론 이 모든 것은 생활방식일

뿐으로 매일 나무를 찍고 장작을 패고 산에 가서 멀리 간 순
록을 찾는 게 일이죠. 산골의 리듬과 법칙만 있는 조용한 세
계였어요. 물론 많은 기묘한 체험도 있고요. 숲 속의 빈터에
는 노루가 남긴 마른똥과 나무 그루터기 아래 까투리가 엎
드렸던 흔적이 있고 알락달락한 수꿩이 바로 곁에서 푸득
날아가기도 했어요. 숲을 걸으면서 어원커족 친구가 가리키
는 곳을 보니 늑대 한 마리가 숲 속의 오솔길을 막 질러가면
서 발톱자국을 남기기도 했어요. 숲 속이라면 사람은 영원
히 외롭지 않을 거예요. 수많은 생령들이 당신 곁에서 숨을
쉬고 모든 생명은 다 함께 그 세계를 향수하지요.

어르구나 . 숲과 초원의 생활이 도시생활과 어떻게 다른
지 말해 주시겠어요?

헤이허 숲과 초원에서는 안정을 얻을 수 있지요. 이
번에 산에서 돌아와 친구들에게 그런 안정을 이렇게 말해
주었어요. 산에서 내가 고개를 돌리기만 해도 왼쪽 귀에 건
귀걸이(아주 어렸을 때 외할머니가 내 귀에 구멍을 뚫어 줬어요.
몽골족 남자는 왼쪽 귀에 귀걸이를 걸거든요. 뭐든 순조롭지 않
을 때는 귀걸이를 갈아 걸면 다 해결된다고 외할머니가 알려 주

더군요. 이것이 심리적 암시든 교묘한 조화든 믿고 싶어요. 역시 외할머니에 대한 기념이라고나 할까.) 두 개가 부딪치는 소리가 굉장히 컸어요. 그처럼 조용하지요. 도시에 돌아온 뒤 다시는 그런 소리를 들을 수 없었어요. 어떻게 말할까, 하나의 소리가 사라졌다고 해야겠지요. 도시에서는 가는 소리를 들을 수 없어요.

 당신의 창작에 대해 이야기해 주시겠어요?

 저는 동물소설가일 뿐입니다. 자연법칙에 부합되는 전제로 숲과 초원에 대한 이야기를 창작하지요. 한동안 죽 〈아동문학〉에 원고를 써왔어요. 대부분 동물소설을 쓰는 한 유형의 소설작가라고 할 수 있지요. 제가 창작한 동물소설 소재 중에서 일부는 어린 시절에 겪었던 것이고, 일부는 초원과 숲을 두루 돌아다니면서 수집한 것들이지요.

프랑스 작가 장 케롤이 말했지요. "만일 내가 그대에게 거짓말을 한다면 그것은 그대에게 가짜가 바로 진짜임을 증명하기 위해서이다."라고. 동물소설 창작에서 나는 거짓말을 할 생각이 없어요. 진짜는 바로 진짜기 때문이지요.

어르구나 〉. 현재 중국의 동물소설 현 상황에 대해 말해 줄 수 있어요?

헤이허 〉 중국의 동물소설에 대해서는 아는 것이 별로 없고 해당 연구를 해보지도 않았어요. 하지만 우수한 열독자로서 중국에서 출판되는 동물소설과 동물에 관한 수필과 관찰일기를 거의 빠짐없이 읽었다고 자신 있게 말할 수 있어요. 이를 전제로 하여 많은 동물소설에서 오류를 발견했어요. 지금 많은 동물소설의 소재는 고유한 인식과 전설에 기초하고 있고, 갖춰야 할 이성과 자연환경에 대한 절실한 관찰이 부족하다고 봐요. 그래서 어린이들에게 자연과학 사상이 아니라 더 믿고 싶은 기담을 주입하는 데에 이르렀어요.

동물문학의 아버지인 어니스트 톰프슨 시턴에 대해 좀 말하고 싶어요. 그는 작품에서 줄곧 객관적인 태도와 야성동물에 대한 존중을 지니고 있는데 정말 탄복해요. 그의 작품에 나오는 캐나다의 광범한 지역에서 살고 있는 동물 이미지들은 모두 그들에 대한 상세한 조사와 직접 겪은 경험을 토대로 창작되었지요. 그의 작품에 나오는 동물들은(나중에 사냥꾼의 총에 맞아 죽는다고 해도) 생명이 갖고 있어야 할 존엄을 지키고 있어요.

내가 읽어본 많은 동물소설들은 이런 존중이 부족하지요. 물론 창작에서 현실에 절대적으로 충실하면 새로운 경지가 없을 수도 있겠지만 동물소설 창작에서 허구도 일정한 과학적 근거를 토대로 해야지요. 야생동물은 어디까지나 야생동물로서 인간 세계와는 완전히 다른 냉혹한 생존법칙을 갖고 있어요. 그들은 영원히 인간의 사회형태를 따르지 않을 것입니다. 이를테면 치타가 영양을 잡아먹는 일은 아주 단순한 일로서 우리가 아침에 계란을 먹는 것과 같은 일상이지요. 물론 우리나라에서 아무 방해도 받지 않고 자연환경에서 야생동물을 관찰할 수 있는 기회는 날로 희박해져 가고 있어요. 이 역시 어쩔 수 없는 일이잖아요. 하지만 그렇다 하더라도 끊임없이 야외에 나가 야생동물을 관찰하고 있는 저 자신을 단지 야생동물 관찰자로만 생각한 적은 없었다는 점을 이야기하지 않을 수 없어요.

동물소설을 동화나 신화로 쓴다면 그건 별도로 봐야 하지만 지금 어른을 망라한 수많은 어린이들은 동물소설에서 가장 기본적인 자연동물 지식을 얻고 있는 것이 현실이지요. 특히 어린이들에게는 오류의 씨앗을 심어 주는 것으로 무서운 오도가 되는 것입니다.

　야생동물은 둘째 치고 개를 실례로 들어봅시다. 다윈의 저술이나 최신 동물연구 이론이나 모두 개들은 선악을 식별할 수 있는 능력을 갖추고 있지 않으며 다만 끊임없이 되풀이되는 조건반사를 거쳐 주인에게 충성심을 갖고 있는 것이라고 분명히 말하고 있어요.

　저의 개는 바로 제가 갖고 있는 개일 뿐입니다. 사람과 같은 지능을 갖고 있어서 내가 위급할 때 언제나 나를 구해 줄 수 있다고 상상해 본 적은 한번도 없거든요. 그들은 스패니얼일 뿐이기 때문에 큰 야수를 죽일 수 없어요. 어린 시절 초원에서 사나운 목양견이 물어 죽인 늑대를 물고 야영지로 오는 일을 확실히 보아왔거든요. 그러나 개가 곰을 물어 죽인다는 건 말이 안 되지요. 그 곰이 아주 작은 곰이라면 몰라도 티베탄 마스티프나 중아시아의 목양견이나 모두 어림없는 일입니다.

　만일 가능하다면 아마 신화일 것이고 신화라면 그것은 다른 영역의 일이지요.

헤이허 작품 연대표

《나의 어얼구나》(시가) 제2회 '용나무 아래' 시가상

《늑대 사육》(단편소설) 《어린이문학》〈잡지〉 2002년도 은상

《옛 반 형제》(중단편 소설집) 대만지역 민생보출판사 2003년 출판,

　　대만지역 제2회 어린싹 문학상

《다시 초원으로 돌아가다》(중단편소설집) 중국 소년아동출판사 2005년 출판

《순록의 나라》(단편소설) 《어린이문학》〈잡지〉 2005년도 금상

《흑염》(장편소설) 접력출판사 출판, 제15회 빙신 아동문학상

《귀구(鬼狗)》(장편소설) 중국 소년아동출판사 2006년 출판

《순록의 나라》(중단편 소설집) 대만지역 '좋은 책 모두 읽기' 2007년도

　　최우수 소년아동 독서상

《스키장의 썰매견》(단편소설) 《어린이문학》〈잡지〉 2007년도 금상

《남관하》(단편소설) 《어린이문학》〈잡지〉 2008년도 동상

《칭기즈칸 전기》 길림 문사출판사 2008년 출판

《낭관하》 접력출판사 2008년 출판, 제8회 전국 우수 아동문학상

《로제 아야 나의 개》(산문집) 신세기출판사 2009년 출판

《초원의 목양견》(중편소설) 21세기출판사 2009년 출판

《캅카스 목양견 하라와 扁頭》(산문집) 호남 소년아동출판사 2010년 출판

《귀구(鬼狗)》(신판)(장편소설). 중국 소년아동출판사 2010년 출판

《순록의 나라》(중단편 소설집) 중국 소년아동출판사 2010년 출판

《골짜기에서 온 늑대》(단편소설) 《민족문학》〈잡지〉 2010년도 소설상